FOLIO POLICIER

Nick Tosches

La religion
des ratés

*Traduit de l'américain
par Jean Esch*

Gallimard

Titre original :

CUT NUMBERS

La confiance comme la méfiance
causent la perte de l'homme.

HÉSIODE

Pour elle
« caelestis, fellat et inspirat »

1

Des nuages semblables aux ombres des morts, poussés par le vent, dérivaient devant la lune de carême, en direction de Jersey City à l'ouest. Louie les regardait.

Sa valise était lourde et peu maniable. Arrivé dans Varick Street, il la posa. Il frotta les doigts et la paume de sa main droite avec la gauche. Il alluma une cigarette, reprit la valise et poursuivit son chemin. Il marchait lentement, non pas pour atténuer le tintement de son chargement, mais parce que l'approche de l'aube était le moment de la journée qu'il préférait. Tout était calme, à part les oiseaux au plumage gris qui se réveillaient et le ronronnement étouffé de quelques rares voitures dans le tunnel. Il se sentait fort et serein, invincible, ne serait-ce qu'une ou deux secondes, face à l'usure inévitable de la journée qui débutait. La nuit vira au bleu profond, et l'unique étoile qu'il voyait disparut devant ses yeux. Il traversa la 6e Avenue. Le clocher de l'église lui apparut. Le bleu profond céda la place au jour, et Louie pénétra dans la Rue du Silence, où désormais il n'était plus seul.

Une femme d'un certain âge, flétrie, détournait le regard pendant que le petit animal à poils noirs qu'elle tenait en laisse libérait un long jet couleur ambre sur le pneu d'une Cutlass Ciera en stationnement. Quelques mètres plus loin, une autre femme émergea d'un immeuble situé de l'autre côté de la rue. Elle était plus jeune, et son aspect trahissait une plus grande dévotion à l'illusion du bien-être. Son fuseau et son chemisier étaient repassés avec soin, et sa coiffure s'ornait d'une grande mèche argentée, semblable à celle du mannequin sur la publicité pour l'Alberto VO-5 dans la vitrine du salon de l'institut de beauté de Ralph, Chez Mona Lisa. Elle aussi tenait un chien en laisse, un petit caniche blanc. Les deux femmes échangèrent un signe de tête, à la manière de deux policiers fatigués au cours d'une mission absurde et vouée à l'échec.

Non loin, une porte grinça. Le dénommé Il Capraio fit son apparition. Les deux femmes baissèrent la tête et s'éloignèrent en silence. Il Capraio les suivit du regard. Il vit Louie qui approchait, mais ne fit aucune remarque. Lentement, de façon presque imperceptible, il secoua la tête, en signe d'agacement peut-être, ou bien de dégoût. Il poussa un profond soupir comme si tous les péchés du monde pesaient alors sur ses épaules, pivota sur ses talons et disparut derrière la porte grinçante.

Louie franchit cette même porte, sans tourner la tête, ni même jeter un coup d'œil à la vitrine attenante masquée par un rideau noir et sur laquelle des lettres à la feuille d'or écaillées indiquaient : « Ziginette Society of Sciacca. » Au bout de quelques mètres, il ouvrit une seconde porte, garnie elle aussi d'un rideau, et entra.

Il faisait sombre. Un juke-box jouait une version dénaturée de *La petite fille à son papa* interprétée par Al Martino. Quatre tabourets de bar étaient occupés par des formes humaines parvenues au même stade de dissolution. Deux d'entre elles étaient totalement immobiles, la tête pendante. Une autre étaient penchée en arrière, les bras croisés sur le ventre, les yeux fixés sur le verre d'alcool incolore posé devant elle. Le quatrième personnage, l'amateur de *La petite fille à son papa,* remuait la tête en produisant des râles chevrotants pour accompagner la musique de manière sinistre.

Louie passa derrière eux sans dire un mot. Il les connaissait tous, et ce matin, il était bien heureux de ne pas faire partie du lot. Savourant sa force, comparée à leur faiblesse, il se dirigea d'un pas décidé vers l'extrémité du bar. Là, immobile au-dessus de sa tasse de café, enveloppé d'un voile de fumée de cigarette, se trouvait un visage aussi froid, dur et renfrogné qu'un masque de sarcophage érodé par le temps. Le nez avait été cassé si souvent, il y a si longtemps, qu'on le distinguait à peine. En dessous, la bouche pincée tombait de manière implacable ; quant aux yeux vitreux, ils disparaissaient presque entièrement derrière d'épaisses lunettes à double foyer. Quelques rares mèches de cheveux blancs, aussi inanimées que des traits de pinceau, barraient le moule du crâne du vieil homme. La tête légèrement relevée, le regard de pierre fixé avec vigilance sur la porte, il semblait attendre l'arrivée, ou le retour, d'un événement terrible et inévitable.

— Bonjour, Giacomo, dit Louie.

Il posa la valise et regarda le vieil homme derrière

ses lunettes à double foyer. À cet instant seulement, celui-ci décida de remuer la tête.

— C'est le gentil Louie ou le méchant Louie aujourd'hui ? demanda-t-il.

À travers ses lunettes, il observa le visiteur au fond des yeux, vit que son regard était clair et calme.

— Ah, c'est le gentil Louie, commenta-t-il avec un sourire.

Louie souleva la valise et fit quelques pas pour la poser sur la petite table en formica qui se dressait dans l'obscurité, entre le juke-box et les W.C. Le vieil homme le suivit, traînant les pieds avec détermination sur le linoléum usé. Avec une grimace de douleur, il leva le bras gauche, moins atteint par l'arthrite que le droit, pour attraper la cordelette qui pendait au plafond, et une ampoule nue inonda les lieux d'une lumière crue. Au bar, deux des silhouettes humaines s'agitèrent, avant de replonger dans leur léthargie. L'une d'elles porta son verre à sa bouche.

Louie ouvrit la valise. Méthodiquement, Giacomo en sortit le contenu : quatre bouteilles de Dewar's, quatre de Johnnie Walker étiquette rouge, quatre de Smirnoff, une de cognac Martell V.S.O.P., une de Bacardi Dark, et une de Southern Comfort. Il levait chaque bouteille dans la lumière pour examiner le cachet légal. Il sortit la dernière bouteille de la valise : elle était opaque, de couleur beige, avec un long col fin. Il l'observa en plissant les yeux, et s'adressa à Louie avec un ricanement sinistre :

— Crème de Praline ? Qu'est-ce que tu veux que je foute avec ça ?

— Tu rigoles ! Les gonzesses en raffolent. C'est comme l'Irish Cream et toutes ces merdes.

— Bon, cent cinquante sacs, dit Giacomo.

Louie acquiesça, et le vieux plongea la main dans sa poche de pantalon. Il en sortit une poignée de billets pliés qu'il approcha de son visage pour en extirper trois billets de cinquante. Il tendit l'argent à Louie, puis entreprit de ranger les bouteilles, deux par deux, sur des étagères dissimulées à l'abri des regard indiscrets, sous le bar. En rangeant la dernière bouteille, la crème de praline, il secoua la tête, avec un raclement de gorge.

— Tu veux un café ?

Louie hocha la tête, et le vieux traîna les pieds jusqu'à la cuisinière à gaz Silex installée contre le mur. Il remplit deux tasses de café, ajouta une cuillerée de sucre et du lait dans l'une d'elles. Il revint prudemment vers l'extrémité du bar, déposa la tasse contenant le sucre et le lait devant Louie, contourna ensuite le bar, se rassit avec peine sur sa chaise, alluma une cigarette et reprit sa posture sévère de sentinelle. Les deux hommes restèrent assis sans rien dire, buvant leur café et fumant une cigarette. Au bout d'un moment, Giacomo se tourna pour regarder l'horloge par-dessus son épaule. Il était sept heures moins le quart.

— Les joyeux drilles, commenta-t-il en désignant du menton les quatre silhouettes du bar.

Il sortit un mouchoir de sa poche arrière de pantalon et ôta ses lunettes. Louie remarqua les larmes de sang qui perlaient au coin des yeux délavés. Le vieil homme les essuya avec son mouchoir, avant de remettre ses lunettes.

— Ce connard là-bas, on dirait qu'il est mûr pour Perazzo, dit-il en montrant la silhouette affalée la plus proche de la porte. Il arrive à peine à soulever son putain de verre !

Il écrasa sa cigarette et but une gorgée de café.

— Ça faisait une paye qu'il buvait plus. Puis le jour du Superbowl, il se pointe le matin et il dit : « Sers-m'en un petit, j'ai des trucs à faire. » Le lendemain matin, il revient, complètement raide. Et depuis, il n'a pas dessoûlé une minute ! Et on est quoi, à la fin mars ? Ça va faire deux mois !

— Ça veut dire qu'il a du fric...

Giacomo fronça les sourcils, en secouant la tête.

— Ouais, quelques dollars au début. Mais depuis plusieurs semaines, il a une ardoise. Ils sont tous dans la dèche, tous les quatre. Ces derniers temps, s'il y avait pas les jeunes, je pourrais fermer la boutique.

— Je croyais que l'autre connard serait en train de se dorer la pilule sur la plage, sur son île là-bas.

— Il est pas croyable, t'avoueras ! Il braque cette putain de boîte de juke-box dans le Queens, et voilà un mois qu'il reste planté là à écouter sans arrêt *La petite fille à son papa*. « Tu leur refiles tout le fric que tu leur as piqué », que je lui dis. « Non, c'est pas la même boîte », il me rétorque. Qu'est-ce que tu veux répondre à un type comme ça ? « Écoute bien les paroles, qu'il me dit. C'est ce que je chantais à ma gamine. » Tu la connais sa fille ? Cette petite salope qui se faisait sauter par tous les éboueurs ?

Le vieil homme se gratta la nuque et coinça une autre cigarette entre ses lèvres.

— Je te le dis, il est bon pour une putain de chambre avec vue sur l'East River.

— Il me doit du fric, cet enfoiré, dit Louie. Ça fait des mois qu'il m'évite.

— Une grosse somme ?

— Non, seulement cent dollars, à trente *cents* par dollar. Il devait rembourser en cinq semaines, vingt-six dollars à chaque fois. Il a raqué les deux premières semaines. Et depuis, *domani, domani*.

Giacomo sourit.

— File-lui une petite rallonge pour qu'il puisse régler son ardoise.

Louie émit un son rauque et lui rendit son sourire.

Le vieil homme regarda à nouveau l'horloge.

— Bon, c'est l'heure des braves, déclara-t-il.

D'un pas décidé il marcha jusqu'à la devanture, tira les rideaux et souleva le rideau de la porte. La lumière du jour envahit le bar. Il s'appuya contre la vitre pour regarder dehors. Une jeune femme en tailleur bleu et corsage blanc passa d'une démarche vive, son porte-documents serré contre elle, détournant le regard.

— Vise-moi un peu ce cul ! commenta Giacomo avec une sorte de bonheur dans la voix. Sapée pour la gloire ! Si seulement elle savait.

Il hocha la tête avec gravité, et il n'y avait plus la moindre gaieté dans sa voix.

— Toutes ces jolies filles avec leurs grands yeux bleus, et ces jeunes mecs avec leurs coupes de cheveux à la mode, qui se trimbalent en frimant dans le quartier comme s'ils étaient dans une pub de bière à la télé. Ces taudis, ils appellent ça des maisons de rapport. Je te jure, on pourrait leur vendre de la merde en bâton à ces jeunots à condition de trouver le nom qui fait mouche. Ils achèteraient le pont de Brooklyn si on leur disait qu'on allait le transformer en résidence.

Le vieux alluma une autre cigarette et cracha la fumée contre la vitre.

— Un jour, avec un peu de chance, en levant le nez ils s'apercevront que le plafond de leur « maison de rapport » se casse la gueule, et ils se rendront compte qu'ils se sont collé trente ans de traites sur le dos pour habiter dans un trou à rats qui menaçait déjà de s'écrouler à l'époque où le Christ a quitté Chicago. Ils se regarderont dans la glace, ils verront leurs cheveux blancs et tous les jeunes pleins d'avenir qui les poussent dans le dos ; alors ils comprendront.

Il tira sur sa cigarette et se retourna.

— Mais bon, on en a rien à foutre !

Du plat de la main, il frappa sur le comptoir, juste à côté du type qui avait posé sa tête sur ses bras croisés.

— Allez, du nerf ! Les vivants vont pas tarder à rappliquer.

La tête se redressa. Giacomo longea le bar, et l'un après l'autre les autres types ressuscitèrent. Ils s'étirèrent, se frottèrent le visage, en acquiesçant d'un air pathétique. Ils saluèrent Louie qu'ils n'avaient pas encore remarqué. Le mélomane fouilla dans sa poche intérieure de veste pour en retirer quelques billets froissés. Il en posa un sur le comptoir, et le repassa avec sa paume.

— File-moi des pièces, Jocko... Et un autre verre, ajouta-t-il comme après coup.

— « ... Car tu es la petite fille à son papa », chantonna Giacomo entre ses lèvres.

Sa main se referma sur le billet d'un dollar, et il envoya un sourire à Louie.

Au moment où la voix d'Al Martino s'élevait au milieu du vacarme des violons et des bruits extérieurs, la porte du bar s'ouvrit pour laisser entrer un type de petite taille, souriant, portant une casquette et un manteau en sergé beige.

— Salut, les champions ! lança-t-il avec un grand sourire sarcastique.

Il se dirigea vers l'autre bout du bar.

— Vas-y, chante, saloperie ! beugla-t-il en passant devant le juke-box.

Il déposa un exemplaire du *Daily News* sur le comptoir et se frotta les mains.

— Comme on dit : au printemps, les jeunes garçons pensent à l'amour.

Giacomo mit une cuiller dans un verre qu'il remplit à moitié de café, avant d'y ajouter une dose de Cutty Sark. Il poussa le verre vers le petit homme souriant.

— Alors ? demanda le vieux, après que l'autre eut remué et goûté son café.

— 9-1-6, Brooklyn, 3-1-1, New York.

— Merde, encore des « numéros réduits », dit Giacomo. Quelle poisse !

Il regarda dehors, pour se replonger dans sa surveillance muette.

Le petit homme se tourna vers Louie.

— Comment vont les affaires, fiston ?

— Mal, répondit Louie. Et toi ?

Le sourire s'effaça du visage du petit homme, qui laissa échapper un soupire lugubre.

— Pas un seul gros lot depuis des semaines.

Il observa successivement le juke-box, le mélomane, et but une gorgée.

— Ces putains de paris légaux nous foutent dans la merde. Maintenant, tout le monde joue à cette saloperie de loterie nationale. Un jour ou l'autre, au train où ça va, je crois que je vais être obligé de redevenir cireur de godasses.

Il vida son verre et le repoussa sur le comptoir, déposant à côté un billet de dix dollars. Avec un grand geste de la main gauche, il fit comprendre qu'il payait également le café de Louie. Giacomo se leva pour lui remplir son verre, avant d'apporter une autre tasse de café chaud à Louie. Profitant qu'il était debout, il se pencha vers un interrupteur situé sous le comptoir. Il l'actionna à deux reprises et le volume du juke-box qui jouait maintenant *Tu m'appartiens,* chanté par Dean Martin, fut réduit à un simple murmure. Le mélomane protesta, mais Giacomo n'eut qu'à le foudroyer du regard pour que lui aussi la mette en veilleuse.

— Allons chez *Martin,* déclara celui qui se trouvait le plus près de la porte.

— Il est pas encore huit heures, répondit le mélomane.

— Laissez tomber ce rade, intervint le troisième larron, la Belle au Bois Dormant qui venait de se réveiller. On va à Brooklyn.

— Tu nous emmerdes avec Brooklyn, grogna le

22

quatrième. Tu veux juste aller mater l'Irlandaise aux gros nichons.

— Moi, je reste ici, déclara le mélomane.

Tous les quatre, à l'exception du mélomane, se levèrent et reprirent leurs esprits avant d'affronter le monde extérieur. Louie se leva au même moment.

— Hé ! lança-t-il.

La Belle au Bois Dormant se retourna. Louie lui fit un signe de la main et l'attira à l'écart, devant la table en formica.

— Ça veut dire quoi cette connerie ? murmura-t-il en plongeant son regard dans les yeux fuyants et rougis du type.

— J'ai pas eu de chance ces derniers temps.

— T'es assez vieux pour être mon père, et t'es plus con que moi ! C'est quoi ton problème ?

— La malchance, Louie. La malchance.

Il recula légèrement, tandis que Louie s'approchait.

— Tu me fais une mauvaise réputation, tu le sais ça ? Mais à la limite, je m'en fous. C'est vrai. Tu sais ce qui m'intéresse ? Moi, ce qui m'intéresse, c'est ce putain de fric. Soixante-dix-huit dollars, je sais, c'est pas la mer à boire pour un caïd comme toi. Mais pour moi, soixante-dix-huit dollars, c'est soixante-dix-huit dollars. Et je les veux. Tu as bien entendu ? Je les veux. C'est tout.

Louie le foudroya du regard ; il sentait la respiration du type qui s'accélérait, et voyait ses yeux s'écarquiller comme ceux d'un enfant.

— Tu as tort de chercher à baiser les copains, ajouta Louie, à voix basse.

L'autre hocha la tête et murmura quelques mots.

— Allez, dit Louie, essaye d'arranger les choses. Fais ce que tu as à faire, et reviens me voir.

Il le congédia d'un petit mouvement de tête et le regarda rejoindre ses deux camarades à la porte.

— C'est toujours un plaisir, leur lança Giacomo avec un geste de la main quand ils sortirent.

Il se tourna ensuite vers Louie.

— Hé, ça te va pas mal de jouer les durs, fiston, dit-il avec un rictus.

Le petit homme souriant but une dernière gorgée, en faisant claquer ses lèvres.

— Bon, faut que j'y aille, dit-il, comme chaque matin. Je peux faire quelque chose pour vous ?

Le vieux Giacomo lui tendit deux billets d'un dollar.

— 4-0-5, Brooklyn. Et New York, même chose.

Le petit homme souriant tint l'argent d'une main ; de l'autre, il griffonna sur une feuille de bloc publicitaire à l'aide d'un bout de crayon.

Louie lui donna un billet de cinq dollars.

— 1-8-7, Brooklyn. Le tout.

Le petit homme souriant nota encore quelque chose, puis glissa l'argent dans la poche gauche de sa veste, le crayon et la feuille dans la droite. Il tapota ses deux poches.

— À plus tard, les gars, dit-il avec un grand sourire, et il s'éloigna.

Au moment où il atteignait la porte, celle-ci s'ouvrit brusquement. Trois grosses bonnes femmes entrèrent d'un pas décidé, en parlant à voix haute et traînant dans leur sillage une forte odeur de Shalimar.

— Alors ? demanda l'une d'elles au petit homme, d'un ton pressant.

Il répéta les numéros : 9-1-6, Brooklyn, 3-1-1, New York.

Lançant un clin d'œil vers l'extrémité du bar, il s'empressa de sortir.

— 3-11 ! L'anniversaire de ma nièce ! s'exclama la plus âgée avec un claquement de langue. Dire que j'ai rêvé d'elle la nuit dernière. Ah, c'est rageant !

Giacomo se leva en même temps que les trois femmes s'assirent. Il coinça trois tasses en plastique blanc dans leur support en plastique marron et les remplit de café.

— Hé, Jocko, sers-moi un autre putain de verre ! lança le mélomane, en désignant son verre vide.

— Surveille un peu ton langage, il y a des dames ici, répondit Giacomo en lui faisant les gros yeux.

Les grosses mégères levèrent les sourcils et agitèrent la tête comme des pigeons bouffis. Celle qui avait rêvé de sa nièce arrangea sa coiffure, en faisant à nouveau claquer sa langue. Giacomo déposa les tasses de café devant elle et ramassa la monnaie que chacune avait étalée sur le comptoir. Il fit glisser les pièces dans le tiroir-caisse déglingué, avant de remplir le verre du mélomane.

— C'est le dernier, hein ? dit-il.

Le mélomane acquiesça, et Giacomo ajouta à voix basse :

— Tu ferais mieux de lever le pied pendant un petit moment. Avec ta tête, tu pourrais gagner ta vie en jouant les revenants dans les châteaux hantés.

Le vieil homme se versa une autre tasse de café,

puis retourna à l'autre bout du bar, où Louie et lui demeurèrent assis, en silence et en fumant.

— Il me reste des saucisses, déclara une des grosses bonnes femmes, avec un hochement de tête satisfait. Je vais m'acheter des poivrons.

— Rouges ou verts ? demanda sa copine.

— Tu rigoles ! Déjà que je rote les verts...

Elle avala une gorgée de café, puis se moucha bruyamment.

Le mélomane marmonna quelque chose. Il vida son verre, passa sa main dans ses cheveux, et se leva. Il se tapota le ventre et salua l'assemblée d'une voix enrouée.

— Hé, il était ivre ou quoi, Jocko ? demanda une des bonnes femmes à Giacomo, assis à l'autre bout du bar.

Le vieil homme répondit par un haussement d'épaules.

— Ouais, il était ivre, affirma la plus âgée des trois, en faisant la moue et en se dévissant le cou d'un air entendu. Ça se voyait à sa démarche.

Les grosses bonnes femmes finirent leur café avec un petit frémissement des narines.

— Au revoir, et à demain, dit l'une d'elles.

Les deux autres remontèrent leurs jupes et rajustèrent les bretelles élastiques de leurs soutiens-gorge sous leurs corsages. La porte du bar se referma derrière elles, mais l'odeur de Shalimar persista.

— La plus vieille, Mary, elle aime toujours s'envoyer en l'air, commenta Giacomo.

Il voulut rire, mais fut pris d'une quinte de toux.

La salle se retrouva ensuite plongée dans le silence, exception faite de la respiration difficile du vieil homme et du cliquetis parfois de l'un ou l'autre des deux briquets en plastique. C'est cela qu'appréciait Louie : le silence, un café, et les silhouettes sombres, muettes, qui passent derrière la vitre comme dans un rêve. Il observait l'océan de grains de poussière qui tourbillonnait dans un rayon de soleil impromptu à l'autre bout du bar, et il songea à Donna Lou, à ses boucles blondes et folles qui lui tombaient dans la nuque, s'échappant comme une lumière mouvante lorsqu'il voulait saisir les vagues entre ses doigts pour l'obliger délicatement à renverser ou pencher la tête vers lui. Il ne vit pas le rayon de soleil disparaître, avalé par les nuages flottants de mars, et il ne vit pas l'obscurité plus proche de lui, près de la porte.

Il entendit Giacomo marmonner quelque chose d'un ton mauvais. Puis il vit la porte s'ouvrir. C'était Il Capraio.

Ni Louie ni le vieil homme ne lui adressèrent le moindre regard ; ils se contentèrent d'écouter le bruit de ses pas. Lui aussi les ignora, marchant droit vers eux en gardant la tête légèrement baissée, comme s'il observait un horizon lointain. Et il s'arrêta à leurs côtés.

C'était un homme de taille moyenne, âgé d'à peu près soixante-dix ans, avec un petit ventre et des cheveux gris clairsemés qu'il coiffait en arrière. Il portait un costume en polyester bleu ciel, dans lequel était mort son père il y a quelques années, et une chemise de la couleur de la bouteille de crème de praline. Comme toujours, il n'avait aucun bijou, à part une alliance, tournée vers l'intérieur pour cacher l'énorme diamant.

— Café, Frank ? proposa le vieil homme.

Il Capraio fit non d'un geste de la main, accompagné d'un froncement de sourcils.

— Belle journée aujourd'hui, dit-il d'un ton neutre.

Louie et Giacomo opinèrent. Il Capraio baissa le menton, puis le redressa. Il s'adressa à Louie :

— Tu vas voir ton oncle ?

— Demain, ou après-demain, répondit Louie.

— Demande-lui ce qui est arrivé à Joe Brusher. Pose-lui la question de ma part, tu veux bien ? Tu t'en souviendras, ou tu préfères le noter ?

— C'est noté.

Il Capraio approuva vaguement, avant de détourner le regard vers une autre ligne d'horizon obscure. Louie et le vieux Giacomo écoutèrent décroître le bruit de ses pas en regardant son dos, tandis qu'il s'éloignait et sortait dans la brise capricieuse du printemps.

— Veni, vidi, vici, commenta le vieil homme.

Dans sa voix, la résignation l'emportait sur le mépris.

Les premières gouttes de pluie s'écrasèrent en douceur contre la vitre, traçant des filaments de réfraction liquide poussés par le vent ; puis un coup de tonnerre résonna. Louie alluma une autre cigarette, perplexe.

2

Assise devant sa table à dessin, Donna Louise Craven traçait de grands traits bleu pâle sur une feuille vierge, en se mordillant les lèvres et en écoutant les propos du jeune inconnu qui parlait à voix basse au téléphone dans le petit bureau situé de l'autre côté de l'allée. Il disait : « Je t'aime moi aussi. » Donna lui jeta un regard accompagné d'un sourire.

Elle attendit que tout le monde soit parti déjeuner, puis elle rangea son équerre en bas de la planche, essuya son tire-ligne, et regarda le téléphone qui se trouvait sur le petit secrétaire en bois à côté d'elle. Laissant échapper un soupir rauque, mélange d'exaspération et de désinvolture, elle décrocha le combiné et composa le numéro. Sa main gauche se crispa sur le bras de son fauteuil pendant qu'elle écoutait les sonneries à l'autre bout du fil. Louie répondit enfin, et Donna Louise porta sa main gauche à sa gorge.

— C'est moi, dit-elle avec un petit rire gêné.

— Comment ça va, Donna Lou ?

Ça lui faisait du bien d'entendre sa voix.

— Oh, tu me manques, Louie, avoua-t-elle, un

peu malgré elle, en se mettant à rire, au bord des larmes. Ça fait longtemps...

— À qui le dis-tu ! Si le nouveau numéro de *Leg Art* ne sort pas bientôt, je vais songer à devenir homo.

Donna sourit, plus décontractée.

— Tu n'as jamais eu de problèmes de ce côté-là, pour te trouver des filles.

— Depuis que je suis avec toi, je suis sorti avec personne d'autre.

— Oh, Louie, tu ne sais pas mentir, dit-elle en riant.

Un silence s'ensuivit. Louie entendait la respiration sifflante et nasale de Donna.

— À quoi tu penses, Louie ?

— À quoi je pense ? répéta-t-il calmement, sur un ton qui n'était plus aussi réconfortant. Tu me fais souffrir comme un beau diable, tu me plantes là avec la queue à la main, tu disparais pendant deux mois, et tu me rappelles du jour au lendemain, comme si de rien n'était, en me demandant : « À quoi tu penses ? » Tu veux savoir ce que je pense ? Je pense que tu dois avoir des couilles en béton !

Louie était assis en maillot de corps et en caleçon, et en disant cela, il en profita pour se les gratter.

— Oh, Louie, je ne sais pas où j'en suis.

— C'est pas nouveau.

Il entendait à nouveau sa respiration, et il repensa à ses cheveux dans sa main, les petites boucles dorées de sa chatte, ses jambes gainées de nylon, le galbe de sa nuque. Alors, sa voix s'adoucit :

— Tu n'as qu'à passer chez moi ce soir.

Le temps d'une respiration s'écoula avant qu'elle ne réponde :

— J'ai l'impression que je couve un rhume ou je ne sais quoi.

— J'ai du thé, j'ai du miel, j'ai des citrons. On jouera au docteur.

— Hé, c'est une bonne idée.

— Le docteur est de cet avis.

— Je t'aime, Louie.

Elle prononça ces mots comme s'il s'agissait d'une réalité triste, mais inéluctable.

Louie perçut le désir dans sa voix, et cette partie de lui-même qui ne connaissait que le mal s'en réjouit. Malgré tout, il se surprit à répondre : « Je t'aime moi aussi », avec plus de sincérité qu'il ne l'aurait imaginé.

Louie raccrocha en secouant la tête. L'oncle John avait raison : ce truc que les femmes avaient entre les cuisses, ça soulevait des montagnes.

Debout, en sous-vêtements, il s'observa dans la glace. Il repensa au bon vieux temps, pas si éloigné en vérité, quand il pouvait faire frémir les lèvres d'une femme rien qu'en la regardant dans les yeux, et discerner dans ce regard l'illusion stupide et avide qui le faisait apparaître comme une chose dangereuse, désirée et brutale. À dix-huit ans, il avait compris qu'il pouvait les avoir toutes ; et pendant longtemps, cela s'était vérifié. Mais cette époque était révolue. Plongeant son regard dans ses yeux couleur outremer, il vit les cernes tout autour et les rides qui barraient son front, les cheveux châtains plus rares qu'autrefois sur les tempes. Il regarda ses cicatrices, celle sur le menton, bien recousue par un interne du service des urgences, et celle près de l'œil gauche qu'il avait laissée se refermer d'elle-même parce qu'il n'avait pas voulu quitter le bar pour accompagner à l'hôpital ceux qui avaient été blessés lors de cette bagarre inutile. Il les caressa du bout du doigt : souvenirs bon marché d'une époque où il se prenait pour un dur, époque où il lui arrivait souvent de se dire qu'il n'atteindrait pas les trente-cinq ans. Et pourtant, il était bien là aujourd'hui, face à lui-même.

Il serra le poing et banda son bras. Il avait toujours de bons biceps, même s'il n'avait plus fait de pompes depuis plusieurs mois. Il se tapa sur le ventre du plat de la main, en secouant la tête avec une grimace de dégoût contenu. S'il avait économisé tout l'argent qu'il avait dépensé à se soûler, il aurait de quoi s'acheter une maison aujourd'hui, songeat-il. À la place, il s'était offert ça ! En rentrant son ventre, il retrouva dans le miroir un peu de l'image de lui-même tel qu'il était il y a dix ans, et plus. Mais lorsqu'une douleur sourde dans le bas des reins irradia dans sa hanche gauche, il relâcha tous ses muscles. Il se rendit alors dans la cuisine, où son classeur était ouvert sur la table.

Il prit une profonde inspiration et tambourina sur la table avec la gomme de son crayon à papier, en contemplant ce qu'il considérait désormais comme l'arithmétique de l'inutile.

À priori, c'était pourtant d'une simplicité enfantine. En prêtant ici et là des petites sommes d'argent au taux de 30 %, avec des remboursements échelonnés sur vingt semaines, son apport initial de 5 000 dollars aurait dû atteindre les 6 500 dollars en l'espace de cinq mois. En prêtant cette somme dans les mêmes conditions, elle devait lui rapporter 8 450 dollars après cinq mois de plus, puis 10 985 dollars, et ainsi de suite. En deux ans et demi, ses 5 000 dollars de départ auraient dû lui rapporter 18 564 dollars. Même après avoir versé la moitié de ses bénéfices, soit 6 782 dollars, à l'homme vêtu du costume de défunt en polyester (cela lui avait été mis dans la tête très tôt, quand deux Cadillac noires étincelantes l'avaient brusquement coincé contre le trottoir alors qu'il marchait dans la rue, et qu'un gros costaud menaçant, en costume de soie argenté, était descendu d'une des voitures pour lui dire : « Il t'a repéré, petit »), cela lui laissait plus de 1 100 dollars, de quoi consentir des prêts plus importants, basés sur le calcul des points. C'était à ce moment-là qu'il aurait commencé à faire fortune. 10 000 dollars prêtés à cinq points lui rapporteraient 36 000 dollars par an. Réinvestis de la même manière, ces 36 000 dollars se transformeraient en 129 000 dollars l'année suivante.

Louis contempla ces anciens calculs, avec un sourire amer devant leur exactitude prétentieuse, stupéfait par sa naïveté. En arrivant au moment où, selon ses estimations, il aurait dû devenir millionnaire, il secoua la tête :

$$
\begin{array}{rl}
466\,560 & \textit{(capital)} \\
\times\,0{,}05 & \text{points} \\
\hline
23\,328 & \textit{(commission hebdo.)} \\
\times\,52 & \text{semaines} \\
\hline
1\,213\,056 & \textit{(bénéfices)} \\
+\,466\,560 & \textit{(capital)} \\
\hline
1\,679\,616 & \textit{(revenus bruts)}
\end{array}
$$

En dessous, un autre calcul indiquait que, à un taux de trois points, ces 1 679 616 dollars lui rapporteraient la somme de 4 349 816, 96 dollars en l'espace d'une année.

— Et 96 *cents,* marmonna-t-il.

Calmement, il arracha la page du classeur et la jeta à la corbeille.

Plus de quatre ans s'étaient écoulés depuis que Louie avait effectué ces calculs. D'après ses prévisions, il aurait dû approcher maintenant de son premier demi-million. En réalité, il ne possédait même pas 12 000 dollars, et une bonne partie de cet argent se promenait dans les rues. Mais en quatre ans, il avait appris pas mal de choses : sur les gens qui empruntent du fric à Pierre pour rembourser Paul, ceux qui se font virer de leur travail avant d'avoir pu tout rembourser, ceux qui seraient prêts à s'arracher le foie s'ils pouvaient le mettre en gage à l'hôpital Belmont, ceux qui ont des épouses malades et aucune assurance-maladie, ceux qui se retrouvent en prison, ceux qui pleurent, et ceux qui meurent.

Il savait qu'il ne devait pas se plaindre, sincèrement. Après tout, il n'était plus obligé de travailler pour Giacomo, depuis maintenant deux ans, et il mangeait à sa faim. Pourtant, il savait que la fortune l'attendait ailleurs, si elle l'attendait quelque part ; et il passait autant de temps à tirer des plans sur la comète qu'à effectuer ses tournées et tenir ses comptes. Les possibilités d'un destin dévoyé le captivaient et le hantaient, et parfois, il s'y perdait, comme dans les boucles blondes et la chair ambivalente de Donna Lou, comme dans les soupirs irréels de lumière si lointains, tourbillonnant dans les nuages de poussière du matin.

3

Joe Brusher se colla un sparadrap sur chaque talon, à l'endroit où les nouvelles godasses extra-larges qu'il s'était achetées par correspondance à la Boutique de l'Homme Fort lui avaient provoqué deux ampoules.

Il mit ses chaussettes de laine marron, avant d'enfiler une vieille paire de tennis éculées. Il se leva et fit glisser ses pouces sous la ceinture de son pantalon beige au pli impeccable. Il ferma deux des trois boutons du col de son tricot bleu, puis passa un blazer marron foncé. Se retournant face au miroir, il arrangea avec soin le col de sa chemise pour qu'il couvre les revers de la veste. Il s'approcha de la petite table près de la porte, où un cygne en céramique était posé sur un napperon au crochet. Dans le dos évidé du cygne qui servait de vide-poche, il piocha deux trousseaux de clés, son portefeuille, trois *quarters,* et sa Rolex en or. En enfilant sa montre, il observa les deux éclats de peinture bleue délavée, seul vestige des yeux du cygne.

Il ouvrit le tiroir de la table et en sortit un pistolet, un Charter Arms 79K, calibre .32, avec une crosse fendue et un canon fileté. Plongeant la main au fond du tiroir, derrière des papiers, des crayons et un vieux carnet d'adresses, il s'empara d'un silencieux Dater en acier et aluminium qu'il vissa sur le canon du pistolet. D'un mouvement du pouce, il mit le cran de sécurité et glissa l'arme dans sa poche intérieure de veste, contre sa poitrine. Il demeura immobile près de la porte pendant un instant, comme absorbé par ses pensées, puis se rendit aux toilettes pour pisser.

Après avoir verrouillé la porte de chez lui, il descendit les trois étages jusqu'à la rue, monta à bord de sa Buick bordeaux, et démarra.

En émergeant de l'obscurité de Holland Tunnel, dans la lumière déclinante de l'après-midi, il consulta sa montre et constata avec satisfaction qu'il n'avait pas perdu de temps. Il remonta Hudson Street. Arrivé au coin nord-ouest de Vestry Street, il s'arrêta devant la bouche d'incendie. Il sortit un des *quarters* de sa poche et se dirigea vers la cabine téléphonique.

— Prêt, Harry ? Parfait, écoute bien. Il est quinze heures cinq. On se retrouve à quinze heures trente. Dans Renwick Street, à l'entrepôt où ils planquaient la camelote en provenance de l'embarcadère 40.

Il regagna la Buick bordeaux et roula jusqu'à Canal Street. Il tourna à gauche, puis à droite dans Greenwich, à droite encore dans Spring, et de nouveau à droite dans Renwick. Il se gara près de la clôture grillagée en face de l'entrepôt. Il verrouilla la portière de la voiture et ouvrit le portail avec sa clé. Il jeta un coup d'œil autour de lui.

La rue, plutôt une ruelle à vrai dire, était déserte

et jonchée de détritus ; une sorte d'ornière pavée, inondée et maculée par cinquante ans d'essence répandue, toisée par des façades à armatures métalliques, aveugles et délabrées, que Joe Brusher avait toujours connues aussi noires. Des lambeaux de vieux journaux et des morceaux de carton détrempé dansaient et voltigeaient faiblement dans la triste brise de printemps.

Laissant le portail entrouvert, il traversa ce qui avait été un petit parking, devenu une simple étendue de béton lézardé, de mauvaises herbes chétives et de verre brisé. Il prit pied sur le quai de chargement de l'entrepôt. À l'aide d'une autre clé, il déverrouilla le rideau de fer. Il eut quelques difficultés à soulever le panneau rouillé, mais parvint à entrer dans l'entrepôt. Celui-ci était vide, à l'exception de quelques chiffons entassés dans un coin, de palettes en bois et de caisses de bouteilles de lait, d'un bidon d'huile pour moteur, et de quelques bouteilles de bière.

Il traîna une caisse de lait jusqu'au seuil de l'entrepôt qu'éclairaient difficilement les derniers rayons de soleil de l'après-midi. Il déposa une autre caisse entre la porte et le mur, légèrement en retrait dans la pénombre. Puis il s'assit sur la caisse placée à l'entrée. Il ajusta les plis de son pantalon et consulta sa montre. Quinze heures vingt. Il glissa la main dans sa poche intérieure et ôta la sécurité de son arme.

Le dénommé Harry arriva et gara sa Buick gris métallisé derrière la Buick bordeaux de Joe Brusher.

— Cet endroit me rappelle des souvenirs, dit-il en refermant le portail derrière lui.

C'était un homme de petite taille au teint basané, avec une fine moustache grise et des cheveux bouclés, gris également. Il s'approcha en souriant.

— Je me faisais la même réflexion, assis là, dit Joe Brusher.

— La dernière fois que j'ai vu cet entrepôt, il était bourré de boîtes de sardines « King Oscar ». Tu te souviens ? Je crois bien qu'on a fait toutes les épiceries de New York pour essayer de fourguer ces foutues sardines.

— Ouais, c'était le bon vieux temps.

— Alors, c'est de la bonne camelote ?

— J'en sais rien, Harry. J'aime pas raconter des bobards, tu me connais. Je pourrais te baratiner et te dire que c'est de la came de première, mais je veux pas. Je serais pas étonné que les connards qui prendront cette merde se vident les boyaux à en crever, ça doit être bourré de mannitol *sicilien*. D'un autre côté, on m'affirme que c'est ce qu'on peut trouver de mieux en ce moment. Et de toute façon, qu'est-ce que tu peux espérer pour dix mille dollars ? C'est pas la French Connection !

— Bon, je peux déposer ma lanterne, dit Harry, avec un sourire. Je suis tombé sur un type honnête.

— Exact.

Harry s'assit sur la caisse inoccupée.

— Je me fais vieux, dit-il en se tournant vers Joe. Et toi, comment ça va ?

— Si je te raconte mes problèmes, je serai obligé d'écouter les tiens.

— Bon, j'ai compris, dit Harry en hochant la tête. Si on réglait nos affaires et qu'on foutait le camp de ce trou à rats ?

— Tiens.

Harry tendit la main droite pour prendre le paquet, et au même moment il s'aperçut que ce n'était pas un paquet. La balle s'enfonça dans le crâne de Harry, sous l'œil droit écarquillé de terreur qui se remplit de sang, tandis que sa tête projetée en arrière heurtait le mur et que sa main jaillissait vers le trou cruel qui mettait fin à sa vie ; et Joe Brusher, sentant le recul dans son coude, voyant les goutelettes de sang éclabousser sa main comme une pluie fine, tira dans la tête une deuxième balle qui emporta l'âme du petit homme.

D'un geste du pouce, il rabaissa le cran de sécurité, rangea le pistolet, avant de s'attaquer aux poches du cadavre. Il se releva en tenant deux liasses de billets maintenus par des élastiques. Il les fit défiler et constata que c'étaient des billets de cent.

Il rabaissa le rideau de fer de l'entrepôt et le verrouilla, franchit le portail et le ferma à clé lui aussi. Il remonta à bord de sa Buick bordeaux. Glissa l'arme et l'argent sous son siège. Prit une lingette dans la boîte à gants pour essuyer le sang sur son poignet et ses doigts. Puis il emprunta à nouveau le Holland Tunnel en direction de Jersey City, en jetant un coup d'œil à sa montre, et constatant avec satisfaction qu'il n'avait pas perdu de temps.

4

Il n'y eut ni thé, ni miel, ni citron ce soir-là. La jupe et le corsage de Donna Lou, sa combinaison, gisaient sur l'accoudoir du canapé.

Elle effleura son bras du bout des doigts, sans rien dire, pendant qu'il défaisait l'agrafe de son soutien-gorge entre ses seins pour les libérer. La peau rosée et marbrée autour des pointes, puis les adorables pointes elles-mêmes, s'éveillèrent et se dressèrent, comme caressées par un vent marin salé venu d'on ne sait où.

Elle renversa sa nuque dans la paume ouverte de Louie. Il vit ses narines se dilater, et abaissa sa bouche vers ses lèvres, inséra sa langue sous la sienne, aspirant son haleine douceâtre, sentant tous ses membres se relâcher.

Il lui ôta son soutien-gorge par-derrière. Celui-ci glissa jusqu'aux coudes, puis par terre. Il saisit sa taille, les ondulations magnifiques de sa croupe, faisant courir ses doigts le long de la dentelle de la culotte, descendant vers la douceur d'une cuisse, vers l'entrecuisse chaud. Elle emprisonna la main de Louie avec ses fesses, et elle aspira son souffle, en se frottant contre lui, tandis que la susurration de ce souffle devenait plus malicieuse, pour finalement ressembler au murmure d'un océan lointain, à la fois force et abandon. Les paupières à demi fermées, elle sentait contre elle la pression et la vigueur de sa queue, brutale et suppliante, et son ventre se mit à palpiter.

À travers la culotte, il emprisonna la chair et la moiteur d'été, les boucles blondes comme des barbes de maïs, sentant sous ses doigts les lèvres enflées de sa chatte, liquéfiées par la magie fiévreuse du désir. Donna abaissa sa bouche ouverte vers le cou de Louie et y planta ses dents. Sa queue se contractait avec une violence contenue contre son ventre. Il enfouit ses mains dans ses mèches blondes, serra le poing et l'écarta de lui. Il libéra sa queue de son caleçon ; elle s'en saisit entre ses doigts frais et fins, délicatement, puis l'empoigna, en plaquant ses lèvres contre les siennes. Il agrippa l'élastique de sa culotte dans son poing serré pour l'entraîner vers le lit. Elle se laissa tomber à la renverse ; il lui retira sa culotte à deux mains et la lui lança au visage. Donna la rejeta d'un mouvement de tête, avec un soupir, rouvrit les yeux et le vit, nu, accroupi près d'elle, avant qu'il ne la chevauche.

Elle sentit sa queue contre sa poitrine, dans son cou, sur son visage. Sa bouche s'entrouvrit, cherchant à la happer. Lorsqu'elle l'avala, il poussa un gémissement, en caressant du bout des doigts ses joues qui se creusaient à chaque aspiration. Il lui donna une petite gifle. Sa bouche se détendit, sa langue s'activa, couvrant de salive brûlante, parcourant chaque veine de son membre, tandis que la force qui les attirait, le mystère de leurs âmes, passait et repassait de l'un à l'autre. Pendant que la tête de Donna s'agitait, projetant des ombres dansantes sur le mur faiblement éclairé, aspirant toute la force de Louie, pour la lui rendre ensuite, elle fit glisser sa main vers sa chatte, en remuant doucement les doigts tout d'abord, puis avec fureur, pour exciter la petite énigme rose qui se cache là, sentant en elle toutes les contractions, les palpitations. Enfin, sa tête s'immobilisa, ses joues se creusèrent à nouveau ; tout son corps était tendu, vibrant, extasié, elle avait l'impression que sa main allait s'enflammer.

Il retira sa queue de sa bouche et la fit glisser le long de son corps ; ses belles cuisses s'écartèrent. Lui clouant les poignets sur le lit, il pénétra en elle tout doucement, la tête penchée pour avaler ses seins, avant de s'enfoncer entièrement, de manière brutale. Donna laissa échapper un petit cri et noua ses jambes fines autour de lui, sentant son souffle enfler au plus profond d'elle, pendant qu'il la labourait et frottait son bassin contre les chairs trempées de son entrecuisse, comme s'il espionnait son endroit le plus lointain, le plus affamé.

Elle sentait leurs peaux dévorées par le même feu ; il lui pétrissait sauvagement les seins, en poussant des râles, et il explosa en elle dans un soubresaut, et elle libéra son souffle sauvage. Alors qu'elle s'accrochait à lui, et lui à elle, que son corps et son âme plongeaient dans ces hauts fonts baptismaux chauds, elle eut l'impression soudain que c'était sans doute la dernière fois, et elle pria pour qu'il n'en soit rien.

Assoupie, elle entendit la voix de Louie, douce et lointaine, qui lui demandait comment elle se sentait, et elle entendit sa propre voix, lointaine elle aussi, plus douce qu'elle ne l'était en réalité : « Oh, c'est délicieux, mon amour. »

Quand elle fut endormie, Louie se redressa et resta assis dans l'obscurité. Plongeant dans sa propre pénombre, il s'interrogea sur la présence de Donna Lou dans son lit. Depuis quelques jours seulement il respirait enfin librement sans elle ; il avait réussi à enfermer son désir pour elle, son sentiment de manque, dans une armature à l'intérieur de lui-même. Et voilà qu'elle avait de nouveau mêlé son souffle au sien, les soudures de l'armature avaient fondu et s'étaient échappées à travers sa queue. Sa joie et sa faiblesse, sa bénédiction et sa malédiction étaient de retour, et elles dormaient dans son lit. Louie ne savait s'il devait en remercier Dieu ou lui cracher au visage.

5

Joe Brusher et le dénommé Il Capraio étaient attablés dans la salle aux rideaux noirs, au cœur de la nuit.

— Ce petit con de Génois, cracha Il Capraio. Sale pédé !

— J'ai de la chance de pas être étendu dans la 1re Avenue à l'heure qu'il est. Le petit *chiacchieron'* voulait évoquer le bon vieux temps. Un .45 rien que ça ! Un sacré putain de flingue, un de ces machins qui viennent d'Argentine. Même pas de silencieux, ni rien. Bon Dieu, quand c'est qu'il a commencé à jouer avec des armes à feu, ce petit con ?

— T'as pris le flingue ?

— Non, je l'ai laissé sur lui. Comme ça, quand les flics le trouveront, ils pourront conclure au règlement de comptes habituel entre truands sans se casser la tête et sans manquer le « happy hour » au pub et toutes ces conneries. Si déjà ils le retrouvent évidemment. Au fait, il appartient à qui ce foutu entrepôt maintenant ?

— Au fils Lefty, celui qui se fait enculer, répondit Il Capraio d'un ton distrait. Il y fout plus les pieds depuis que son vieux a passé l'arme à gauche.

Il se leva et se dirigea vers la fenêtre, écarta le rideau pour scruter l'obscurité.

— J'arrive pas à comprendre. C'était pourtant un trouillard de première, ce petit connard.

— Les agneaux deviennent enragés eux aussi. Et des fois, ils mordent.

— T'as fouillé la bagnole et tout ça ?

— Ouais, tout. Il avait juste une trentaine de dollars sur lui. Et ce putain de flingue. Je lui ai pas regardé dans le cul, mais je vois mal comment un type pourrait se foutre dix mille dollars dans le fion.

— Quand même, je comprends pas.

— C'est simple, Frank. Ce salopard croyait que personne d'autre savait qu'on devait se retrouver, et il a cru qu'il pouvait me baiser. C'est tout ce qu'il y a comprendre. Et avec tout le respect que je vous dois, Frank, j'ai pas besoin de tous ces emmerdes.

— Je sais, je sais. Ça suffit comme ça, hein ?

Joe Brusher s'approcha du petit bar sur le côté. Il prit un des grands verres posés sur l'égouttoir, le souleva dans la lumière en le faisant tourner lentement. Un instant il contempla la douzaine de bouteilles alignées derrière le bar, avant de choisir la bouteille de J & B. Il se servit, puis revint s'asseoir avec son verre à la table où Il Capraio l'attendait en silence. De sa poche de veste, il sortit un petit flacon en plastique, souleva le couvercle et fit glisser une pilule blanche au creux de sa main. Il avala la pilule et la fit descendre avec une gorgée de whisky.

— T'arrives toujours pas à dormir, Joe ?

— Bah, fit Joe en secouant la tête, je ferme les yeux quelques instants. Un petit somme par-ci, un petit somme par-là.

Il but une autre gorgée de whisky.

— Avant, je prenais du Valium, ajouta-t-il. Maintenant, le toubib m'a filé ce nouveau machin, Élavil, une merde quelconque. J'ai jamais été un gros dormeur, vous le savez bien.

Il Capraio acquiesça discrètement. Entre les rideaux écartés, il aperçut la silhouette de Giacomo qui se dirigeait d'un pas lent vers son bar. Ayant remarqué le rai de lumière, celui-ci adressa un signe de tête crispé en direction des rideaux noirs. Il Capraio secoua la tête.

— Encore un foutu *pazzo*. Vingt piges de taule, un pied dans la tombe, et toujours à tirer le diable par la queue.

Il inspira à fond, puis se tourna vers la pendule. Il était trois heures et demie.

— Ça me dépasse, Frank, déclara Joe Brusher après un moment de silence. C'est vrai, à quoi bon tout ça ?

Il but une gorgée de whisky, puis soupira.

— L'autre jour, je regardais la télé. Y avait un type, une espèce de tapette, qui descend un autre type, avec de la musique en arrière-fond, et ensuite, on voit le type qui a buté l'autre sur une terrasse, à siroter du châteauneuf-de-mes-deux avec une gonzesse qui se lèche les babines en le dévorant des yeux comme si c'était le Christ en train de bander. Putain ! Moi, la dernière fois que j'ai tiré mon coup, ça m'a coûté cent dollars.

Il vida son verre et le repoussa.

— Et y avait pas de musique en arrière-fond, si vous voyez ce que je veux dire, reprit-il. Bon Dieu, moi je bosse juste pour me payer mes quarante acres et ma mule[1], rien de plus. Vous imaginez pas ce que j'ai enduré quand j'étais jeune, à boire et à jouer comme ça. Laissez tomber ! Sincèrement, Frank, et Dieu m'en est témoin, je suis le type le plus con que je connaisse. Et je le pense !

Il haussa les épaules et fit des gestes abscons de la main droite.

— Mais finalement, je suis toujours là, au moins.

Il se remit à gesticuler, en hochant la tête pour confirmer ses paroles.

— Et j'ai jamais regretté les choses que j'ai faites pour gagner du fric. Jamais. La fois où cette espèce d'enfoiré de chinetoque aurait mieux fait d'aller repasser des chemises ailleurs ou de servir dans un restau au lieu de jouer au toubib et de foirer mon opération de la vésicule biliaire à Lenox FER, que j'ai failli crever, même qu'ils ont fait venir le prêtre, avec sa gueule qu'avait l'air de dire que c'était plutôt un boulot pour un exorciste, et que ma grosse vache de frangine arrêtait pas de me regarder comme pour chercher à savoir où il faudrait commencer à arracher les lattes de mon plancher ; même à ce moment-là, je vous le dis, sur le point de clamser, camé et vert de trouille, j'ai rien regretté du tout. À part ce que j'avais foutu du fric après l'avoir gagné.

Il s'interrompit un instant.

— Bon Dieu, dit-il, j'ai l'impression que ces pilules ça fait causer.

1. Pendant la Guerre de Secession, les Nordistes promettaient « quarante acres et une mule » à chaque esclave libéré s'enrôlant dans leur armée pour combattre le Sud. *(Toutes les notes sont du traducteur.)*

Il Capraio regardait toujours entre les rideaux. Il semblait ne pas avoir entendu un traître mot de ce qu'avait dit Joe Brusher. Il régnait un tel silence dans la pièce qu'on entendait le bourdonnement électrique du néon. Il Capraio croisa ses doigts sur sa poitrine.

— T'as vu Giovanni Brunellesches dernièrement ? demanda-t-il.

Joe Brusher secoua la tête.

— Il traîne plus souvent par ici, Frank. Il doit approcher des quatre-vingts balais maintenant, nom d'un chien. Je crois qu'il est rangé des voitures depuis qu'ils ont balancé le maire rital, Addonizio.

— Il est pas rangé, crois-moi. Je sais pas exactement ce qu'il fabrique, mais il est toujours dans le coup. Je parie qu'il y a un lien avec les *tizzunes* de là-bas.

— De quoi vous parlez, Frank ?

— Les loteries clandestines, Joe. Dans le temps, à Newark, elles rapportaient dans les 200 000 dollars par jour. Maintenant, ils ont le loto officiel eux aussi à Jersey, comme ici, je t'apprends rien. Et ils vendent les tickets partout, dans les épiceries et tout ça. L'État s'en fout plein les fouilles là-bas, encore pire qu'ici. Mais quand même, ça explique pas pourquoi Newark est passé de 200 000 par jour à... tu as une idée du chiffre, Joe ? Moi je le connais, parce que chaque après-midi, tous les bénefs d'ici et d'une grande partie de Jersey atterrissent dans la cuisine d'une baraque de Hackensack, et tout le fric est compté et réparti comme il convient. Et mon gars, celui qui s'occupe des comptes et du partage tous les jours là-bas, me dit ce que Newark rapporte maintenant, et tu veux savoir ce que ça rapporte ? Environ 20 000 dollars par jour. De 200 000 à 20 000 dollars par jour, dans la capitale mondiale des *tizzunes* ! Même si l'État distribuait gratuitement du vin et des pastèques avec les tickets de loto, ça pourrait pas expliquer une chute pareille. Personne n'y comprenait que dalle. Mais un jour, quelqu'un — je crois bien que c'est toi Joe — m'a parlé des anciennes loteries clandestines à Harlem. Ça m'a fait réfléchir. Il est tranquille là-bas, personne ne sait ce qu'il fait, personne ne vient l'emmerder. Hé !

— C'est un vieux de la vieille comme vous Frank. On raconte qu'il a pas mal roulé sa bosse.

Il Capraio se rappelait un jour de neige, il y a fort longtemps, et un sous-sol sous ce qui était maintenant un bar baptisé *Chez Vincent*, à une dizaine de blocs de l'endroit où il se trouvait présentement. Il se souvenait des bouteilles de coca remplies de vin, des bols de *capozelle* et la voix de Giovanni, aussi nettement qu'un demi-siècle plus tôt. Et il se rappelait tout aussi nettement la haine qu'il éprouvait alors, lui le garçon d'à peine dix-sept ans, pour ce gars de vingt-deux ans qui possédait tout : les idées, les couilles et la classe. Comme il se rappelait le plus beau jour de sa jeunesse, ce jour où Frank Costello lui avait tapoté la joue, en disant : « *Mio figlio, mio bravo figlio.* »

— Ouais, c'est un vieux de la vieille, exact. Mais les temps changent.

Il Capraio se massa les tempes, avant d'ajouter :

— Et n'oublie pas que c'est une saloperie d'*albanese.*

49

— Il est albanais ? Je croyais qu'il était né en Italie, qu'il était *pugliese* ou je ne sais quoi.

— Ouais, c'est juste, il est né en Italie, mais c'est quand même un *Albanese* ; il a du sang *albanese*. Son nom, d'où il vient à ton avis ? C'est pas un nom italien, c'est un putain de nom *albanese* à la con. Et moi, je fais jamais confiance à une saloperie d'*Albanese.*

Joe Brusher ne dit rien. Il Capraio croisa négligemment les jambes et s'essuya le coin de l'œil avec son majeur.

— Bref, j'ai eu envie de lui flanquer la trouille. Il a un neveu qui habite par ici, une sorte d'usurier à la petite semaine ou je sais pas quoi, ça change tout le temps. Il va le voir régulièrement. Je lui ai dit de demander à son oncle des nouvelles de Joe Brusher. En me disant que ça lui rappellerait qu'on pensait toujours à lui de ce côté-ci du fleuve.

— Frank, avec tout le respect que je vous dois, je me contrefous de ce qui arrive ou pas à ce salopard, il est rien du tout pour moi, ça serait pas plus malin de le laisser mourir tranquillement ?

— Tu comprends pas, Joe. S'il a quelque chose à voir avec ces *tizzunes*, et s'il meurt peinard, ça réglera pas le problème. Impossible après ça de reprendre les *tizzunes* en main. Les autres continueraient à faire sans lui ce qu'ils font avec lui ; autant tirer un trait dessus. S'il n'est plus là, comment veux-tu essayer de comprendre ce qui se passe là-bas ? Même en foutant le feu au 6e « Ward »[1] et à

---

1. Ward : arrondissement électoral comprenant six à vingt *precincts* suivant la densité de la population.

la moitié de Broad Street, tu ne pourrais pas savoir la vérité. Non, c'est lui qui doit remettre les pendules à l'heure, ou du moins nous expliquer ce qui se passe. Ensuite, il pourra disparaître, volontairement ou pas.

— Frank, vous en avez dans le crâne.

Il Capraio haussa les épaules dans une parodie grotesque de modestie. Les deux hommes restèrent assis là, en silence, adossés contre le mur, figés comme une frise.

— Dites, Frank, vous croyez que je peux vous taper un peu d'argent de poche jusqu'à la fin de la semaine ? Cinquante dollars, par exemple ?

Il Capraio sortit de l'argent de sa poche. Il arracha de la liasse deux billets de vingt dollars et un billet de dix, qu'il déposa devant Joe Brusher, en lui faisant signe de les prendre. Joe Brusher le remercia.

— Un autre whisky ? demanda Il Capraio en désignant du doigt le verre vide.

Joe Brusher secoua la tête.

— Alors, va laver ton verre, ordonna Il Capraio.

6

Louie émergea de Penn Station pour se retrouver au soleil, dans le centre sordide de Newark.

Il remonta Raymond Boulevard jusqu'à Broad Street. En traversant Military Park, il aperçut un Noir avec des chaussures sans lacets enfilées à l'envers, vêtu d'un pardessus râpé, et qui arrachait des tulipes dans des plates-bandes et les jetait ensuite sur la chaussée avec fureur.

— Hé, me regarde pas comme ça, blanc-bec ! lui lança le Noir. Je connais ce regard. J'aime pas qu'on me regarde comme ça !

— Va te faire foutre, rétorqua Louie d'un ton indifférent.

Le Noir émit un vague grognement, avant de se remettre à la tâche.

Louie tourna au coin de Halsey Street. Sur une chaise pliante, devant l'entrée de l'immeuble étroit où habitait son oncle, était assis un Noir corpulent vêtu d'un coupe-vent blanc et coiffé d'un feutre noir. Un long et épais gourdin était appuyé contre le mur, juste à côté de la chaise.

— Salut, Ernie.

Le gros Noir tourna la tête en direction de la voix. Lorsqu'il reconnut Louie, un grand sourire fendit son visage.

— Hé, Louie !

Une bande de jeunes Noirs passa. L'un d'eux transportait un énorme poste de radio qui crachait des grésillements. Un autre avançait en se convulsant au rythme de la musique, en faisant de grosses bulles roses avec son chewing-gum.

— Je reste assis ici à regarder autour de moi, dit Ernie quand le vacarme s'éloigna, et je repense à ce qu'était Newark dans le temps. Une sorte de vraie ville. Hé, t'as déjà vu un bar ouvert toute la nuit avec un maître d'hôtel ?

— Non, jamais, répondit Louie en riant.

— Eh bien, un jour t'as qu'à demander à ton oncle de te parler de *Chez Meyer*.

Il tira de sa poche de poitrine un Partagas, le sortit de son tube métallique couleur cuivre, et arracha soigneusement l'extrémité avec ses dents.

— Comparé à Newark, New York ressemblait à un bled paumé de culs-bénits.

Il gratta une allumette, l'approcha du cigare en tirant de petites bouffées.

— Ah, comme disait ton oncle : Newark fait tourner le monde.

— Comment il va ?

— Toujours solide comme un roc, répondit Ernie avec un sourire. L'autre jour, on a été faire un tour au bar tous les deux. Il s'en est enfilé quelques-uns. Tous les ans, c'est la même chose. Il commence à me parler des tonneaux de bière qui arrivaient dans les bars au printemps, et ensuite, il me sort : « Ça te dirait pas d'aller t'en jeter une bien fraîche ? » Il a toujours sa bouteille de cognac là-haut chez lui. Un petit verre le matin, un autre le soir peut-être.

Ernie fit tomber la cendre de son cigare sur le trottoir.

— Hier, je l'ai accompagné se faire couper les cheveux, reprit-il avec un petit rire. Tu connais ce coiffeur chez qui il va, là-bas dans New Street ? Je crois bien qu'il est encore plus vieux que ton oncle. Il tient ses ciseaux à deux mains !

Ernie cracha un nuage de fumée ; il sembla réfléchir un instant, et son sourire s'évanouit. Il regarda Louie dans les yeux.

— Faut quand même que je te dise un truc, ajouta-t-il. T'as déjà vu ton oncle se servir d'un téléphone ?

— Tu rigoles, Ernie ! répondit Louie en secouant la tête. Quand j'étais môme, mon père m'a raconté que quand il était gosse lui aussi, à l'époque où ils vivaient tous ensemble, mon arrière-grand-père et mon arrière-grand-mère, mon grand-père et ma grand-mère, tous les frères, dans la maison de Jersey City, ma grand-mère voulait qu'ils aient le téléphone. Mon grand-père refusait de le prendre à son nom ; il a fallu que ma grand-mère donne le sien. Et ni mon oncle John ni mon grand-père n'ont jamais voulu s'en servir. Si le téléphone sonnait quand ils étaient seuls à la maison, ils ne décrochaient pas. Ils ne voulaient même pas le regarder, sauf pour le couvrir d'injures.

... Je me rappelle une fois, l'oncle John est rentré à la maison avec mon grand-père, ils revenaient de chez Gangemi, le maire de l'époque, ou je ne sais qui. Je leur ai demandé comment c'était chez lui, et la seule chose qu'il m'a répondue, c'est : « Il a deux téléphones. » Pour lui, c'était comme s'il l'avait surpris avec des sous-vêtements féminins ou je ne sais quoi.

Ernie resta muet un moment, puis il détourna le regard avant de s'exprimer à nouveau :

— Pourtant, je vais t'apprendre une chose. Il y a quelques semaines, ton oncle a fait venir deux types du central 827 pour lui installer le téléphone. Incroyable, non ? Et il arrête pas de le regarder toute la journée comme s'il attendait qu'il sonne.

Louie regarda Ernie, en laissant échapper un petit soupir de consternation que ne pouvait entendre le gros Noir.

— Et c'est pas tout, reprit Ernie. Il a envoyé une demande au ministère de la justice à New York pour obtenir un double de ses documents de naturalisation. Et ensuite, il m'a demandé de l'accompagner chez le photographe, là-bas à Park Place, pour se faire tirer le portrait.

Il secoua à nouveau sa cendre et leva vers Louie un regard perplexe.

— C'était pour un passeport, figure-toi. Il s'est dérangé pour se faire faire une saloperie de passeport !

Les deux hommes se regardèrent ; Louie tapota l'épaule d'Ernie.

— Je vais monter le voir, dit-il. À plus tard.

Louie ouvrit la porte de l'immeuble avec une clé qu'il avait sortie de sa poche et entra.

Il connaissait l'intérieur de cet immeuble depuis son enfance. Un nombre incalculable de fois il avait gravi ces marches jusqu'à l'appartement de son oncle, avec son père, avec d'autres oncles, et très souvent seul aussi. Enfant, en passant du vacarme menaçant du centre de Newark à la quiétude soudaine de ce hall, il avait toujours l'impression de pénétrer dans un sanctuaire, tant était impressionnant le contraste entre le tumulte qui régnait d'un côté de la grande porte en chêne renforcée, et le silence de l'autre côté. Comme si cette porte ne servait pas seulement à les isoler des rues bruyantes. Comme si elle les isolait également du monde extérieur et même du temps qui passe.

Louie jeta un coup d'œil au petit tableau dans le cadre en pin accroché au pied de l'escalier : un paysage d'arbres menaçants et de lac sinistre. Au fil des ans, Louie avait vu le tableau s'assombrir peu à peu, les arbres et le lac s'effacer, pour ne plus laisser que l'aspect menaçant et sinistre. La main posée sur la rampe en bois sombre verni, il gravit l'escalier grinçant jusqu'au premier étage, chaque craquement de marche semblant invoquer, comme par le passé, dans le silence de ce sanctuaire, les fantômes des morts, et réveiller en lui une chose confuse et immortelle qui, parfois, ressemblait au pouvoir.

Les craquements cessèrent. Louie frappa doucement à la porte. Il entendit les pas traînants du vieillard, aussi lents et réguliers qu'un cœur au repos.

— Salut, étranger, dit le vieil homme.

Louie suivit son oncle vers les fauteuils disposés près de la fenêtre. En marchant, le vieil homme remonta ses bretelles sur ses épaules. Ralentissant le pas afin de rester derrière lui, Louie balaya la pièce du regard. La fenêtre était fermée, comme toujours, et Louie savait que celles de la chambre et de la cuisine étaient certainement ouvertes, comme toujours. Les rideaux de dentelle transformaient la lumière vive du soleil en rayons doux et délicats qui tombaient telle une lumière d'église sur les meubles familiers et les murs bleu pâle. Comme tous les murs de l'appartement, à l'exception d'un seul, ceux-ci étaient nus. L'unique représentation d'une chose ou d'un être était accrochée au-dessus de sa tête de lit : un lourd crucifix de bronze, décoré d'un bout à l'autre de l'année d'un rameau tressé que Louie lui apportait durant la dernière semaine du Carême. La canne du vieil homme était appuyée contre la table en acajou, entre les deux fauteuils, sur laquelle était posée sa casquette en tweed. Une loupe se trouvait sur un numéro plié du *Star Ledge* et à côté, des cigares White Owl enveloppés dans de la cellophane, une boîte de De Nobilis, mais le gros cendrier en cristal était propre. Et effectivement, il y avait cette chose, la dernière chose que Louie s'attendait à voir sur cette table : un téléphone noir et brillant.

Ils s'assirent. Le vieil homme régla son appareil auditif, et offrit un cigare à Louie, comme toujours. Louie refusa, comme toujours, et alluma une cigarette.

— J'ai une nouvelle coupe de cheveux, dit fièrement le vieil oncle en désignant son crâne.

— Je sais, Ernie m'a raconté.

Louie sourit en regardant cette épaisse tignasse blanche qui défiait le temps depuis vingt ans, et le visage en dessous, le visage de la parenté.

— J'ai aussi des nouvelles pantoufles, déclara le vieil homme en montrant ses pieds.

Louie examina les belles pantoufles en cuir marron souple, et il sourit, tant elles juraient avec le vieux pantalon en gabardine et la chemise en flanelle à carreaux.

— Chaque fois que tu viens me voir, tu me demandes s'il y a du nouveau, dit le vieil homme avec un sourire. Aujourd'hui, j'ai décidé de te devancer.

L'oncle et le neveu rirent en silence, en s'observant dans la lumière d'église.

— Il y a autre chose de nouveau, ajouta Louie d'un ton sournois.

D'un mouvement de tête, il désigna l'improbable objet en plastique noir.

L'oncle John ne dit rien, il ne sourit pas. Son visage s'embrunit derrière un froncement de sourcils vague et impénétrable, mais Louie discerna l'étincelle de la réprimande derrière les lunettes du vieil homme. Puis la moue laconique se transforma en un semblant de sourire.

— L'amour par téléphone, déclara le vieil homme d'un air solennel. C'est nouveau. Tu appelles, tu payes et la nana te cause. Ils en ont parlé à la télé dans l'émission de Donahue l'autre jour. Tu te rends compte ? Payer une bonne femme pour qu'elle cause ! C'est comme payer un oiseau pour voler !

Il ôta ses lunettes et les essuya avec son mouchoir.

— Imagine, payer *quelqu'un* pour parler, reprit-il, plus sérieusement.

Il regarda Louie dans les yeux.

— Et toi, comment ça va, fiston ?

— Bien, répondit Louie, perplexe.

L'oncle John acquiesça avec une grimace.

— La prochaine fois que tu viens, tu apportes le rameau.

Ce n'était ni une question, ni un ordre, plutôt une réflexion détournée sur le temps qui passe rapidement.

— Et la semaine d'après, c'est le baseball, ajouta-t-il.

Il désigna la télévision éteinte à l'autre bout de la pièce.

— Peut-être que je parierai encore sur les « Mets » cette année. Qu'en penses-tu ?

— Ils ont des chances.

Le vieil homme hocha très lentement la tête, le regard perdu dans les fins rayons de soleil. Il resta assis dans cette position, respirant faiblement, les yeux fixés sur le vide, comme s'il était seul, non seulement dans la pièce, mais aussi dans son monde. Quand enfin il hocha de nouveau la tête, ce fut comme s'il signifiait son consentement à une quelconque puissance souveraine et impalpable au-delà des éclats de lumière, à moins qu'il salue simplement ces fragments de lui-même qui s'étaient perdus dans le courant obscur au fil des ans. Puis il se tourna vers Louie, comme pour dire : Je suis toujours là, et tu es là avec moi. Ils sourirent discrètement à l'absurdité du destin qui les avait réunis, les deux maillons obstinés d'une chaîne brisée.

— Tu penses à te caser et à faire des enfants parfois ? demanda le vieil homme.

— Parfois, oui. Et toi ?

Louie regarda le vieil homme rire sans bruit et demanda :

— Pourquoi tu me poses cette question ?

— Parce que après toi, c'est la fin. Tu es la dernière carte du sabot. D'accord, ça n'a pas beaucoup d'importance. Comme tout le monde sur cette terre, on n'est que des mouches sur le dos de l'Histoire. Mais quand même, quand on vieillit, on pense à ces choses. *L'ultimo di casa Brunellesches*, dit-il avec un grand sourire. C'est ce que tu es. À moins d'avoir un fils.

— J'y pense, répondit Louie avec nonchalance.

— J'ai fait comme toi. J'y ai pensé moi aussi. Et j'y pense encore, dit l'oncle avec un petit rire. C'est une des choses qu'a su faire mon frère Virgilio, ton grand-père. Il s'est marié jeune. Un beau jour, il lui pousse du poil au menton, et le lendemain, hop, il se fait mettre le grappin dessus. C'est ça qu'il faut faire : se jeter à l'eau sans prendre le temps de réfléchir. Car une fois que tu prends l'habitude de vivre seul, c'est dur de renoncer à tes aises.

Louie acquiesça en soufflant l'air par les narines. Le vieil homme se tut. Louie attendit un moment, avant de demander :

— Tu connais un type qui s'appelle Joe Brusher ?

Le vieil homme le regarda, sans la moindre trace de sourire.

— Ouais, dit-il. Et toi ?

— Non. Mais quelqu'un m'a chargé de te demander ce que devenait Joe Brusher.

Le vieil homme hocha la tête avec gravité, comme s'il y avait une réalité à accepter dans les paroles de Louie. Il serra le poing, et le garda fermé, en songeant à la force qui l'habitait autrefois. Puis il le rouvrit lentement devant ses yeux ; il abaissa calmement la main sur le bras du fauteuil, s'arc-bouta et se leva avec lenteur. Plongeant la main dans sa poche, il en sortit un dollar. Il se rassit et posa le billet au bout de la table, plus près de Louie que de lui.

— Tu sais ce que c'est ça, Louie ?

— Oui, un billet d'un dollar, répondit Louie, méfiant.

— Exact. C'est un morceau de papier qu'on appelle un dollar. Quand j'étais môme, un billet d'un dollar représentait une pièce d'un dollar en or. C'était comme ça jusqu'à la Dépression. Quand Roosevelt a interdit l'or, un billet d'un dollar représentait un dollar en argent. On appelait ça le Certificat-argent, et dessus était écrit : « Un dollar en argent payable au porteur sur demande. » Tu t'en souviens. Finalement, il y a vingt ans, ils ont arrêté tout ça, un dollar ne représentait plus rien du tout : payable au porteur sur demande, mon cul ! Malgré tout, par facilité, on appelle ça un billet d'un dollar.

... Maintenant, tourne-le. Tu vois ce qui est écrit : « *In God We Trust* », « Nous avons confiance en Dieu ». C'est un truc qu'ils ont ajouté à la fin des années 50, quand ils s'apprêtaient à renoncer au truc du « payable au porteur ». Regarde un peu sur le côté gauche. C'est quoi cette pyramide avec un œil dessus ?

Louie regarda cet étrange symbole qu'il avait eu sous les yeux, sans le voir, chaque jour de sa vie d'adulte, et avoua qu'il n'en savait rien.

— C'est le revers du sceau des États-Unis, et tu ne le verras jamais ailleurs qu'au dos d'un billet de banque. C'est des conneries de francs-maçons. Les types qui ont bâti ce pays, Benjamin Franklin, Thomas Jefferson, Paul Revere, ils étaient tous francs-maçons. Et c'est les maçons qui ont dessiné ce sceau et qui l'ont fait adopter par le Congrès dans les années dix-sept cent. Penses-y parfois, Louie.

... Et regarde les mots en latin au-dessus de l'œil. Qu'est-ce qui est écrit ?

Louie prononça avec difficulté les mots latins.

— Ça, c'est pas du charabia de maçons, dit le vieil homme. Ces mots, ils ont presque deux mille ans. C'est Virgile qui les a écrits du temps du premier empereur romain, Auguste. Et Auguste tenait la première loterie clandestine de toute l'histoire.

Cette histoire du billet de banque était inédite, songea Louie. Mais le vieux retournait maintenant sur un terrain plus familier. Il avait embrayé sur son trip romain. Prochaine étape, l'Albanie. À ce stade, Louie ne cherchait plus à établir le rapport entre ce discours et sa question qui l'avait provoqué. La question elle-même, ainsi que le nom de Joe Brusher, lui étaient sortis de la tête, emportés par le flot étrange des paroles de son oncle.

— Ce qu'Auguste a inventé il y a deux mille ans marchait toujours très fort en Italie à l'époque où je suis né. On appelait ça le Giuoco del Lotto. Je t'ai tout raconté sur le Guioco, Louie, et sur Il Santo, *l'Albanese* pour qui je travaillais. On prenait les paris dans tout le Lower East Side, n'importe quelle somme, un penny ou un dollar. Tout le monde, même les plus pauvres, avait quelque chose à parier. Ils se disaient qu'ils n'avaient rien à perdre, pour un penny, un nickel ou une dime. En une semaine, je parie qu'on manipulait plus de ferraille que la Federal Reserve Bank de Liberty Street.

... Mais le truc, tu vois, c'est que tous ces gens qui s'imaginaient qu'ils n'avaient rien à perdre, en fait, ils perdaient. Avec de la chance — et ils croyaient tous davantage à la chance qu'à n'importe quoi, car la chance est la religion des ratés — ils pouvaient gagner à un million contre un. Et ils trouvaient ça formidable. Mais en réalité, ils jouaient presque à 44 millions contre un. Un attrape-nigaud !

... Moi, j'observais ces gens, jour après jour, je leur piquais leur argent pour le refiler au Diable et le Diable me donnait ma part. À vingt ans, je regardais ces gens comme une pute regarde un marin saoul. Évidemment, je ne me considérais pas comme une pute. Mais tu vois, il existe un tas de mots injurieux pour désigner les femmes qui vendent leur corps, mais aucun pour désigner les types qui vendent du rêve.

L'oncle John marqua un temps d'arrêt, réfléchit un instant, plongé dans les profondeurs sombres de son passé. Puis il se tourna vers Louie.

— En ce temps-là, j'avais les mêmes cheveux que toi... Et puis tout a commencé à merder. Tu sais, on dit qu'on peut pas se battre contre la mairie. Et c'est vrai. C'est tout en marbre et en granit ce machin.

Il regarda à travers la dentelle, puis son regard se posa sur l'éclat irisé dans le prisme du cendrier en cristal.

— Je suppose que tu sais déjà tout ça, Louie. Je t'en ai jamais parlé, mais je suis sûr que ton père, ou quelqu'un d'autre, l'a fait.

Il ne regardait pas son neveu en disant cela ; il ne voulait pas que celui-ci se sente obligé de répondre. Et Louie ne répondit pas, mais il se souvint d'une dispute d'ivrognes qu'il avait entendue quand il était enfant, il se souvint des beuglements de son père et de l'oncle John dans la cave, le bruit violent d'un poing qui s'abat sur une table, et la fureur contenue des paroles de son père : « Qu'est-ce que tu veux y faire ? Les tuer comme tu as tué ces deux ânes ? Te retrouver encore au trou pour cinq ans ! » Louie se souvenait de sa mère, affolée, qui essayait de lui faire remonter l'escalier de la cave. C'était à la fin de l'été.

— Tu vois, Louie, dans les années 30, le *Giuoco* était déjà dépassé. Au nord de la ville, à Harlem, ça faisait des années qu'ils avaient monté leur propre combine. Au début, c'était ce qu'on appelait les billets du Trésor. Au début des années 20, les billets du Trésor ont été remplacés par les « loteries de la chambre de compensation ». Mais tout le monde appelait ça simplement les loteries. Tu choisissais trois nombres. S'ils correspondaient aux derniers chiffres du total des transactions boursières, et au dernier chiffre du solde annoncé ce jour-là par la chambre de compensation de New York, au coin de Nassau et Cedar, tu raflais la mise à cinq cents contre un.

... Ces loteries clandestines ont connu un énorme succès à New York, elles se sont répandues ensuite dans tout le pays, comme un feu de forêt, au point que chaque ville possédait désormais sa loterie. Ça prenait une telle ampleur que le ministre de la Justice — c'était Roper en ce temps-là — contraignit les journaux à ne plus publier les chiffres de la chambre de compensation dans la rubrique financière. Je te parle de ça à l'automne 1929, à peu près au moment de la Dépression. Peu de temps après, la chambre de compensation de New York a décidé de son propre chef de ne plus publier ses chiffres. Alors, les caïds de Harlem se sont rabattus sur la chambre de compensation de Cincinnati. Plus moyen d'arrêter les loteries !

... Il Santo connaissait les loteries de Harlem depuis pas mal de temps déjà. Il faisait pas mal d'affaires là-haut, dans le quartier italien d'East Harlem, et c'est là-bas qu'il fourguait une bonne partie de sa *bubbonia,* sa came. Mais il ne prenait pas la loterie au sérieux. *La Borsa negra,* il appelait ça : la bourse des nègres. Après, c'était déjà trop tard, et il était trop vieux pour s'y intéresser.

... Tout ce qu'il voulait, c'était retourner en Italie et mourir dans la petite ville où il était né. Il avait encore de la famille là-bas. Il racontait comment, quand un homme meurt là-bas, les femmes l'étendent sur le sol et le lavent avec leurs larmes et leurs cheveux, selon l'ancienne coutume *albanese.* Voilà ce qu'il voulait, prendre son fric, aller vivre comme un seigneur dans son patelin, rester assis au soleil, mourir à l'ombre, avec toutes ces gonzesses qui pleurent sur son corps. Mais ça s'est pas passé comme ça.

... Les quelques types avec qui il était associé n'étaient pas vraiment ce qu'on pourrait appeler des partenaires à part égale. Il partageait l'argent du Giuoco, à sa manière, mais le fric de la bubbonia il le gardait pour lui. Il n'aurait même pas supporté qu'on en parle. Et quand il a décidé de rentrer au pays, il a refilé le Guioco à ses associés, mais il n'a rien dit au sujet de l'héroïne. Ces types savaient que le Guioco c'était fini. Et ils savaient que le trafic d'héroïne rapportait une fortune. Ils savaient que dès la fin de la Prohibition — et tous les signes l'annonçaient, ce n'était plus qu'une question de temps — tout le monde se jetterait sur la bubbonia. Mais Il Santo avait pensé à quelqu'un ou à quelque chose d'autre pour cette opération. Alors, ils décidèrent que le seul moyen de reprendre le contrôle, c'était la vuoda. Et ce fut l'arrêt de mort d'Il Santo : cinq balles dans la tête, assis à sa table de cuisine, le 3 septembre 1930.

Le vieil homme s'interrompit pour se moucher dans son grand mouchoir à carreaux. Il demanda à Louie de lui apporter un grand verre d'eau minérale qui se trouvait dans le réfrigérateur, et de s'en servir un lui aussi. Louie s'exécuta, et le vieil homme but.

— Ah, la meilleure boisson au monde ! dit-il.

Il prit une profonde inspiration et reprit son récit :

— Ils nous ont refilé le *Guioco* comme on balance un os à un chien. À moi et trois autres gars. On n'était que des petits voyous, mais assez malins pour aller enterrer cet os à Harlem.

... Au coin de Mott et de Hester, juste à l'endroit où se trouve maintenant ce rade pourri, chez *Vincent*, il y avait un vieux troquet où on vendait du vin dans des bouteilles de coca pour quelques sous, des bols de *capozell'* pour un dollar. C'est là que j'ai expliqué aux autres comment on pouvait décrocher le gros lot sans mouiller notre chemise.

... C'était un peu avant Thanksgiving de 1930. La semaine suivante, on a pris le train pour Cincinnati et on est descendu à l'hôtel. La chambre de compensation de Cincinnati se trouvait au troisième étage de l'immeuble de la First National Bank au coin de la 4ᵉ Rue et de Walnut Street. On est allé trouver le gars dont le job consistait à écrire chaque matin les chiffres sur une ardoise pour les journalistes. Il gagnait quelque chose comme 50 dollars par semaine. On lui a offert 2 000 dollars pour arrondir les chiffres à trois zéros. Il a pas hésité un seul instant. On a décidé que ça se ferait le 11 décembre. Voilà, c'était aussi simple que ça.

... Deux d'entre nous sont restés là-bas, à Cincinnati, et les deux autres sont rentrés à New York. Il y avait un type nommé Castiglia qui se faisait appeler Costello. On l'avait connu par l'intermédiaire d'Il Santo. À l'époque, il était occupé à mettre la main sur Tammany Hall[1]. Quand tu regardais par-dessus l'épaule de ce type, tu ne voyais pas six Ritals de Thompson Street, tu voyais la mairie. Alors, on est allé le trouver. Je lui ai parlé en italien. Il a accepté de nous financer. Il avancerait le fric pour l'employé de la chambre de compensation, et il effectuerait nos paris, en même temps que les siens, directement à Harlem par le biais de ses hommes, des types avec lesquels Miro et les autres caïds de Harlem n'oseraient pas faire les malins.

... Dès 3 heures de l'après-midi, le mercredi 10 décembre, il y avait à Harlem plus de 5 000 dollars misés sur le triple zéro. On connaissait une boutique de prêts sur gages, le « Blue White Diamonds », où on pouvait parier mille dollars sur un chiffre et rafler un demi-million en liquide si le chiffre sortait.

---

1. L'un des plus anciens et plus célèbres clubs politiques des États-Unis englobant l'organisation totale du parti démocrate de Manhattan.

En fin d'après-midi, Castiglia y est allé et a allongé dix billets de cent dollars sur le comptoir. « J'ai fait un rêve », il a dit au nègre.

... Le lendemain, on ne parlait que de ça, à la radio et dans tous les journaux : le triple zéro. C'était la folie à Harlem. Castiglia et ses gars ont ramassé le fric disponible dans les caisses des loteries, et ils sont allés chercher le reste au « Blue White Diamonds ». Miro et les autres caïds étaient ruinés. L'un d'eux s'est fait sauter la cervelle, un autre a quitté la ville. Castiglia et ses potes se sont associés avec ceux qui restaient. Je croyais faire partie de ces potes.

Le vieil homme leva la main gauche pour porter son verre à sa bouche, et Louie remarqua le scintillement familier et imposant de la grosse bague en diamant que n'ôtait jamais son oncle. Enfant, quand sa famille était pauvre, Louie avait appris le sens du mot *malocchio* en observant les regards de ses tantes quand elles voyaient cette pierre.

— Castiglia m'a donné 20 000 dollars. Il m'a promis qu'il y en aurait d'autres. En attendant, il voulait que j'invente un nouveau système de loterie, un système qu'on pourrait truquer aussi facilement que les loteries de la chambre de compensation.

... J'ai étudié la question, et je me suis dit qu'on pourrait se servir des trois derniers chiffres du relevé de la bourse de New York. Et pendant un temps, ça a marché. Mais au bout de quelques mois, la direction de la bourse a pigé le truc, et ils ont remplacé les trois derniers chiffres par des zéros. Un peu comme si, avec la Dépression et tout ça, la bourse avait peur de devenir une filiale des loteries clandestines.

... C'est alors que j'ai inventé ce qui allait s'appeler les loteries de New York. Chaque après-midi, on prenait les rapports des trois premières courses hippiques, et on les additionnait. Supposons que ces dix-huit rapports donnaient un total de 91,50 dollars. On ajoutait le rapport des deux courses suivantes. Ça donnait 192 dollars admettons. On ajoutait ensuite les rapports des sixième et septième courses. Au total, ça faisait 415,20 dollars. On prenait alors le dernier chiffre avant la virgule de chacun des trois montants, 1, 2 et 5 dans notre exemple, et ça donnait le numéro gagnant du jour.

Louie avait grandi dans un milieu où tout le monde jouait à la loterie clandestine autour de lui, et son grand-père lui avait toujours dit que les loteries, telles que les gens les connaissent, n'existeraient pas sans l'oncle John. Enfant, il y croyait. Sans comprendre que ces loteries étaient illégales — même son instituteur et le flic au coin de la rue y jouaient — il était certain que, lorsqu'il serait assez grand pour lire des livres sans images, il y trouverait le nom de l'oncle John inscrit en lettres capitales, aux côtés de Christophe Colomb ou Albert Einstein. Mais plus tard, à l'adolescence, il avait cessé d'y croire, ce n'était qu'un mensonge de plus que son grand-père avait emporté dans sa tombe. À partir de cet instant, la certitude avait alterné avec le doute, jusqu'au jour où son père, peu de temps avant sa mort, apporta un démenti qui ne laissa plus aucun doute dans l'esprit de Louie : c'était la vérité. Pourtant, jusqu'à aujourd'hui, l'oncle John lui-même n'avait jamais abordé ce sujet. Comme presque tout ce qui les unissait, cela demeurait sous-entendu.

— C'était un système épatant, dit le vieil homme d'un air songeur. Plus tard, ils ont inventé les loteries de Brooklyn. Il suffisait de regarder la dernière ligne des résultats des courses dans le journal, les trois derniers chiffres du montant des mises donnaient le tirage de Brooklyn. Avec ces deux loteries quotidiennes, New York et Brooklyn, avec des rapports de cinq cents contre un, alors que les chances réelles étaient de 995 contre 1, la combine rapportait plusieurs millions par semaine. Par la suite, ils ont inventé le pari simple : ils envoyaient des coursiers l'après-midi pour prendre les paris sur les chiffres de New York un par un. Ça rapportait du sept contre un, avec des chances réelles de 9 contre 1 ; et du 59 contre 1 pour ce qu'ils appelaient un « bleeder », un pari sur deux chiffres à la fois.

... Les gens étaient dingues des loteries. Une vraie maladie. Et comme toutes les maladies, c'était une vraie mine d'or. Malheureusement, il n'y a pas de copyrights dans ce métier, et on touche pas de droits d'auteur. Les 20 000 dollars que j'avais gagnés n'ont pas fait long feu. Je me suis offert un coupé Packard, décapotable. J'ai acheté cette bague. J'avais une petite amie, je lui ai acheté une fourrure, et un jour où j'étais bourré, j'ai même payé l'hypothèque de la maison de sa mère à Brooklyn. Un *cent* par-ci, mille dollars par-là. Aux idiots l'argent file entre les doigts, comme on dit.

... Alors je suis allé trouver Castiglia. J'étais son ami après tout, non ? Évidemment. Je lui ai rappelé sa promesse, comme quoi je toucherais encore du fric. Je lui ai parlé en italien, et il m'a répondu en italien. *E meglio il cuor felice che la borsa piena,* il a dit. « Mieux vaut un cœur joyeux qu'une bourse pleine. »

Le vieil homme reprit sa respiration.

— J'ai pas mal réfléchi, j'ai pas mal bu. Je me suis retrouvé avec du sang sur ma chemise, et voilà. L'État m'a piqué cinq ans de ma vie. C'était logique.

... En ce temps-là, Louie, Sing-Sing c'était pas un lieu de plaisir. Pendant des mois, je suis resté assis dans l'obscurité sans rien faire. Je fumais des cigares, je crachais et je ressassais les pires idées noires. Et puis un matin — c'était à cette époque de l'année où on sent le printemps dans la brise venue du fleuve — je me suis réveillé, et j'avais retrouvé mes forces. J'avais respiré la brise.

... Sing-Sing était foutu de telle façon en ce temps-là que la bibliothèque se trouvait au rez-de-chaussée, juste avant d'arriver dans la cour. Ce matin-là, j'y suis entré. Le type qui s'occupait de la bibliothèque était un petit pédé venu d'un bled quelconque du Sud profond. On le surnommait Betty Boop. Il avait planqué une boîte de vieilles serviettes périodiques dans sa cellule. « Viens renifler un petit coup, il me disait. T'as presque l'impression d'être avec une gonzesse. » Il a fini par se trancher la gorge. Ils l'ont recousu, et ce connard a arraché les fils de ses propres mains.

... Enfin bref, je suis entré là-dedans pour jeter un œil. C'était pas une vraie bibliothèque. Mais bon,

Sing-Sing n'a jamais été un endroit fait pour les intellos.

... Je savais ce que je voulais, mais pas précisément. Tu vois, Louie, cette petite brise que j'avais respirée m'avait fait entrevoir la vérité. Et la vérité, c'est que j'étais aveugle. Pendant toutes ces années, depuis le temps où j'ai commencé à travailler pour Il Santo jusqu'au jour où ces lourdes portes se sont refermées derrière moi, j'avais méprisé tous ces crétins qui étaient mon gagne-pain. Je les méprisais, sans jamais m'apercevoir que je suivais une route parallèle à la leur, et qu'elle conduisait au même endroit. La seule différence à l'arrivée, c'était le cercueil : en bois ou en bronze. Tout compte fait, j'étais qu'un crétin comme eux, de qualité supérieure. Pendant que je les entubais, je me faisais entuber moi aussi. Je connaissais toutes les combines qu'ils ignoraient, mais j'ignorais les règles qui gouvernaient mon propre destin. J'étais tombé dans le plus vieux piège à con du monde : la confiance. J'avais fait confiance à un type nommé Frankie Scarpa. Et pendant que je parlais italien avec Castiglia, Frankie Scarpa parlait anglais. Frankie Scarpa et le pote de Castiglia, Dutchie, ont hérité des loteries, et moi que dalle ! Mais un jour, Dutchie a trop eu confiance lui aussi. Un gardien m'a montré sa photo dans le *Mirror*. Il baignait dans son sang, à quelques pâtés de maisons seulement d'ici. Et le jour est venu où Castiglia a eu confiance lui aussi.

... Tu vois, j'avais pas encore très bien compris que chaque fois que quelqu'un te parle de confiance et d'honneur, si tu regardes par-dessus ton épaule, t'es presque sûr de découvrir un braquemart prêt à te défoncer le cul. C'est comme le coup du billet de banque — ils écrivent dessus *Nous avons confiance en Dieu,* et le lendemain, ton billet ne vaut plus un clou. Moi, je ne voyais rien, j'étais aveugle. J'avais trouvé le moyen d'arnaquer les loteries, sans m'apercevoir que je me faisais arnaquer moi aussi. J'étais pas un cas unique. Là-bas à Sing-Sing, il y avait plein d'aveugles.

... Enfin bref, Louie, ajouta-t-il d'une voix plus forte. J'ai passé cinq ans à Sing-Sing, et j'ai appris certaines choses. J'ai appris le latin, et j'ai appris *potestas* — le pouvoir directement auprès des hommes qui savaient de quoi ils parlaient. Dans leur propre langue. J'ai appris que ces deux mots *annuit coeptis,* au dos du billet de banque, venaient d'une prière de *potestas.* J'ai appris que c'était ça le dollar.

... Mais ce que j'ai surtout appris, Louie, c'est qu'il n'y a rien de nouveau dans ce monde. Il Santo, Castiglia, tous les autres, ils n'ont rien inventé qui n'ait été fait deux mille ans auparavant. Et c'est valable pour tout le monde. Le type qui pense avoir une idée neuve n'est qu'un crétin qui ne connaît rien à la vie. Comme disent les Juifs : « Ce qui a été sera, et ce qui a été fait le sera encore ; il n'y a rien de nouveau sous le soleil. » Celui qui a compris ça possède un énorme avantage dans la vie.

Le vieil homme regarda Louie dans les yeux, et il les fixa jusqu'à ce que sa vue défaillante fût certaine d'y voir briller une lueur.

— Je suis sorti de Sing-Sing en 36, et j'ai poursuivi ma route. Je me suis occupé de politique, d'une certaine façon, avec Frank Hague à Jersey City, à l'époque des élections de 1937. Finalement, je me suis installé ici. Je me suis bien débrouillé. Je suis resté mon propre patron. Je n'ai jamais cherché les ennuis, mais je ne les ai jamais fuis. Voilà plus d'un demi-siècle que j'ai respiré cette petite brise, et tu veux que je te dise, Louie, elle devient plus forte et plus douce avec le temps.

... J'ai vu ce qui s'est passé avec les loteries clandestines. Comme je te l'ai dit, Dutchie s'est fait descendre. Il y a une grosse pierre grise au cimetière de la Porte du Paradis qui porte son nom. En 39, Jimmy Hines, le boss de Tammany Hall, qui était le véritable associé de Castiglia pour les loteries, s'est fait liquider par Dewey, un autre enfoiré. Pendant quelque temps, il y a eu pas mal de chambardement, et les loteries ont changé de mains. Mon vieux pote Frankie Scarpa s'est fait rabaisser le caquet. Et ils sont tous devenus plus gourmands les uns que les autres.

... C'est ce qui a causé leur perte. Ils ont inventé cette connerie de « numéros réduits » en croyant augmenter leurs bénefs d'au moins dix pour cent. Désormais, ils ont décrété que certains numéros — tous ceux avec un 1 au milieu ou le 769 interprété comme le chiffre de la mort par la plupart des livres des rêves, les trois zéros également, tous ces numéros ne paieraient plus qu'à 400 contre 1. Mais imagine un type qui joue le 117 depuis dix ans. Maintenant, le coursier vient lui dire que son numéro est « réduit » et qu'il ne rapporte plus du 500 contre 1. Même si le type est complètement con, il va se poser des questions. Et c'est pour ça que, quand l'État a décidé de reprendre les loteries en main, il n'a eu qu'à payer à 500 contre 1 tous les numéros, sans nu-

74

méros « réduits ». Celui qui a conseillé à l'État de faire ça était un petit malin. Quel qu'il soit, ajouta-t-il avec un sourire narquois.

Louie termina son verre d'eau, en observant son vieil oncle à travers le fond de son verre.

— Très souvent au cours des années 40 et 50, et même depuis, des types m'ont demandé de reprendre les loteries clandestines. Ils connaissaient l'histoire des trois zéros que je t'ai racontée. Mais j'ai toujours refusé. Je savais que l'État n'allait pas tarder à entrer dans la partie. Et avant la fin de ta vie, Louie, tu verras l'État s'emparer totalement de toutes les loteries. À Jersey City, c'est presque chose faite, et l'année dernière à New York, l'État a fait main basse sur presque un demi-milliard de mises.

Il dévisagea son neveu.

— Cinquante pour cent de cette somme sont allés à ce qu'ils appellent l'« administration ».

Louie eut le sentiment que son oncle prononçait ce dernier mot insolite avec un certain plaisir. Mais peut-être ralentissait-il simplement avant le long silence qui suivit. Cette fois, Louie décela une véritable lassitude sur le visage du vieil homme.

— Certaines personnes s'imaginent que j'ai une dent contre les loteries depuis cette sale histoire il y a soixante ans.

Il secoua la tête lentement, d'un air sévère.

— Ils n'ont pas senti cette petite brise, Louie. Et ils ne me connaissent pas, dit-il en levant de nouveau les yeux vers son neveu.

... Et aujourd'hui, nous sommes assis là, toi et moi. Il n'y a jamais eu d'histoire de confiance entre nous, ni d'amour, d'honneur ou des *muts* de ce genre.

Louie n'avait pas entendu prononcer cette obscénité albanaise depuis des années.

— Je suis un vieillard qui s'est bien débrouillé, un vieillard qui a dépensé presque tout ce qu'il a gagné, mais qui a senti cette brise et qui a su la respirer plus longtemps que n'importe quel autre homme.

... Et voilà que tu viens me voir pour me dire que quelqu'un t'a chargé de me demander des nouvelles de Joe Brusher.

Le vieil homme hocha la tête avec détermination, comme il l'avait fait lorsque Louie avait prononcé ces mots et que le soleil inondait la pièce à travers les rideaux de dentelle.

— Et je sais que le quelqu'un dont tu parles est le type à qui tu verses tes cotisations syndicales. Je sais qu'il fait partie de ceux qui ont inventé cette connerie de « numéros réduits », et je sais que c'est un de ceux qui pensent que j'ai une dent contre la loterie. Ce type est aussi pourri qu'Il Santo, mais il a moins de cervelle et moins de couilles. Il s'appelle Frankie Scarpa, et on le surnomme Il Capraio.

... Joe Brusher, lui, est né avec des yeux de cadavre, et c'est un tueur.

... Tu sais, Louie, ce n'est pas vraiment une question que me pose ton ami, dit-il en savourant ce mot. Il sait aussi bien que moi où est Joe Brusher. Non, c'est pas une question. C'est une menace. Mais je m'en fous. Je ne suis pas téméraire, mais je n'ai pas peur non plus. Ce qui m'ennuie, vois-tu, c'est qu'il est assez minable pour faire faire ses sales commissions par la chair de mon sang. Je te demande de bien réfléchir à ça, Louie.

... Maintenant, va me chercher un crayon et un papier dans la cuisine.

Louie alla chercher ce qu'on lui demandait. Après l'avoir remercié, le vieil homme étala la feuille sur la table et posa sa main gauche dessus, sans trembler. Le nez collé à la feuille, il écrivit soigneusement le nom de Joe Brusher, et en dessous, une adresse dans Fairmont Avenue à Jersey City. Il plia ensuite la feuille et la tendit à Louie.

— Tiens, dit-il avec une dernière étincelle de volonté dans son regard fatigué. Voilà la réponse.

Les deux hommes restèrent assis en silence dans la pièce de plus en plus sombre. Louie observa le regard du vieil homme perdu dans le vague, et il comprit que celui-ci voyait tout ce qui restait d'un passé qu'il avait tour à tour adoré et méprisé. La pièce continuait à s'assombrir, et Louie se leva pour allumer la lampe. La lumière inonda la pièce, et le vieil homme redressa la tête.

— Alors, qu'est-ce que t'en penses, fiston, on parie encore sur les « Mets » ?

— Ouais, fit Louie On parie sur les « Mets ».

Ils échangèrent encore quelques mots, à propos des statistiques de coups de batte et du gazon artificiel, de la bière et du temps. Louie proposa de lui apporter un *abbacchio*, un agneau de lait fraîchement tué, lorsqu'il viendrait avec le rameau la semaine prochaine. Le vieil homme voulut lui donner un billet de cinquante dollars en échange de l'agneau, mais Louie refusa.

— Non, garde-le, dit-il. Peut-être que tu n'as pas tout lu au dos.

Au moment des adieux, le vieil homme leva un bras, et Louie se pencha pour l'étreindre.

Le reflet de la lampe sur le carreau éclairait la pénombre de la nuit naissante. À sa fenêtre, l'oncle regarda Louie qui s'éloignait parmi les ombres allongées du printemps.

Le vieil homme se détourna. Il sortit un bout de papier de sa poche, décrocha le combiné noir étincelant, et composa un numéro.

— Allô ? fit Joe Brusher.

— Le môme a tout gobé, dit le vieil homme.

7

Tôt le lendemain matin, Louie retourna dans la Rue du Silence pour y boire son café, fumer et jouer à la loterie.

Les joyeux drilles, constata-t-il, étaient sobres, mais visiblement souffreteux. Ils étaient tous regroupés autour de la petite table en formica, sous l'ampoule nue. L'un d'eux tenait à deux mains une énorme manivelle.

— Tout ce qu'il nous faut, c'est une bonne barre de fer, dit-il.

— Je te le répète, dit un autre, c'est pas une serrure à bascule. Faut une clé de torsion. Et quelqu'un qui sache s'en servir.

— Moi, je dis que vous allez en baver, intervint le troisième.

— Hé, y a pour 50 000 dollars de flingues .9 mm en plastique, des Glock 17. Ça vaut le coup de se donner un peu de mal ! déclara le type qui devait de l'argent à Louie.

— Peut-être. Mais je suis sûr qu'y a un moyen plus facile.

Giacomo se tourna avec raideur pour les foudroyer du regard. Puis il se retourna vers Louie avec la même raideur, en secouant la tête.

— T'as une sale gueule aujourd'hui, fiston, lui dit-il à voix basse après un instant de silence.

Louie était sur le point de lui dire, de manière amicale, d'aller se faire foutre, mais il se ravisa.

Il savait qu'il avait une sale tête. Il n'avait presque pas dormi cette nuit, et ce matin en se levant il n'avait même pas pris la peine de se raser. Il conservait en mémoire l'image de son oncle qui scrutait l'obscurité naissante, et il entendait encore ses paroles. Il avait été effaré d'apprendre qu'Il Capraio et son oncle se vouaient depuis si longtemps une haine mutuelle. Les deux hommes avaient toujours donné l'impression de n'entretenir que de vagues relations. Malgré tout, ce n'était pas cette révélation qui avait gâché son sommeil. Ce qui véritablement le tracassait, c'était de songer que cette réalité lui avait été cachée toute sa vie, par le seul parent qui lui restait, le seul homme en qui, à cause de ce lien du sang, il ait confiance. Il chérissait cette confiance, tout comme il chérissait ce qu'il y avait d'impérissable dans son amour pour Donna Louise. Il chérissait ces choses qui l'empêchaient d'abandonner toute confiance et tout amour, comme une digue. Aussi loin que remontent ses souvenirs, il avait toujours vu les visages de ces hommes modelés par cette renonciation, ou ceux qui la portaient en eux à la naissance, les visages de ceux qui franchissaient la porte grinçante de cette devanture masquée par un rideau noir. Car aussi loin que remontent ses souvenirs, il avait eu peur de se regarder dans un miroir un jour et d'y découvrir un de ces visages. La révélation du secret de son oncle lui avait fait prendre conscience combien lui-même se confiait peu, à son oncle ou à quiconque ; et couché dans son lit cette nuit, éveillé, avant l'aube, il avait vu s'écrouler la digue. *J'aurais dû prendre au moins les cinquante dollars pour l'agneau*, se disait-il.

Alors que Louie buvait sa troisième tasse de café, Il Capraio entra, et le silence se fit dans la salle. Un des hommes attablés leva la main pour le saluer, mais Il Capraio s'interdit d'y prêter attention. S'arrêtant devant Louie, il fit une vague remarque sur le temps ensoleillé, et d'un mouvement brusque de la main refusa le café que lui proposait Giacomo d'un air morne. Il se frotta le visage, se racla la gorge et resta planté là.

Louie sortit de sa poche le morceau de papier plié que lui avait donné son oncle, et le tendit à Il Capraio. Il observa la réaction de ce dernier qui regardait fixement le papier, le temps qu'il comprenne de quoi il s'agissait, puis il vit son visage se crisper en lisant le message. Lentement, Il Capraio replia la feuille, et de la main droite, il en fit une petite boule, avec laquelle il tapota plusieurs fois sur le comptoir, avant de la déposer dans un cendrier avec un curieux hochement de tête. Il se tourna vers la porte en poussant un soupir et sortit.

Louie regarda Giacomo, en haussant les sourcils, et Giacomo, les lèvres pincées, lui rendit son regard.

— Je ne poserai même pas la question, dit le vieil homme.

Il prit le cendrier et le vida dans la poubelle sous le bar.

Louie renifla, avec un petit sourire. Il s'étira, se

leva et retourna vers la petite table, d'un pas décidé. En le voyant approcher, le type qui lui devait de l'argent se pencha en arrière pour glisser sa main dans sa poche de pantalon. Avec un grand sourire, il donna à Louie quatre billets de vingt dollars. Louie, sans sourire, les mit dans sa poche et pivota sur ses talons.

— Hé, tu me dois deux dollars, non ?

Louie se retourna et constata que le type était sérieux.

— *Domani,* dit-il. *Domani.*

Louie marcha vers l'ouest jusqu'à la station de métro située au coin de la 6ᵉ Avenue et de Spring Street, s'arrêtant en chemin pour acheter le *Daily News.* Vingt minutes plus tard, il jetait le journal dans une poubelle de la 42ᵉ Rue. Il atteignit ensuite une horrible boutique peinte en rouge au-dessus de laquelle une enseigne clignotante en plastique jaune décorée de lumières de Noël proclamait : SUPER-FILMS XXX PEEP-SHOW MAGAZINES VIDÉOS en grosses lettres noires gondolées. De tous les arrêts obligatoires de Louie, celui-ci était son préféré.

— Allez, messieurs, faites votre choix et passez à la caisse, on n'est pas à la bibliothèque municipale ici ! beugla le type obèse qui se tenait derrière sa caisse, sur une estrade. Plusieurs clients, occupés à feuilleter avec intérêt les magazines, obéirent bien gentiment et la caisse enregistreuse fit entendre sa douce sonnerie. À côté de Louie, un type bien habillé, avec une tête de mante religieuse, tenant un porte-documents dans une main, déposa sur le comptoir un exemplaire de : *Les Dévoreuses de mâles.*

— Il est derrière ? demanda Louie.

Il jeta un coup d'œil à l'intérieur de la vitrine sous le comptoir, où un visage en caoutchouc le regardait fixement, avec la bouche ouverte et un gosier de quinze centimètres relié par un fil électrique à une batterie.

Louie traversa lentement la grande boutique tout en longueur, en laissant errer son regard sur les rayonnages. Au passage, il repéra *Anal Lesbos* et *Mords-moi les seins, Vierges sodomisées* et *Ménagères lubriques, Attachée et défoncée* ou encore *Plein la bouche.* Il pénétra dans la pièce du fond, plus sombre et qui sentait le désinfectant. Des rangées de cabines de projection, d'où s'échappaient de légers ronronnements mécaniques et des raclements de gorge désespérés, proposaient au choix : *Pipes à la ferme, Culs enchaînés, Fillettes en folie.* Sur le mur du fond, près d'une machine à sous solitaire, se découpait une porte. Louie frappa sept petits coups du revers de la main, une voix rauque lui répondit.

Le minuscule bureau-débarras était fidèle à lui-même un vrai bordel. Derrière une table en acier et placage déglingué était assis un type courtaud d'une quarantaine d'années. Il avait roulé les manches de sa chemise tachée d'encre, et les branches de ses lunettes étaient rafistolées avec du ruban adhésif jauni. Le dessus du bureau était encombré par une corbeille pour documents à deux étages en désordre, un distributeur automatique de monnaie, une calculatrice et un téléphone. La photo encadrée de l'épouse replète du mari replet était en partie masquée par une pile de cassettes intitulées *Chattes en feu*. Derrière le type replet, sur le mur nu, étaient accrochés un calendrier de la Chemical Bank et une pancarte disant : « Qui paie ses dettes s'enrichit. »

— Bonjour, Lord Goldstick, comment ça va ? demanda Louie, sans toute la fausse déférence avec laquelle il prononçait généralement ces mots.

Il s'assit sur une chaise en bois branlante à côté du bureau.

— Ça irait très bien si les Black Hawks avaient gagné hier soir, répondit Goldstick.

Plongeant la main dans un tiroir du bureau il tendit à Louie une fine liasse de billets retenus par un gros trombone. Louie compta les quatre cent cinquante dollars et les fourra dans sa poche.

— Dans trois semaines, on sera quittes, annonça-t-il d'une voix lente, dans un long souffle rauque.

Goldtstick émit un grognement, accompagné d'une grimace, comme s'il devait refouler une montée de bile.

— Je serai jamais quitte, dit-il. Je suis sorti du ventre de ma mère les pieds en avant, et depuis, j'ai jamais cessé de galoper. (Il se renversa dans son siège.) Si les Lakers n'avaient pas eu la bonne idée de gagner ce week-end, tu aurais dû te contenter de mon sourire aujourd'hui.

— Ni cartes de crédit ni paiement en nature, répondit Louie. Pas pour les clients avec une bite en tout cas.

— Puisqu'on parle de cartes de crédit et de bites, enchaîna Goldstick en se penchant en avant, avec un sourire jusqu'aux oreilles, en ouvrant un autre tiroir. Jette un œil là-dessus !

Il tendit une chemise à Louie qui l'ouvrit.

Elle contenait une douzaine de lettres. Soigneusement tapées à la machine pour la plupart, certaines griffonnées à la main. À chaque lettre était agrafé un chèque de cinq cents dollars, à l'ordre de « Rêves & Co ». Louie commença par une lettre rédigée d'une fine écriture nerveuse :

« Chers messieurs, était-il écrit. Je voudrais une femme brune qui porte les vêtements que je vous ai envoyés à part et qui se caresse entre les cuisses, mais à travers son pantalon sans rien montrer, et qui répète sans arrêt, comme une folle, "Je te veux, Barry, oh, Barry mets-la-moi", et qui se passe la langue sur les lèvres, qui se frotte les nichons en remuant comme une chienne en chaleur, et qui dit à la fin : "Oh, c'est toi que j'aime, Barry, pas lui", en m'adressant un baiser. À part les cheveux bruns, il faudrait qu'elle ait une trentaine d'années, et une taille qui corresponde aux vêtements que je vous ai envoyés. Merci infiniment. Soyez gentils de me renvoyer les vêtements ensuite. »

La lettre était signée par quelqu'un qui ne s'appelait pas Barry. Louie leva les yeux vers Goldstick, rangea la lettre et en prit une seconde, tapée à la machine celle-ci :

« Chers Rêves & Co,

La scène que j'aimerais voir se réaliser se déroule avec une très jeune adolescente, le genre petite employée, mais pas vulgaire ; mince, blonde, avec les ongles et les lèvres roses, une touche discrète de rouge à joues et de mascara. Elle porte un déshabillé rose en soie, un collant Le Bourget noir extrafin, et des escarpins en cuir rouge avec des talons de huit centimètres.

Le scénario est le suivant : la fille est debout, penchée en avant, elle touche le bout de ses chaussures avec ses doigts. La caméra se trouve au niveau du sol. Lentement, ses doigts remontent le long de ses cuisses. La caméra reste au niveau du sol et les suit. La fille arrive au déshabillé, elle le soulève, se montre nue. Ses doigts s'attardent sur son ventre, ses seins. Elle laisse retomber son déshabillé (au ralenti, si possible). Allongée par terre, elle retrousse le déshabillé sur ses hanches. La caméra se lève pour la filmer de haut. Avec ses ongles, la fille déchire tout à coup l'entrejambe de son collant. Saisissant le tissu à deux mains, elle élargit le trou. Elle ôte une de ses chaussures, la porte à sa bouche et la caresse. Elle la lèche, elle suce le talon, tout en se touchant (il faudrait qu'on entende les bruits de succion). Elle ôte son autre chaussure et introduit lentement le talon dans son vagin, en le faisant aller et venir, sans cesser de sucer l'autre chaussure. Jusqu'à l'orgasme. Ensuite, elle se met à pleurer. Elle lèche les larmes qui coulent sur ses lèvres, en laissant des traînées de maquilllage. « Tue-moi, Rudy », gémit-elle. Elle répète cette phrase plusieurs fois, avec énormément d'émotion et de sincérité. J'aimerais que la scène se termine par un lent fondu au noir.

J'espère une réponse rapide de votre part concernant les frais supplémentaires exigés, et c'est avec la plus grande hâte et impatience que j'attends le résultat final. »

La lettre se terminait par les meilleures salutations de Rudy, et une ravissante signature.

Louie referma la chemise et la lança sur le bureau. Goldstick jubilait.

— Tu n'es qu'un malade, dit Louie, en esquissant un sourire du coin des lèvres.

— Non, pas moi. Eux, répondit Goldstick en désignant la chemise sur son bureau.

— Oui, et dans la poche de qui se trouve le siège de cette société « Rêves & Co », hein ?

De plus en plus radieux, Goldstick se tapa plusieurs fois sur les fesses en guise de réponse.

— Si un jour je m'en sors, Louie, si je m'en sors *véritablement,* ce sera grâce à ce truc-là. Putain, le mois prochain j'ai quarante ans, dit-il en perdant son beau sourire. J'ose même pas m'avouer depuis combien de temps je me casse les couilles dans ce trou à rats pour engraisser ces enfoirés de métèques du bout de la rue.

Une fois encore, il désigna la chemise sur le bureau.

— Ça, dit-il, c'est mon issue de secours. Tous ces chèques, toutes ces commandes proviennent d'une simple petite annonce publiée dans *Penthouse* il y a moins de deux semaines.

... Tu vois, Louie, ajouta-t-il, la baise c'est terminé. Les gens ont la trouille du sida, et je les comprends. Bon sang, crever à cause de la came ou de l'alcool, c'est déjà con. Mais crever à cause du cul ! Tous ces yuppies, ces types pleins de fric, ils baisent plus, sauf peut-être une fois pour assurer la descendance quand ils approchent de la barre des trente ans.

... Ce que je veux te faire comprendre — et je suis dans la partie depuis assez longtemps pour savoir de quoi je parle c'est que les types de la haute ne baisent plus. « Rêves & Co » est là pour satisfaire cette clientèle d'élite. Pour la modique somme de cinq cents dollars, plus les frais, « Rêves & Co » se propose d'exaucer les fantasmes les plus fous, les plus inavouables de n'importe quel crétin. On lui offre la réalisation de son rêve, un travail de professionnel, sur une cassette vidéo de trente minutes qu'il pourra conserver précieusement et se repasser toute sa vie jusqu'à ce qu'il se noie dans son propre sperme. Amen.

— Et qui va faire ces films ?

— J'ai déjà trouvé mon réalisateur, un jeune gars nommé Artie. Il bosse pour un type que je connais bien qui filme un tas de mariages et de barmitzvahs. Il est impatient de s'installer à son compte. Il a tout le matos et il acceptera de travailler pour des clopinettes. Je vais l'installer dans un sous-sol qui sert de débarras dans Allen Street. Le loyer est ridicule, deux cent cinquante tickets par mois. Les filles me coûteront pas cher elles non plus. Les putes se serrent la ceinture en ce moment, à cause du sida et des yuppies comme je te l'expliquais. Crois-moi, Louie, c'est la chance de ma vie. Encore quelques petites annonces, l'accord de Visa et MasterCard, et je peux me faire dans les deux mille, peut-être trois mille dollars par semaine... pour commencer.

Louie l'observa. Les paroles de son oncle concernant le commerce du rêve traversèrent son esprit comme une ombre.

— J'espère, dit-il en se levant, que les amis auront droit à des réductions.

— Bien entendu, répondit Goldstick d'un ton ironique. Tu as un fantasme, Louie ?

— Ouais. Dix mecs. Peu importe comment ils sont habillés. Je rêve qu'ils me remboursent ce qu'ils me doivent.

La matinée avait cédé place à une belle journée, avec un ciel bleu et clair, et une petite brise. Louie se rendit à pied dans un bar du centre-ville où ceux qui le cherchaient savaient qu'ils pouvaient le trouver. C'était un vieil établissement peu fréquenté baptisé *Chez Mona* et appartenant à un gars de Brooklyn qu'on appelait M. Joe, un cousin d'Il Capraio, qui traversait rarement le fleuve.

Le barman de jour, un type d'un certain âge, qui avait été, paraît-il, un as de la fausse monnaie, était encore moins bavard que Louie, et s'il savait se montrer extrêmement professionnel dans son travail, il répugnait à pousser le client à la consommation ou à solliciter des pourboires en se rabaissant à la comédie des civilités ou de la fausse bonne humeur, toutes ces choses qui, selon lui, consistaient à « branler la queue de ces singes pour leur faire chier une pièce de monnaie ». Ce comportement, qui l'aurait empêché de tenir un bar presque partout ailleurs, semblait ne pas déranger M. Joe.

Il apporta à Louie un verre de soda avec un quartier de citron et déposa devant lui deux enveloppes, portant chacune le nom de l'homme qui l'avait laissée là. Louie regarda les noms, sortit l'argent des enveloppes, le compta et le glissa dans sa poche gauche.

Un éboueur entra dans le bar, vêtu de sa combinaison verte d'éboueur, avec une grande bande orange dans le dos.

— Sortez vos poubelles, voilà l'éboueur ! chantonna Louie.

— Je travaille à la *voirie* ! La voirie, nom d'un chien ! Combien de fois faudra que je vous le dise ! Je suis un employé de la voirie !

L'éboueur sortit son argent et le compta, pendant que le barman lui servait un jus de tomate avec des glaçons.

— Pour moi, un boueux c'est un boueux, dit Louie.

Il prit l'argent de l'éboueur, le compta puis le mit dans sa poche.

L'éboueur vida son verre et ramassa sa monnaie en prenant son temps, dans l'espoir que Louie lui paierait un petit verre. Laissant deux *quarters* sur le comptoir, il resta planté devant le bar, espérant encore. Louie le regarda.

— Qu'est-ce que tu attends ? Un reçu ?

— Non, je réfléchissais, marmonna l'éboueur, avant de sortir.

— Je déteste les éboueurs, dit Louie.

— Ouais, y a pas pire qu'un putain d'éboueur, sauf un putain de chauffeur de taxi, dit le barman.

Leur conversation du jour se limita à cet échange.

Un Noir de petite taille, coiffé d'un chapeau fait d'un sac en papier, entra d'un pas nonchalant et donna une petite tape dans le dos de Louie.

— Salut, mon ami ! dit-il avec un grand sourire.

Le barman lui montra une bouteille de rhum Myer, et le Noir acquiesça avec empressement.

— T'as cent dollars à me prêter, Lou ?

— Pour toi, Pete ? Aucun problème.

Le Noir hocha joyeusement la tête et vida son verre d'un trait. Pendant que Louie comptait cinq billets de vingt dollars, il s'observa dans le miroir pour rajuster son chapeau en papier.

— Comment tu veux me rembourser cette fois ? demanda Louie en brandissant les billets hors d'atteinte du Noir.

— Te rembourser ? J'en ai pas envie ! Tous les jours je fais brûler un cierge en priant pour que tu te fasses écraser par une bagnole et que tu crèves. D'accord, y a peu de chances que ça arrive, mais ça coûte pas cher un cierge.

— Ça fait toujours plaisir, Pete. Mais au cas où tu tomberais sur un cierge bidon ou je ne sais pas quoi, comment tu veux rembourser ?

— Voyons. Sur deux semaines, ça fait combien ?

— Deux semaines, vingt pour cent. Soixante dollars par semaine.

— Et sur trois semaines ?

— Trois semaines, vingt-cinq pour cent. Quarante-deux dollars par semaine.

— Et sur un mois ?

Le barman détourna la tête, en levant les yeux au ciel.

— Un mois, c'est trente pour cent. Trente-deux dollars et cinquante *cents* par semaine. Je suis sympa, je te fais cadeau des cinquante *cents*.

— Ça me convient. D'accord pour un mois.

— Tu finis toujours par dire ça.

— Ouais, mais j'aime t'entendre prononcer ces chiffres.

Louie lui donna les cent dollars, et le Noir entreprit de les dépenser aussitôt en rejoignant les clients installés à l'autre extrémité du bar, pour leur payer des verres et mettre des pièces dans le juke-box. Quand le coursier des paris simples entra, il misa cinq dollars sur le 2, et cinq autres sur le 2 et le 1. Après quoi, il offrit une autre tournée à ses copains de comptoir. C'était leur Noir préféré.

L'homme que reçut Louie ensuite avait été son premier client, il y a des années. Surnommé George le Polack — seule dignité qu'il avait arrachée à la vie — c'était un gros docker à l'air perpétuellement abattu, ayant dépassé depuis longtemps l'âge de la retraite, mais qui n'hésitait pas à prendre le car jusqu'à Port Newark chaque fois que du travail se présentait. Il avait emprunté sur sa retraite pour rembourser ses dettes de jeu, mais il avait également perdu cet argent au jeu. Il mourrait couvert de dettes. Il le savait. Et jusqu'à sa mort, il mangerait de la mauvaise viande, boirait de la mauvaise bière, quand il pouvait s'en payer, afin uniquement de payer le prix de sa malédiction. Son regard triste et morne, ses yeux caves ne semblaient voir que cette déchéance. Telle était sa malédiction : né idiot, mais pas assez idiot pour garder espoir.

— Ils m'ont confisqué ma paye, dit-il.

Louie le regarda, il regarda ces yeux de martyr perdus dans ce gros visage flasque et rougeaud.

— Le délégué du syndicat avait dit que ça se pouvait pas, mais ils l'ont fait quand même.

— Assieds-toi, George.

George s'assit.

— Tu es un brave gars, George, mais t'es aussi un pauvre crétin. Tu n'es qu'un vieux con, et si tu avais un peu de cervelle, tu devrais te la faire sauter. Ce serait la meilleure chose à faire, George. Je te le dis sincèrement, comme un ami.

Louie aimait cet échange. Pas George.

— Il y a trois semaines, tu m'as dit qu'il te fallait cinq cents dollars. Je t'ai demandé si tu voulais prendre tout ton temps pour rembourser. Non, tu m'as dis, tu voulais rembourser sur cinq semaines, à trente pour cent, cent trente dollars par semaines. C'est ce que tu voulais, pas vrai, George ?

George acquiesça d'un air honteux.

— C'est donc ce qu'on a décidé. Et qu'est-ce qui se passe ? La semaine dernière, tu me files seulement cent dollars, il en manque trente. C'était à cause de quoi cette fois ?

— Le vétérinaire.

— Ah oui, le vétérinaire. J'ai été compréhensif avec toi, hein, George ? J'ai compati. Un type comme toi, vieux, seul, sans aucun ami, tellement moche qu'il a jamais pu se taper une gonzesse sans payer, j'imagine... un type comme lui, il a besoin d'un chien, je me suis dit. Un type comme lui, si son chien tombe malade, c'est un drame. Tu vois, George, j'ai du cœur. Toute ma vie, ça m'a posé des problèmes. Les gens profitent de moi. Mais les types comme toi, les types qui marchent pliés en deux pour ramasser les merdes de chien, personne s'intéresse à eux à part moi. Si j'étais pas là, ton clebs serait peut-être mort à l'heure qu'il est. Et tu deviendrais quoi ? Déjà que tu vis sans amour, sans raison de vivre. Tu n'aurais même plus de merdes de chien. Un type correct, un être humain digne de ce nom, il se pointerait aujourd'hui avec cent qua-

93

tre-vingts dollars, ou même deux cents dollars — les cent trente de cette semaine, les trente de la semaine dernière, plus une petite rallonge. « Tenez, dirait un type correct, achetez-vous un petit chien vous aussi. J'apprécie ce que vous avez fait pour... » Comment il s'appelle ton clébard ?

— Cynthia, murmura le Polack.

— « J'apprécie ce que vous avez fait pour Cynthia. » Voilà ce que j'espérais entendre. Au lieu de ça, je me fais entuber.

— Personne ne veut vous entuber.

— Ah bon ?

Louie avait changé de ton ; il n'y avait ni humour ni cruauté dans sa voix.

— Tu connais toutes les ficelles, George. J'étais même pas né que déjà tu vivais dans la dèche, tu passais ton temps à emprunter du fric et à te débiner. Tu connais la chanson, et moi je te connais. Alors, arrêtons le baratin. Quand est-ce que tu comptes rembourser ?

— La semaine prochaine, répondit George, d'un ton las.

Il y avait dans ses paroles autant de dégoût envers lui-même qu'envers Louie.

— Si le syndicat veut pas m'aider, je trouverai un autre moyen.

La porte du bar s'ouvrit, et deux types minuscules d'origine ethnique indéterminée entrèrent. L'un d'eux portait un costume en laine sport de la couleur d'un crachat de tuberculeux. L'autre, le plus jeune et le plus frimeur des deux, portait un jean de marque trop large et trop raide, avec un t-shirt noir sur lequel étaient inscrits les mots sex machine en énormes lettres roses. Tous deux donnèrent à Louie un billet de dix dollars. Il les salua d'un clin d'œil, à l'américaine, faisant apparaître sur leurs visages une expression de déférence stupide et obtuse.

— Voilà des types bien, commenta Louie à l'attention du Polack, tandis que les deux nains sortaient en roulant les mécaniques.

Au cours de l'après-midi, Louie accorda deux nouveaux prêts : un de deux cents dollars à trente pour cent, remboursables en un mois à raison de soixante-cinq dollars par semaine ; l'autre de mille dollars à dix points d'intérêts par semaine, aussi longtemps qu'il faudrait à l'emprunteur pour rembourser les mille dollars en un seul versement. Louie savait que ces deux types étaient de bons payeurs, dans tous les sens du terme. Le premier rembourserait dans les délais ; le second mettrait au moins deux mois à rembourser, assurant ainsi à Louie un bénéfice d'au moins quatre-vingts pour cent sur le capital.

La journée avait été bonne. Mais lorsque la lumière du printemps commença à décliner en même temps que le soleil, le monde vu à travers les vitres sales du bar sembla s'assombrir et revêtir les couleurs d'une chose effroyable située au-delà du souvenir, une chose qui donnait le frisson. Apparut alors lentement, dans l'esprit de Louie, l'image du tableau menaçant et sinistre au pied de l'escalier de son oncle, et la légère brise dans sa nuque ressemblait à ce même souffle menaçant et sinistre. Il se levait et retombait. Et soudain, il s'enfla derrière les rideaux noirs, poussé par des pensées plus sombres encore. Louie inspira ce souffle et ces ruminations, comme pour rechercher dans leurs senteurs mêlées la trace d'un parfum plus fugitif, le parfum de son propre destin errant. Mais, en fin de compte, tout avait la même odeur, celle de l'alcool renversé et de la fumée.

Quand le téléphone sonna, Joe Brusher avait une main sur le sexe et les yeux rivés sur le cul d'une femme dans une pub pour le « Coca light », à la télé.

C'était Il Capraio.

— Va falloir y aller, Joe. Va falloir le prendre entre quatre yeux et savoir ce qui se passe, nom de Dieu.

Un sourire très léger déforma lentement le visage de Joe Brusher

— Samedi, dit-il. Faut que j'aille là-bas de toute façon.

Il tourna la tête. Le cul de la fille avait disparu.

8

Donna ne voulait pas manger la cuisine chinoise que Louie avait achetée. Elle n'avait pas envie de regarder les infos à la télé. Elle n'avait pas envie de baiser ni de sucer. Elle avait envie de faire ce que détestait Louie. Elle avait envie de parler.

— Tu sais, dit-elle sur un ton qui, de l'avis de Louie, lui était venu à force de voir trop de films et de discuter avec trop de végétariens. Tu sais, après tout ce temps, j'ai parfois l'impression de ne pas te connaître du tout.

Dans quel film avait-elle pioché cette phrase ? Il planta sa fourchette dans une petite boîte en carton remplie de Poulet du Général Tseng ou de Triple Délice au Porc. Il goûta : c'était du poulet.

— Du combien je chausse ? demanda-t-il.

— Du 44, en large.

— Tu vois, c'est un truc que je sais même pas. Pas moyen de m'en rappeler. Je sais simplement que c'est du large. Chaque fois que je vais acheter une paire de pompes, il faut me mesurer les pieds. Ce que je veux dire, c'est qu'en réalité, tu me connais sans doute mieux que je me connais moi-même.

— Bon sang, je ne te parle pas de chaussures !
s'exclama-t-elle en se levant. Je te parle de notre
vie !

— Oh, fit-il sur un ton pas assez cynique pour accroître la fureur de Donna.

En mâchant son poulet, il songea : de nouveau
ensemble depuis une putain de semaine, et voilà que
déjà ça recommence...

— On s'engueule, on baise, on se marre, on
bouffe, on dort, récita-t-elle.

— Bah, que veux-tu qu'on fasse d'autre ? répondit-il avec nonchalance.

— Mais où on va, qu'est-ce qu'on fait ? Je deviens quoi moi dans tout ça ? Toi tu te tires et tu
vas traîner avec tes copains minables et bons à
rien...

Il lui jeta un regard noir.

— Pardon, Louie, rectifia-t-elle d'un ton mor-
dant. Je devrais dire tes relations minables.

Elle inspira par le nez.

— Tu pars faire tes petites affaires, tu disparais
pour aller te cuiter, et ensuite tu rappliques avec ton
grand sourire, et moi je fonds dans tes bras, en faisant croire que tout est rose, alors que pendant ce
temps, je gâche ma vie !

Le Poulet Général Tseng et le Triple Délice au
Porc perdaient rapidement leur goût, qui n'était
déjà pas fameux au départ ; et Louie reposa sa fourchette. Il but une longue gorgée de bière et se renversa dans le canapé.

— La première fois où je t'ai vu, Louie, j'ai eu le
coup de foudre.

Donna s'était enfoncée dans le canapé elle aussi, sa voix était plus détendue.

— Un coup de foudre, oui. C'est le mot qui convient. Jamais personne ne m'avait rendue aussi heureuse jusqu'alors. Mais personne ne m'a fait souffrir autant que toi, Louie, et tu m'as rendue folle. Tu m'as conduite jusqu'aux portes d'un rêve devenu réalité, et quand tu as écarté les rideaux, j'ai découvert un mur de pierre. Tu sais ce que ça veut dire d'essayer d'aimer un mur de pierre, sans savoir au juste ce qu'il y a de l'autre côté, ni même s'il est possible de le traverser ?

Elle l'observa, avec des larmes dans les yeux. Louie la prit dans ses bras et lui caressa la tête, en sentant son corps secoué de sanglots. Il embrassa son front tout d'abord, puis les larmes sur ses joues, et Donna émit un petit rire, mélancolique.

— C'est comment déjà le mot italien pour « usurier », que tu m'avais appris ? demanda-t-elle d'une voix frêle.

— *Usuraio*, dit-il en faisant rouler de manière sensuelle la diphtongue et la dernière voyelle.

— C'est tellement plus beau dit comme ça.

— Écoute, Donna, soupira-t-il avec un mélange de résignation et d'impatience, je n'ai pas l'intention de faire ça toute ma vie.

— Ah ? Et qu'est-ce que tu as l'intention de faire, Louie ?

Sa tête blonde pivota au creux de son bras pour le regarder, mais Louie scrutait le ciel obscur à travers la fenêtre. Ses yeux semblèrent se glacer, comme pour imiter la noirceur d'une chose affreuse dans ce ciel, et Donna se recula lentement.

— Je ne sais pas, répondit-il avec un calme étrange et inquiétant. Il y a un tas de jolis mots en italien.

Le regard de Donna se durcit à son tour.

— Toi, Donna, tu as un tas d'idées toutes faites sur le bien et le mal, ce qu'il faut faire et ne pas faire. Ce sont des idées à la mode. Attention, ne te méprends pas. Je trouve ça bien. Sincèrement. J'aime les femmes dans le coup. Mais il existe certaines choses beaucoup plus anciennes, et beaucoup plus profondes que les idées à la mode.

— Qu'est-ce que tu racontes ?

— Tu emploies des mots comme sexisme ou racisme. Ce sont des mots très à la mode. Mais ces mots-là ils n'existaient pas avant l'arrivée de la télé. C'est du jargon. Et moi, je me méfie des gens qui jugent ce qui est bien et mal avec des mots de jargon. Tu peux pas réduire le monde à une poignée de jolis mots en *isme*. Tu fais que passer sur cette terre, deux petits tours de piste, et hop, dans le trou. Le bien et le mal existent depuis très très longtemps. Et si tu veux essayer de faire le tri entre le bien et le mal, je te souhaite bon courage ! Tu n'es pas au bout de tes peines.

... Avant, il y avait des dieux, et des déesses. Les hommes ont toujours maudit les femmes, et les femmes ont toujours maudit les hommes. Peut-être parce que chacun a un pouvoir sur l'autre, chacun sent que le pouvoir de l'autre est supérieur, et il le hait à cause de ça. Peut-être parce que l'un est tout simplement la partie manquante de l'autre, et ils détestent ce manque, ou peut-être qu'ils se détestent eux-mêmes et reportent cette haine sur l'autre par-

100

tie d'eux-mêmes, l'homme sur la femme, la femme sur l'homme. Qui sait ?

... Et avant, il y avait Rome, il y avait Carthage. Les Noirs et les Blancs se sont toujours affrontés, et chaque fois que l'un en a l'occasion, il réduit l'autre en esclavage. Ne crois surtout pas que l'esclavage appartient au passé. C'est uniquement la manière qui a changé. Un type qui travaille toute sa vie pour s'offrir à bouffer et un toit reste un esclave vis-à-vis de son maître, même si à la fin du mois, pendant dix minutes, il a dans sa poche quelques dollars donnés par son maître, avant d'être obligé de les rendre pour acheter sa bouffe et payer son loyer. Évidemment, avec de la chance, il peut acheter sa liberté. Mais les esclaves pouvaient en faire autant, ils pouvaient se racheter à leur maître.

... Bon sang, les cabanes dans lesquelles vivaient les esclaves de Thomas Jefferson étaient plus grandes que mon appart ! Je l'ai lu dans un bouquin, et j'ai même mesuré !

... Tu vois, c'est pas tellement une question de Blanc ou de Noir. C'est une question de maître et d'esclave. Les esclaves et les maîtres ont toujours été de toutes les couleurs. Comme les hommes et les femmes, peut-être, les Blancs et les Noirs. C'est peut-être leur manière de se haïr. Parce que en fait, le maître ne hait pas l'esclave. Il l'aime au contraire, du moins c'est ce qu'il dit. Évidemment, on n'emploie plus ce mot, esclave. C'est démodé, comme le mot maître. Mais il faut bien appeler un chat un chat.

... Prends l'exemple des Kennedy, ou des gens comme ça. Ils nous disent qu'on est tous égaux.

Mais jamais tu verras un négro à Hyannis Port, à moins qu'il porte un plateau en argent avec des gants blancs. Les chiens le dépèceraient. En morceaux égaux, évidemment. Ce qu'ils veulent dire, en fait, c'est qu'on est tous égaux, mais après eux. C'est eux, les Kennedy et les Kennedy noirs, les Jesse Jackson, qui parlent sans cesse des Blancs et des Noirs. Ils veulent pas que les gens s'aperçoivent — peut-être qu'ils s'en aperçoivent pas eux non plus — qu'en fait il y a les Blancs, les Noirs et eux. C'est leur pognon que tout le monde caresse pendant dix minutes les jours de paie.

... La vérité, quelle qu'elle soit, n'a rien à voir avec le bien ou le mal. C'est un truc qui existe, un truc qui est là, comme le sang dans les veines. Et peu importe que ça te plaise ou pas. La vérité première, c'est qu'on naît pour mourir. Pourquoi les autres vérités seraient-elles moins affreuses ? C'est pas en se lamentant sur la « mortalité de l'homme » que ça rajoutera une minute de vie à qui que ce soit, et c'est pas non plus tous les mots en *isme* qui changeront les choses.

... Tu peux rien y changer. Tu peux pas changer la nuit en jour avec des idées ou du bavardage. C'est impossible, Donna.

... Mais toi, tu aimes les idées à la mode, et tu aimes bien débiter ces mots à la con.

Ça se retournait contre elle, comme elle l'avait prévu.

— Tu regardes la télé, reprit Louie. Tu lis des livres, tu vas au ciné. C'est là que tu ramasses ces idées. Au lieu de racheter ta liberté, tu dépenses ton fric pour voir des pédés avec des dentiers jouer dans des putains de contes de fée, et tu prends ça pour la réalité. Tu lis le bouquin d'un cinglé qui s'imagine avoir quelque chose de nouveau à dire trois mille ans après Babel, et tu gobes tout.

... Tu sais, c'est comme aux infos de six heures à la télé, y a toujours un négro bien propre, un bon Blanc modèle standard qui porte des caleçons, et un chinetoque aux yeux débridés ou un métèque avec une petite moustache, et y a toujours une gonzesse dans le lot. Des fois, Donna, je trouve que tu ressembles à cette gonzesse, tu parles comme elle.

Donna prit une inspiration, en souriant. Son sourire était comme une épée qu'on tire du fourreau.

— Tu attaques quand tu te sens menacé, Louie. Tu le sais, hein ? Je t'ai posé une simple question ; je ne cherchais pas à te faire peur.

Elle orienta légèrement la lame de son sourire pour projeter le reflet menaçant dans les yeux de Louie.

— J'essaye simplement de t'expliquer quelque chose, Donna.

— Tu as failli me convaincre. On croirait entendre un porte-parole de troisième zone de la Confrérie des Ploucs d'Albanie.

Il soupira.

— Alors vas-y, reprit-elle. Explique-moi. Explique-moi pourquoi tu répètes sans cesse que les choses vont changer, et ça ne change jamais. Vas-y, dis-le-moi. Je n'ai pas envie d'entendre parler des esclaves de Thomas Jefferson, des infos de six heures, je ne veux pas savoir pourquoi les Kennedy sont nuls, ou pourquoi je suis nulle. Je veux juste une réponse.

Elle avait haussé le ton, et Louie lui jeta un regard menaçant. Puis, dans le silence qui suivit, il laissa échapper un soupir de découragement.

— C'est comme ça, dit-il. Tu as tes opinions, j'ai les miennes. Tu es le produit de tes idées...

Donna retint brusquement son souffle, comme si elle était sur le point d'exploser.

— ... et moi aussi, dit-il.

Elle relâcha sa respiration.

— On ne saura jamais si ces idées sont justes ou fausses, ou si elles nous paraissent simplement justes ou fausses. Tu as des façons de penser incrustées en toi, et moi aussi. Parfois — souvent, même — ces façons de penser coïncident. Mais pas toujours.

Louie songeait à ces traditions, des traditions qui avaient servi et des légendes qui avaient été défendues par Il Santo et ses semblables, et également par le vieux Giovanni d'une certaine façon. Une partie de lui-même, inflexible et fière, avait toujours cru, plus ou moins, à ces traditions, avait toujours senti, plus ou moins, qu'elles renfermaient le véritable accomplissement de son destin. Mais une autre partie de lui-même, il le savait, ne cherchait qu'à s'en libérer, à atteindre le réconfort de cette poitrine douce à sa portée.

— Les traditions sont bonnes, s'entendit-il déclarer.

— Louie, Louie, Louie ! s'exclama Donna avec des trémolos de colère et de désespoir pathétiques. Tu ne comprends pas que c'est justement le contraire ! Ces façons de penser sont répugnantes ! Elles provoquent encore plus de laideur et de mal.

Il ne supportait pas d'entendre son nom prononcé

de cette façon, comme une malédiction, une imprécation lancée à Dieu.

— Elles te rendront laid et mauvais !

Ces mots honnis continuaient à résonner en lui.

Donna avança lentement la main, délicatement. Mais Louie se leva tout à coup, et elle retira sa main d'un mouvement brusque, comme devant une flamme, ou la gueule d'un chien. Louie fit deux ou trois pas, avec un geste bourru de la main, pour la repousser.

— Ton père aurait mieux fait de balancer son sperme dans le lavabo ! dit-il en ricanant.

— Espèce de salopard ! lança-t-elle.

— Ferme-la avant que je te fasse taire.

Il sentait le sang battre dans sa nuque et dans sa tête.

— Tu n'as rien d'intéressant à dire. Comme toujours. Putain, si j'avais la moitié d'une paire de couilles entre les jambes, je te collerais une muselière et je te l'enlèverais uniquement pour que tu me suces.

— Je croyais que tu étais un être humain habité par un monstre. Mais je m'aperçois maintenant que tu n'es qu'une saloperie de bête ignoble ! Si je ne te haïssais pas tant, j'aurais pitié de toi.

— Hé, rétorqua-t-il avec un sourire capable de briser d'un seul coup l'acier dont était fait celui de Donna. C'est pas très flatteur pour celle qui avale mon foutre !

La fenêtre ouverte de Donna Lou laissait échapper les bruits jusque dans la rue. Les grognements, les aboiements et les hurlements étaient si violents qu'un petit garçon qui croyait encore aux loups-garous agrippa la main de sa mère.

Le vacarme cessa, mais il y avait toujours de l'orage dans l'air. C'était donc terminé, pour de bon, songeaient-ils, chacun à sa manière. Louie sortit d'un pas décidé. La porte claqua derrière lui. Arrivé presque en bas de l'escalier, il l'entendit s'entrouvrir — doucement, craintivement même — et il tourna la tête, avec un grand sourire intérieur, comme pour savourer la défaite de Donna. La bouteille de bière s'écrasa sur le mur, le manquant de très peu.

9

La Buick bordeaux de Joe Brusher, éclatante dans le soleil de midi de ce samedi, avait quitté Newark pour filer vers l'est et franchir les ponts de Jersey City, en direction de New York.

Il se gara dans Grove Street, près de Bleecker, et tourna au coin de la rue pour entrer dans le supermarché « Gristede ». Se dirigeant d'un pas décidé vers les bacs à viande réfrigérés au fond du magasin, il passa rapidement en revue les paquets de viande rose et rouge disposés sur les étalages. Il en prit plusieurs pour les examiner de plus près. Finalement, il opta pour une petite côte de porc. Il souleva un coin de l'emballage en cellophane et fit couler soigneusement quelques gouttes de sang sur le poignet de sa chemise. Après quoi, il ressortit du magasin et marcha vers l'est dans Bleecker, avant de bifurquer vers le sud, sans se presser, jusqu'à la devanture aux rideaux noirs d'Il Capraio, laissant au soleil le soin de sécher le sang écarlate en chemin.

Lorsque Joe Brusher entra, Il Capraio était assis en compagnie de deux individus trapus coiffés de feutres marron identiques. De la main droite, Il Capraio lui fit signe de rester, mais de demeurer à l'écart pour l'instant.

Parmi le flot de mots siciliens chuchotés, Joe Brusher capta une adresse, le 9 Pcll Street, après quoi Il Capriao mit fin à la conversation en disant aux deux types à chapeau : « *Niente da fare, é l'unico modo* », ils ne pouvaient rien y faire, c'était la seule solution. Les types aux chapeaux haussèrent les épaules et hochèrent la tête pour acquiescer à contrecœur. Ils se levèrent, serrèrent la main de Il Capraio, et sortirent. Il Capraio fit un geste de mépris en les regardant disparaître.

Joe Brusher se servit un verre, en faisant en sorte qu'Il Capraio remarque les taches de sang séché sur son poignet.

— Vous n'allez pas le croire, dit-il après s'être assis, en buvant une gorgée. Vous aviez raison, mais vous n'allez pas le croire malgré tout.

Il Capraio lui jeta un regard interrogateur, les yeux plissés, avec un soupçon de sourire.

— Il a conclu un marché, déclara Joe Brusher. Il s'est maqué avec l'État de New York. Vous parliez d'une baisse des bénefs des loteries là-bas ? Y a aucune baisse, Frank. En fait, il réinvestit une part du fric dans les loteries légales. Il est de mèche avec certains des caïds blacks. Ils refilent le pognon des loteries clandestines à l'État de New York, par l'intermédiaire de deux ou trois types bien placés à Albany.

... Ça se passe comme ça : si un type parie un dollar sur le 7-1-1, à Brooklyn, par le biais de Giovanni et ses amis, ce dollar se retrouve misé sur le 7-1-1 à la loterie officielle de New York. Si le soir, le 7-1-1 sort à Brooklyn, ils paient le type de leur poche. S'il ne sort pas, ce qui est fort probable, ils perçoivent une commission d'Albany, une *dime* par dollar, exactement comme s'ils avaient misé normalement à la loterie de Brooklyn. D'un autre côté, si le 7-1-1 sort à la loterie légale ce jour-là, c'est tout bénéf pour Giovanni et ses Potes.

... Vous multipliez ça par 100 000 dollars par jour, une *dime* pour un dollar, plus tous les gains nets de l'État, et un bonus étant donné que les loteries officielles n'ont pas de numéros réduits. Et vous obtenez une combine juteuse. À mon avis, il se fait entre 5 000 et 10 000 dollars par semaine.

Il Capraio en resta presque bouche bée, et son visage sembla se pétrifier.

— Attendez, c'est pas tout, Frank.

Une lueur perverse brillait dans les yeux noirs de Joe Brusher, une lueur qui paralysait encore davantage le visage de marbre d'Il Capriao.

— Écoutez un peu ça : il va s'attaquer à la loterie légale. Avec ses potes tordus d'Albany, ils ont trouvé le moyen d'entuber l'État.

Il Capraio regarda Joe Brusher au fond des yeux. Il repensait à ces trois zéros en ce jour de décembre, il y a bien longtemps, et sa nuque se couvrit de chair de poule, comme si le vent de l'hiver sombre venait de s'échapper de la tombe du passé.

— Vous regardez des fois le tirage de la loterie à la télé le soir ? demanda Joe Brusher. Ces trois appareils à la con avec les balles de ping-pong, et la nana qui annonce le numéro de la balle qui se fait aspirer en haut de chaque machin quand ils balancent le jus ?

Il Capriao hocha lentement la tête, toujours pétrifié, toujours aussi froid que le marbre.

— Eh bien, y a dix balles de ping-pong dans chaque appareil, numérotées de 0 à 9, O.K. ? Vous prenez une seringue, vous injectez quelques gouttes de cire chaude dans neuf des balles, et la dernière a toutes les chances de se faire aspirer avant les autres dans ce machin à la con.

... Vous avouerez, Frank, que c'est astucieux.

— Il t'a tout raconté, comme ça ?

— Il a rien voulu dire avant que je m'occupe de lui pour de bon. Et puis il a craqué. Il a proposé de me filer une part des bénéfs pour que je vous baratine. Il voulait que je vous dise que tout était normal à Newark, que la loterie clandestine ne marchait plus, voilà tout.

— Et qu'as-tu répondu ?

— Je lui ai dit que j'allais réfléchir.

Il Capraio resta silencieux. Joe Brusher vida son verre et détourna le regard, d'un air détaché.

— Très bien, Joe, dit enfin Il Capraio. Tu lui diras que tu as réfléchi. Tu as bien réfléchi et tu es d'accord. Tu te renseignes pour en savoir plus, et tu reviens me mettre au courant. Une fois qu'on aura réglé nos comptes avec lui, toi et moi, on lui réglera son compte.

— Voilà ce que j'espérais entendre, Frank, dit Joe Brusher en toute franchise. Ouais, voilà ce que j'espérais entendre.

Derrière la fenêtre, le ciel obscur au-dessus de Newark était traversé par une tramée violette incandescente.

Le téléphone noir brillant posé sur la table près de la fenêtre sonna, et le vieux Giovanni, sans détacher son regard de cette lueur irréelle, porta le combiné à son oreille.

— Ça y est, il a tout gobé, annonça Joe Brusher au bout du fil.

Les cloches de la semaine sainte carillonnèrent dans le campanile. Au bout de la rue, derrière des rideaux noirs, Il Capraio surveillait son acte de charité annuel à l'occasion des Rameaux.

Les rameaux séchés, encore légèrement souples et verts, lui avaient été envoyés en signe d'hommage par un homme plus puissant que lui, assis lui aussi derrière des rideaux noirs, dans une rue située plus au sud. On racontait que ces rameaux qui étaient livrés en grande quantité, pour chaque Carême, à la porte de cet individu puissant, provenaient directement de la réserve personnelle du Pape à Rome. En réalité, ils venaient de chez un fleuriste de la 6e Avenue dont les propriétaires, depuis maintenant deux générations, vivaient de manière constante sous la coupe des hommes de main de cet individu puissant.

Il Capraio avait chargé un des gosses du quartier — les mères considéraient comme un honneur et un bon présage pour leur fils d'être choisi — de porter les rameaux aux trois vieilles femmes de la Rue du Silence dont la tâche consistait à les tresser en gerbes décoratives.

Pendant des jours et des nuits, les vieilles femmes avaient tressé les rameaux, pour en faire de magnifiques bouquets complexes, entrelacés et odorants. Chacune travaillait à sa façon, celle qu'elle avait apprise il y a fort longtemps, de l'autre côté de l'océan.

Et en cette veille du dimanche des Rameaux, voilà que les trois femmes s'avançaient, vêtues et voilées de noir, les jambes arquées, rabougries et le dos voûté comme un signe de soumission constante face au destin, les bras chargés de rameaux, de rameaux et de rameaux.

Il Capraio les attendait, assis sur une chaise de cuisine installée sur le trottoir, à côté de sa porte. L'une après l'autre, elles se penchèrent, encore davantage, pour déposer un baiser sur sa joue. Il prit les rameaux et les récompensa chacune avec un bocal de cerises à l'eau-de-vie.

— Ce sont des bonnes, leur dit-il.

Tôt le lendemain matin, entre la première et la seconde messe, les rameaux furent emportés à l'église par un larbin, afin que tout le monde puisse les voir. Là, dans la sacristie, ils furent bénis par le prêtre qui supervisait les opérations de jeux de la paroisse. On les rapporta ensuite dans l'établissement aux rideaux noirs, pour que les gérants des loteries clandestines locales les distribuent au cours des prochains jours, saints témoignages de la bonté et de la sainteté d'Il Capraio.

Comme toujours, Louie prit deux des rameaux parmi ceux déposés dans le bar de Giacomo. De retour chez lui, il jeta celui qui avait accumulé la poussière de toute une année au-dessus de son lit, et le remplaça par un des deux autres rameaux, le plus joli. Le jour du vendredi saint, il emporta le second, avec l'agneau de lait, à Newark. Le vieil homme esquissa un sourire quand Louie déposa le lourd sac en papier marron sur la table et sortit avec peine le jeune animal de son plastique taché de sang. Regardant les yeux morts et la tête meurtrie, l'oncle se lécha les babines. Il tapota la chair à vif des cuisses de l'animal qui adhérait au plastique.

— Je demanderai à la femme d'Ernie de le saler demain, déclara-t-il, tandis que Louie rangeait l'agneau dans le réfrigérateur.

— À vos ordres, prince Farouk, marmonna Louie, le dos tourné, sachant que le vieil homme ne pouvait pas l'entendre. L'agneau de cette année lui avait coûté plus que les cinquante dollars que son oncle lui avait proposés. Voilà à quoi il pensait en roulant vers l'ouest, en longeant la rive du fleuve. Il pensait à cela et à bien d'autres choses.

Pâques s'en fut, le printemps s'acheva, et la brise réchauffait l'air quand tombait la nuit.

Goldstick essuya la sueur qui coulait sur son front, fit un geste d'excuse à destination de Louie, et poursuivit sa conversation au téléphone.

Louie s'épongea lui aussi le front, prit une pile de lettres qui se trouvaient sur le bureau de Goldstick et les parcourut d'un œil distrait. L'une d'elles débutait ainsi :

« Chers M., Mme, Mlle,

J'ai toutes sortes de fantasmes quand je me masturbe. Un de mes favoris, c'est de voir une femme se caresser en tirant de grandes bouffées d'une cigarette ou d'un cigare. Ou alors, entrer dans une église luthérienne, avec une femme presque à poil, avec juste une jupe portefeuille ou une mini jupe qu'elle ouvre ou qu'elle soulève, pour montrer qu'elle est nue, et qui se masturbe devant l'autel ou carrément dessus. Après, je la lèche partout, elle me suce, en répétant « Dieu je t'emmerde, envoie-nous tous en enfer, fils de pute ».

Je l'ai souvent fait personnellement, sauf la pipe, et j'adore ça. Je souhaiterais beaucoup rencontrer une

femme comme ça, et je saurais l'aimer à la folie. Si
vous la trouvez, faites-moi un film avec elle, comme
vous le promettez dans la publicité. Si vous réussissez
à la faire venir ici, je veux bien jouer dans le film moi
aussi. Autrement, vous n'avez qu'à engager un ac-
teur. J'ai le genre Ronald Coleman. »

Louie secoua la tête et lança le paquet de lettres
sur le bureau de Goldstick.

— Écoutez, disait Goldstick au téléphone. Je
vous parle de pommes, et vous, vous me parlez
d'oranges, on n'est pas sur la même longueur d'on-
des, on dirait. Laissez tomber le coup bidon du déni-
grement et parlons plutôt pognon, d'accord ? Ouais,
je sais que vous savez. Mais des fois, on a l'impression que vous pigez pas. (Il hocha plusieurs fois la
tête, frénétiquement.) Très bien. Entendu. Bon, faut
que je vous laisse. J'ai quelqu'un dans mon bureau.
D'accord. C'est ça. Ouais. Formidable.

Il raccrocha violemment, avec un juron, puis il
passa sa main sur son visage, comme pour gommer
toute pensée. Regardant Louie au fond des yeux, il
s'exprima avec tout le calme dont il était capable.

— Louie, dit-il. Est-ce que j'ai déjà essayé de
t'entuber ?

— Non, répondit Louie. Pas à ma connaissance.
Ta réputation est bonne. Mais il commence à se
faire tard, fils de David, et à ta manière inimitable,
avec ce louvoiement qui n'appartient qu'à toi, tu
t'apprêtes à me taper du fric ; et je n'ai pas le temps
d'écouter le compte rendu détaillé du match des
Yankees d'hier soir, ni le déroulement de la der-

nière course à Belmont. Alors, abrège et crache le morceau. Combien ?

— Sept mille, bredouilla Goldstick.

Louie ne broncha pas, mais il sentit son estomac se contracter tout à coup. Certes, Goldstick était un client fiable, et Louie était flatté qu'on puisse penser qu'il traitait des affaires de cette ampleur. D'un autre côté, un prêt de cette importance risquait de le laisser sur la paille en cas de pépin. Il se frotta un œil et désigna d'un mouvement de tête le petit tas de lettres sur le bureau.

— Ça marche cette connerie ? demanda-t-il.

— Ouais, ça marche bien, répondit Goldstick. Du tonnerre. C'est moi qui ne vais pas bien.

Louie inspira et acquiesça lentement, en faisant des calculs dans sa tête.

— Sept points sur sept semaines, déclara-t-il enfin. Et les sept mille en une seule fois.

— Sept ! s'exclama Goldstick, comme l'avait prévu Louie. Cinq points sur cinq semaines. Je peux te rembourser en cinq semaines.

— Six points sur cinq semaines. Et n'en parlons plus. Si ça ne te convient pas, adresse-toi à Phil Rizzuto.

Cinq versements hebdomadaires de 420 dollars à six points lui assuraient un bénéfice de 2 100 dollars, soit 30 pour cent, sur les 7 000 dollars, en un peu plus d'un mois. C'était la plus belle affaire qu'ait jamais faite Louie.

Goldstick renifla avec mépris, en regardant la photo de sa femme obèse et de sa progéniture, et en se haïssant. Puis son visage perdit toute expression, et il acquiesça d'un signe de tête.

Il avait toujours la même expression vide le lendemain soir quand il se rendit « downtown » pour chercher l'argent : une liasse de billets de cent dollars tout neufs, épaisse d'un demi-centimètre, que Louie lui donna dans une enveloppe bulle de la Chase Manhattan Bank.

Il y avait quelque chose que Louie n'aimait pas dans ce masque livide. Tout d'abord, cela lui rappelait une expression qu'il avait déjà vue, chez un type qu'on avait retrouvé mort peu de temps après, suicidé. Louie songea avec une certaine angoisse que Goldstick risquait peut-être d'emporter les sept mille dollars pour aller miser au paradis. Mais quand Goldstick, toujours avec la même expression, réapparut une semaine plus tard, avec le premier versement de 420 dollars, les craintes de Louie se dissipèrent. Goldstick, se dit-il, était un véritable abruti doté d'un grand sens moral ; il avait eu tort de douter de lui, ne serait-ce qu'un instant.

Ce fut seulement la troisième semaine, à la fin du mois d'août, que ses craintes refirent surface, et se trouvèrent soudain confirmées.

— Je sais pas comment t'expliquer ça, Louie, dit Goldstick en ce jour humide, froid et sinistre, s'efforçant en vain, à travers son masque blême, de rire d'une chose qui n'avait absolument rien de risible, mais j'ai un autre usurier dans ma vie.

La tentative de plaisanterie tourna court sous le regard glacial de Louie, et Goldstick ravala péniblement sa salive.

— Je suis dans le pétrin, avoua-t-il. Les « playoffs » de la Stanley Cup m'ont lessivé cette année. J'ai plongé la tête la première et je me suis ramassé.

Les actions, les emprunts, *il materasso*, j'ai tout paumé. Et par-dessus le marché, j'avais cinq mois de retard sur le remboursement de mon hypothèque. La banque menaçait de me saisir. Alors, je suis allé voir des types que je connais, et dans un éclair de génie, je leur ai proposé de cambrioler ma baraque. Cela aurait dû me rapporter environ dix mille dollars de l'assurance, plus la moitié de tout ce que les gars arrivaient à fourguer : les fourrures et les bijoux de ma femme, les télés, l'argenterie. Évidemment, je savais qu'ils m'arnaqueraient, mais je me rattraperais avec l'assurance. J'avais choisi le moment idéal pour le cambriolage, pendant que ma femme et les gosses étaient chez ma belle-mère, et moi j'étais ici au boulot. Ce que je savais pas, c'est que ce connard de médecin qui habite à côté passait son temps à regarder chez moi par la fenêtre pour essayer de mater les nibards de ma femme. Il a appelé les flics. Et les flics ont rappliqué. Résultat, les types que je connais ont exigé que je leur file 4 000 dollars, que j'avais pas évidemment, mais ils se sont arrangés pour me les procurer par l'intermédiaire de leur propre organisme de prêt. Cet organisme, Louie, il fonctionne pas comme toi. Lui, il sourit pas, comme ça t'arrive parfois. Cet organisme de prêt, c'est un psychopathe qui a fait de la taule pour avoir tué une femme en lui arrachant l'utérus à mains nues.

... Et moi, j'étais là, coincé entre mon hypothèque et ce golem patibulaire, les poches vides. Alors je me suis adressé à toi. Je me disais qu'avec un peu de chance, grâce à quelques paris juteux, je pourrais rembourser dans les délais. Hélas, la chance m'a fait faux bond, et maintenant je me retrouve le dos au mur avec le « book » et avec ma banque. Et surtout, Louie, je suis dans la merde vis-à-vis de toi.

Goldstick se tut brusquement, osant à peine croiser le regard noir de Louie.

— Tu n'es qu'un con, dit ce dernier, du fond du cœur.

Goldstick laissa échapper un soupir de désespoir et de repentir, et il ferma les yeux un instant pour échapper au regard meurtrier de Louie.

— Qu'est-ce qu'on fait maintenant ? demanda-t-il dans un murmure.

— Qu'est-ce qu'*on* fait ? tonna Louie d'une voix de stentor. *Moi*, je fais rien du tout. Je vais juste voir un type dans le centre, et je lui dis qu'il y a un Juif dans le nord de la ville qui m'emmerde, et je donne à ce type le nom et l'adresse du Juif. Ensuite, c'est *lui* qui fait quelque chose. Et si t'as la trouille d'un mec qui s'amuse à éventrer des filles, tu vas pas être déçu avec celui-là !

Goldstick prit une profonde inspiration. Malgré l'air conditionné poussé au maximum, la sueur coulait sur son front et sa lèvre supérieure.

— Hé, c'est pas comme si je *voulais* t'entuber, Louie.

— Dans la vie, c'est pas les intentions qui comptent, c'est le résultat.

Mais alors que son regard demeurait inflexible, Louie se demandait, tandis qu'il prononçait ces mots, ce que lui-même allait faire. En proférant ces menaces, il savait qu'elles étaient vaines. Ce n'était pas de l'affection, ou encore un quelconque sentiment de compassion pour Goldstick qui le retenaient d'aller dans cet endroit aux rideaux noirs, car

Goldstick l'avait trompé et Goldstick méritait de payer. Mais Louie savait que pénétrer dans cet endroit, porteur d'une supplique quelconque, c'était devenir l'esclave de ce lieu et de son propriétaire.

— Je peux te rembourser en six mois, dit Goldstick. J'arrêterai de jouer, et je foutrai tout mon fric dans une tirelire. Accorde-moi un délai !

— Tu préférerais arrêter de respirer plutôt que d'arrêter de jouer, rétorqua Louie. Je t'ai donné cinq semaines, inutile de discuter.

En proie à un accablement secret, Louie faillit avouer qu'il ne pouvait pas se permettre de lui faire de cadeau, car ces sept mille dollars, c'était pratiquement toute sa fortune, mais il se retint à temps.

Le téléphone posé sur le bureau de Goldstick sonna. Louie lui fit signe de ne pas décrocher.

— Autrement dit... déclara Goldstick (ayant dit cela, il marqua une pause, comme s'il ne savait pas de quelle façon achever sa phrase, ou n'osait pas)... tu me balances aux loups.

Louie se leva, en pointant sur Goldstick un doigt vengeur, et ouvrit la bouche pour exprimer toute sa rage, et sa justification furieuse, avec des mots qui n'avaient pas encore pris naissance dans son esprit, mais sur le point néanmoins de jaillir sous forme d'un torrent viscéral d'indignation pure. Mais en voyant Goldstick se décomposer devant lui, la tension qui animait son bras levé retomba, et sa voix, toujours menaçante, retrouva un certain calme.

— Cette connerie de « Rêves & Co » a une existence légale ? demanda-t-il en désignant d'un doigt méprisant les lettres éparpillées sur le bureau.

Goldstick hocha la tête, et devinant la suite, il ferma les yeux et acquiesça de nouveau.

— Très bien, poursuivit Louie, d'un ton toujours menaçant, mais calme. Voilà ce qu'on va faire. (Il se rassit, alluma une cigarette, et cracha un nuage de fumée bleuâtre vers le front en sueur de Goldstick.) On se retrouve ce soir *au Napoli Bar* dans le centre. Tu viens avec ton comptable, tes actions, tes registres, et ta petite bourse en similicuir avec ton tampon à la con. Et n'oublie pas de prendre un stylo. Ou bien, tu m'apportes la moitié des putains de 8 280 dollars que tu me dois. Dans tous les cas, tu te pointes à huit heures pétantes. Sinon...

Louie laissa sa phrase en suspens, en secouant la tête avec une froide détermination.

C'est ainsi que, vers neuf heures et demie ce soir-là, sous une chaleur étouffante, Louie quitta le *Napoli Bar* avec en poche 50 % des parts de « Rêves & Co », et un billet à ordre écrit de la main même de Goldstick, pour la somme de 8 280 dollars. Après remboursement, Goldstick récupérerait les 50 % de participation de Louie, avec une prune de 3 % du montant du billet, versée mensuellement. En attendant, la moitié des bénéfices nets de la société, calculés chaque semaine, reviendrait à Louie. En outre, la société acceptait d'engager, au salaire de cent cinquante dollars par semaine, pour toute la durée du partenariat de Louie, un employé de son choix. Et tandis qu'il marchait dans la rue, vers le nord, Louie imaginait déjà le sourire reconnaissant, complice et édenté d'un vieux pote qui allait se voir offrir le boulot de sa vie.

12

Joe Brusher et un autre homme étaient assis à une table isolée, dans un coin du restaurant *Casa Bella,* sous un tableau, peinture acrylique sur velours représentant un clown en larmes.

L'homme assis en face de Brusher était presque chauve. Ce qui lui restait de cheveux était coiffé et plaqué en arrière, et les mèches noires luisantes, implantées en V sur son front, conféraient à son visage par ailleurs lugubre et fade un air diabolique. La chaîne en or autour de son cou retenait un pendentif du même métal : un poing serré dont l'index et le petit doigt étaient tendus vers le bas, pour faire les « cornes ». Trois petits diamants ornaient cette *mano cornuta* ; et l'arc-en-ciel qui jaillit tout à coup de ces trois pierres prismatiques attira le regard de Joe Brusher.

— Ma femme, dit l'homme en désignant avec sa fourchette la main en or et diamants.

Joe Brusher acquiesça discrètement.

— J'en avais une moi aussi, déclara-t-il.

— Pourquoi tu la portes pas ?

— Non, je parle d'une femme. J'ai été marié.

— Oh, fit l'autre en plongeant sa fourchette dans le bol de tripes posé devant lui. Je savais pas ça, Joe. Pourtant, ça fait un moment qu'on se connaît, mais je savais pas !

— Bah, j'aime pas trop en parler.

— Qu'est-ce qu'elle est devenue ? Si c'est pas trop indiscret ?

— Elle est morte. Il y a longtemps.

— Ah. Tu vois, je savais pas.

— Attends, va pas te faire de fausses idées. C'est pas une histoire d'amour perdu.

Il coupa un bout de steak et l'avala.

— Bon Dieu, dit-il, comment tu peux bouffer cette saloperie ?

— Les tripes ? Tu rigoles ? J'adore ça.

— Ça n'a aucun goût.

— Ce qui compte, c'est la sauce, Joe. La sauce.

Bientôt, on n'entendit plus que le bruit de leur mastication.

— Au fait, reprit Joe Brusher au bout d'un moment, ces *ubricaon'* dont je t'ai causé, ceux qu'ont tout un stock de flingues en plastique, je crois qu'ils sont prêts à baisser les prix. Ils arrivent pas à les fourguer.

— Évidemment ! Qui veut acheter des flingues en plastique ?

— Personne. Ces connards s'en aperçoivent seulement maintenant. Au début, tout le monde croyait qu'ils allaient s'en foutre plein les poches. C'est le truc parfait pour franchir les détecteurs de métal sans se faire repérer, qu'ils disaient. En fait, c'est du bidon. Ces saloperies de flingues contiennent au moins cinq cents grammes d'acier, presque autant qu'un putain de Bulldog. Ces connards affirmaient qu'on n'avait rien inventé de mieux depuis un siècle, sous prétexte que les terroristes pouvaient les embarquer dans les avions et ainsi de suite. On en a même parlé à la télé. C'était rien que des conneries !

— Peut-être qu'ils pensaient à des terroristes polonais.

— Ouais, fit Joe Brusher en vidant la bouteille de vin rouge dans son verre. (Il fit signe au serveur de leur en apporter une autre.) Enfin bref, dit-il, en reprenant la dégustation de son steak accompagné de pommes de terre sautées, ces abrutis se retrouvent avec leurs flingues en plastoc sur les bras. À l'étranger, là-bas où on les fabrique, ça coûte dans les quatre cents tickets. Eux, ils accepteront de les vendre deux cent cinquante, au prix de gros. L'autre jour, j'ai entendu dire qu'ils en réclamaient trois cents, mais ils baisseront les prix. Sincèrement, c'est des bons .9 mm. Et je sais que t'aimes bien ce calibre.

L'homme fit une grimace, en secouant la tête.

— Toute ma vie, j'ai toujours utilisé que des Smith & Wesson.

Il grimaça à nouveau, en secouant la tête.

— À quoi bon changer une équipe qui gagne ?

— Je voulais t'en parler, c'est tout.

— Je te remercie.

On leur apporta la deuxième bouteille de Barolo Riserva. Le type au visage de diable la désigna avec sa fourchette.

— Je le trouve pas meilleur que la piquette habituelle.

— Ouais, je sais, dit Joe Brusher, avec un haussement d'épaules. Un type m'en a parlé. Je me suis dit, essayons on verra bien.

— Attention, je dis pas que c'est pas bon.

— Vas-y, bois, L'homme beurra un morceau de pain avec lequel il sauça son bol.

— *Scopata*, hein ? dit Joe Brusher avec un large sourire.

— Ce que je préfère.

Le diable fit un clin d'œil, en mastiquant et en trempant un autre morceau de pain dans la sauce.

— Tu te sers jamais d'un couteau ?

— Pas besoin d'un couteau avec ça !

— Non, je voulais parler de...

— Ah ! Oh, non. J'ai déjà du mal à découper un rosbeef. Et toi ?

— Non. Mais l'autre jour, je discutais avec ce jeune gars qui travaille pour le type de Staten Island. Un gars dans le genre Beetle Bailey, une espèce de fana de l'armée. Il porte des treillis, des petits *capolichi* militaires, et toutes ces conneries. C'est rien que de la frime à mon avis. Enfin bref, ce gamin m'expliquait que la meilleure façon de buter un mec, la plus rapide, la plus discrète, et la plus sûre, c'est de s'approcher par-derrière et de le planter juste là, dit Joe Brusher en se tapotant le sommet du crâne avec son index. À travers la boîte crânienne, directement, jusqu'au cerveau ! Il a ajouté que le mieux, c'était d'utiliser un poignard de commando anglais, un truc comme ça. Je te le dis, il débloquait à pleins tubes ce mec. Moi, je le regardais sans rien dire, et lui il continuait à délirer. Franchement, je me demande où ce vieux salopard va chercher ces putains de *guagliones* !

— Hé, tu perds la boule ou quoi, Joe ? Des flingues en plastique, des couteaux plantés dans le crâne.

Le diable renifla et secoua la tête, sans cesser de mastiquer.

— Peut-être que t'as besoin de repos.

— Du repos ! répliqua Joe Brusher avec mépris. J'ai l'impression de poireauter dans un bureau d'embauche depuis un an. C'est comme si je passais ma vie à me reposer !

— Rien de neuf ?

Joe Brusher grimaça, en faisant non de la tête.

— Tu sors plus assez de ton trou, Joe, c'est ça le problème. Tu restes enfermé ici avec Frank, et tu sors plus. Tu devrais monter nous voir de temps en temps, nous dire un petit bonjour, tailler le bout de gras. T'es un type important, Joe, mais plus personne te voit.

— Frank est un type bien, répondit Joe Brusher. C'est un des types les plus intelligents que je connaisse, et il m'a toujours bien traité.

— T'as raison, dit le diable en hochant lentement la tête. Frank est un type bien. Très souvent, il m'a filé des conseils, je peux le dire. Mais des fois, tu sais, c'est comme ce que disaient les vieux dans le temps : les cimetières sont remplis de types bien.

— Où tu veux en venir ?

— Nulle part, je veux en venir nulle part. C'est comme toi avec les flingues en plastique, les coups de couteau dans la tête. C'est juste histoire de parler.

Son bol étant totalement nettoyé, il le repoussa. Il se tapota le ventre, et adressa un clin d'œil à Joe.

— On est vivant, mon vieux, dit-il.

Et il rota.

— Exact, répondit Joe Brusher en lui rendant son clin d'œil. On est vivant.

Ils commandèrent des cafés et des gâteaux. L'homme à la tête de diable proposa d'aller faire une virée pour se distraire. Joe Brusher refusa d'un geste de la main.

— Oh, je deviens trop vieux pour ce genre de conneries, dit-il. La prochaine fois peut-être. Là, je vais rentrer à Jersey et me foutre au pieu.

— Tu vois, Joe, c'est ce que je te disais, répondit le diable avec un rictus. Tu sors plus assez. On est là tous les deux avec du fric plein les poches, les bouteilles attendent qu'on les débouche, les gonzesses attendent qu'on les baise, et toi, t'as rendez-vous avec le marchand de sable. Franchement, Joe, si tu fais pas gaffe, tu vas crever avant l'heure.

— Je te le répète, la prochaine fois peut-être.

— Ouais. La prochaine fois peut-être.

Une fois sur le trottoir, dans Hester Street, ils échangèrent une tape amicale dans le dos et se séparèrent. Il était presque onze heures et demie, et il faisait encore chaud. Les feuilles du petit arbuste rabougri qui se languissait dans son carré de terre desséchée, près du trottoir le long duquel était garée la Buick bordeaux de Joe Brusher ne bougeaient pas d'un poil. Il n'y avait pas de lune, uniquement le ciel noir derrière une brume étouffante et sulfureuse.

Joe Brusher monta dans sa voiture et démarra. Mais il ne prit pas la direction de Jersey. Il tourna dans la 6e Avenue et roula vers le nord, traversant lentement cette brume et les volutes de fumée blanche qui s'échappaient des égouts, les scintillements pastel de la nuit, comme des soubresauts d'agonie. Dans la 23ᵉ Rue, il bifurqua vers l'est, et tourna à nouveau dans Madison, qui à cette heure de la nuit ressemblait à une vallée sombre et aride, totalement silencieuse, à l'exception du grondement d'un bus au loin.

En arrivant dans la 39ᵉ Rue, il se gara le long du trottoir, coupa le moteur, observa la devanture de la *Blarney Rock Tavern*, et attendit. La lumière solitaire du bar donnait un aspect encore plus sinistre, désertique à la rue. À travers la vitre, Joe apercevait le petit Portoricain d'un certain âge, avec son T-shirt blanc et son tablier maculés, qui nettoyait le comptoir ; et le petit Portoricain le voyait lui aussi.

Au bout d'environ un quart d'heure, le barman — un jeune Irlandais avec un tignasse rousse, une chemise blanche dont il avait roulé les manches jusqu'aux coudes et une fine cravate noire dont on apercevait le nœud desserré au-dessus de la bavette de son tablier — s'approcha de la porte vitrée pour la déverrouiller et laisser sortir les trois derniers clients, rendus gais et bruyants par l'alcool. Puis il fit demi-tour et disparut. Le regard de Joe Brusher glissa légèrement vers la droite pour se fixer sur le petit Portoricain.

Bientôt, ce dernier lui adressa un signe de tête, accompagné d'un petit geste de la main pour lui faire signe d'approcher. Joe Brusher sortit alors de la boîte à gants un petit colt muni d'un silencieux plus long que le canon. Rentrant le ventre, il glissa le revolver dans sa ceinture, avant de récupérer sa veste sur le siège arrière. En descendant de voiture, il vit le Portoricain déverrouiller la porte du bar.

Joe Brusher entra dans le bar, et ferma à clé derrière lui. De sous le comptoir, le petit Portoricain sortit nerveusement, et sans dire un mot, un long et lourd fusil de chasse qu'il déposa dans les mains de Joe. Les deux hommes se dirigèrent vers le fond du bar, dans le renfoncement où se trouvaient les toilettes. Brusher tenait le fusil baissé, la crosse en bois nichée au creux de son bras, le doigt sur la détente.

Le jeune barman sortit des toilettes pour hommes en rabaissant les manches de sa chemise. Au même moment, Joe Brusher leva le fusil, et le barman se pétrifia, bouche bée ; son regard allait de la gueule du canon au visage souriant et maléfique du petit Portoricain.

— Retourne dans ces putains de chiottes et ramène-nous le fric ! ordonna Brusher.

Le barman rentra dans les toilettes. D'une main tremblante, il sortit une petite clé de sa poche afin d'ouvrir le distributeur de serviettes en papier au-dessus du lavabo. À l'intérieur, sur la pile de serviettes, se trouvait un bloc de bois sur lequel étaient posés des billets de banques divisés en deux épaisses liasses bien nettes maintenues par des élastiques.

Le barman tremblait toujours lorsqu'il déposa les deux liasses dans la main gauche tendue de Joe Brusher.

— Maintenant, descends et va chercher le gros magot dans ce putain de coffre. N'en oublie pas surtout. Tant pis, tu pourras pas payer les chèques de salaire demain, l'ami.

Le barman jeta un regard au Portoricain, et une expression de dégoût assombrit furtivement son visage blême constellé de taches de rousseur.

— Descends, je t'ai dit ! beugla Joe Brusher, en agitant le long canon du fusil devant ce visage terrorisé.

Le barman tressaillit puis s'exécuta. Grâce à une autre clé sortie de sa poche, il ouvrit la porte du sous-sol. Ses pas firent grincer les marches en bois de l'escalier. Il resta absent pendant trois ou quatre minutes.

Il revint avec une liasse de billets de l'épaisseur d'une brique. Alors que la porte du sous-sol se refermait derrière lui, il laissa tomber l'argent, car là, devant lui sur le plancher, gisait le cadavre du Portoricain. Un mince filet de sang s'écoulait d'un petit trou noir sur sa tempe.

Le barman ne se demanda pas comment un fusil aussi gros pouvait faire un trou aussi petit, et il ne se demanda pas non plus pourquoi il n'avait pas entendu de coup de feu. Il ne se posa aucune question à vrai dire ; il ne pensait plus à rien. Il restait là, et il tremblait.

— Ramasse le fric ! commanda Joe Brusher.

Le barman reprit la liasse et la tendit à Joe Brusher.

— T'as vu que je plaisantais pas, hein ? dit Joe en fourrant difficilement la grosse liasse dans sa poche intérieure de veste, tout en tenant le fusil d'une seule main, braqué sur la poitrine du jeune type.

— T'as une bonne mémoire des visages ? demanda-t-il.

— Non, non. Très mauvaise, répondit le barman d'une voix chevrotante avec un fort accent irlandais.

— Tant mieux. Alors tu vas redescendre dans la

cave, Danny Boy, et tu vas y rester une bonne heure, sans oublier ce que je t'ai dit.

Le barman acquiesça, et Joe Brusher lui fit signe de descendre en agitant le canon du fusil.

— Grouille-toi ! lui lança-t-il dans son dos, en retenant la porte avec son pied.

À l'instant où le barman descendait la première marche, Joe Brusher fit passer le fusil dans sa main gauche, et sortit le colt qui se trouvait maintenant dans sa poche de veste, puis il tira une première fois dans la colonne vertébrale du barman et une deuxième fois dans la tignasse de cheveux roux ; il regarda ensuite le corps dévaler l'escalier et s'écraser en bas des marches avec un bruit mat. Après quoi il laissa la porte du sous-sol se refermer.

Il passa derrière le bar et déposa le colt sur l'égouttoir de l'évier pour le laisser refroidir. Avec une lavette, il essuya la crosse et le canon du fusil de chasse qui n'avait pas servi, avant de l'abandonner, canon en l'air, dans l'évier. Il remit le colt dans sa ceinture, se saisit au passage d'une bouteille de Johnny Walker Black Label non ouverte, et se dirigea d'un pas vif vers la porte, tourna la clé et sortit en jetant de rapides coups d'œil de chaque côté de l'avenue déserte et silencieuse. Puis il remonta à bord de sa Buick bordeaux et repartit à travers la brume, la fumée blanche et les scintillements.

13

— Le coup est prévu pour le troisième lundi du mois prochain, le 21 septembre. Le grand coup, la super-combine, l'arnaque du siècle. Il faut qu'on ait ses cinquante mille dollars avant le week-end qui précède.

— Vous en faites pas, dit Joe Brusher. On les aura. Il est excité comme une bonne femme qu'attend le laitier avec cette putain d'histoire.

Le vieux Giovanni acquiesça d'un air sévère.

— Vous savez pas ce qu'il a dit ? Vous pouvez pas imaginer. Je lui ai sorti tout le baratin, dans le détail, en répétant ce que vous aviez dit. Sur ses 50 000 dollars, 45 000 servent à graisser les pattes, je lui sors, les 5 000 restants sont misés sur la loterie officielle, 500 tickets pour un dollar, moins cinq pour cent pour les frais divers. « Cinq pour cent pour les frais divers ! » J'ai cru qu'il allait avoir une attaque. « Ça fait 125 000 dollars ! » Exact, je lui réponds, mais ça vous laisse 2 375 000 foutus dollars. Et c'est pas aussi simple que d'envoyer un gamin vendre le *News* ou le *Mirror* au coin de la rue, j'ai ajouté. Faut savoir ruser. « Pas de salades ! » il me lance. Les frais divers, ça fait partie des pots-de-vin. C'est ça l'emmerdement quand on traite avec l'État, ils vous saignent à mort de tous les côtés. Avec ces enculés, c'est comme le coup des impôts. Qu'est-ce qu'ils vont nous demander ensuite, qu'on remplisse des putains de formulaires ? » Écoutez, je lui ai dit, considérez ça comme un pot-de-vin supplémentaire. D'ailleurs, c'est bien ça, quand on y réfléchit. Comme vous dites, ça en fait partie. Voyez ça sous cet angle. « Non, pour moi c'est comme des putains de taxes », il répond. « Et je paie déjà suffisamment d'impôts à ces enculés. Alors, je vais te dire un truc, Joe. Ces saloperies de cinq pour cent, on les prendra sur ta part. » Hé, vous vous rendez compte ? J'ai gueulé un peu pour donner le change, mais sans trop insister. Pendant qu'il continuait à déblatérer, j'ai pigé que s'il se faisait entuber c'était ce qui pouvait arriver de mieux. C'est le genre de type qui croit pas à un truc tant qu'il pense pas qu'on cherche à le baiser par-derrière. Il faut toujours qu'il repère le coup tordu, même quand il n'y en a pas. Autrement, il se sent pas à l'aise.

— Tu deviens foutrement malin en vieillissant, Joe. C'était justement ça le but du coup des cinq pour cent. Et tu as été parfait, je dois le reconnaître. T'as réussi à l'endormir avec des berceuses pour mieux l'entuber.

Le vieux Giovanni prit une profonde et lente inspiration, en regardant la fumée qui s'échappait de la cafetière que Brusher avait déposée devant lui. Habituellement, la devise mensongère et familière imprimée sur les gobelets en carton — « vous servir est notre plaisir » — le faisait sourire intérieurement, car il repensait aux paroles des gladiateurs qu'il avait apprises il y a très longtemps et n'avait jamais oubliées : Morituri te salutant, « Ceux qui vont mourir te saluent ». Mais ce matin, cela ne le faisait pas sourire. Assis sur sa chaise, il se souvenait et regardait le café fumant.

— On ramasse les 50 000 billets, Joe, et on se les partage en deux. On ajoute chacun 25 000 dollars à notre pactole.

Il fit glisser ses lunettes sur son nez et dévisagea son partenaire par-dessus les verres.

— Et rappelle-toi, Joe, dit-il, on peut pas tricher avec ces chiffres.

— J'y suis presque, vous en faites pas, j'y suis presque.

Le vieil homme repoussa ses lunettes sur son nez.

— On se prend nos deux liasses de 50 000 et on leur fait faire des petits !

Il fit claquer ses grosses mains devant lui, avec un bruit sourd.

— Le reste appartient à l'histoire.

Il détacha ses mains et les massa pour chasser la douleur que ce geste inconsidéré avait fait naître dans ses articulations arthritiques. Brusher regardait ces vieilles mains se tordre avec la fascination vaguement lointaine d'un vautour. Giovanni le sentit, et ses mains s'immobilisèrent.

— *La vecchiaia é carogna*, déclara-t-il d'une voix curieuse. Tu connais ce proverbe, hein, Joe ? (Il ne leva pas les yeux pour voir Joe Brusher hocher la tête lentement, avec indifférence.) « La vieillesse est une charogne », traduisit-il.

Il leva alors la tête vers l'homme plus jeune.

— Dans le temps, j'adorais tous ces proverbes, ajouta-t-il d'un ton nostalgique. Jusqu'à ce qu'ils commencent à se vérifier.

— Bah, vous nous enterrerez tous, grogna Brusher d'un ton qu'il imaginait plaisant et réconfortant.

Le vieil homme haussa les épaules, comme s'il s'en moquait sincèrement.

— Enfin bref, reprit Brusher, avant que vous finissiez au cimetière, revenons-en à ces deux liasses de 50 000 dollars qui s'envoient en l'air sous les couvertures.

— Tu sais, Joe, je devrais peut-être t'enregistrer tout ça sur une cassette. Tu pourrais te balader dans la rue toute la journée en l'écoutant, sur un de ces énormes appareils à musique que trimbalent les négros.

— Avec tout le respect que je vous dois, John, ça ressemblerait à un putain de disque rayé : « Le reste appartient à l'histoire. Le reste appartient à l'histoire... » C'est tout ce que vous savez dire, John. J'entends beaucoup parler d'histoire et de gros chiffres, mais j'ai pas entendu grand-chose d'autre à part ça.

— Qu'est-ce qui compte le plus pour toi, les mots dans les oreilles ou le fric dans la poche ?

Joe Brusher grommela et leva les paumes au ciel comme pour implorer Dieu.

— Tu veux que je te déballe tout, Joe ? C'est ça que tu veux ? Parce que si je te déballe tout, t'as intérêt à ne pas lever le coude ou à ne pas jacasser dans ton sommeil jusqu'au grand jour.

— Je veux juste savoir.

Le vieil homme but une gorgée de café, et se lança :

— Ce troisième lundi du mois, pendant que notre ami regardera la pendule, en attendant que la gonzesse de la télé libère les balles de ping-pong, quelqu'un au champ de course d'Aqueduct manipulera quelques boutons, et l'ordinateur va cracher un total des mises se terminant par les trois chiffres qui correspondront au résultat de la loterie de Brooklyn que j'ai justement vu apparaître dans mon rêve la nuit précédente.

... Soixante-quinze pour cent de notre fric va s'envoler, ajouta le vieil homme. Ça ne peut pas être autrement.

— Soixante-quinze pour cent de l'investissement, ou de ce qu'on ramasse ? demanda Joe Brusher, à la fois excité et perplexe.

— C'est la même chose, répondit Giovanni, sur le ton d'un professeur excédé par ses élèves. Soixante-quinze pour cent de la mise, soixante-quinze pour cent des bénefs, peu importe où ils les prennent, ça revient au même pour nous. Vingt-cinq pour cent d'un dollar multiplié par cinq cents, c'est égal à 500 moins soixante-quinze pour cent. Évidemment, pour eux, ça fait une différence. Une grosse différence même. Soixante-quinze pour cent de 500 dollars, c'est vachement plus que soixante-quinze pour cent d'un dollar.

— C'est ce que je voulais dire, mentit Joe Brusher. C'est la question que je me posais.

— Si tu veux mon avis, Joe, moins tu te poses de questions, mieux tu te portes. Mais, de toi à moi, tu en penses ce que tu veux, ces types sont trop futés pour prendre ce fric qu'on leur file et tenter de les foutre dans la même combine. Ce serait trop risqué, c'est une trop grosse somme. En même temps, je serais surpris qu'ils se débrouillent pas aussi bien que nous avec les 75 000 dollars qu'on leur allonge. Je serais même surpris qu'il fassent pas mieux. Ils ont là-bas un tas de combines qui rapportent vachement plus que la loterie clandestine. Et des types qui s'y connaissent peuvent facilement les truquer elles aussi.

... Personnellement, j'y connais que dalle à ces magouilles financières de Wall Street, ou ces histoires de cocaïne. Je sais qu'une chose, c'est que 75 000 tickets ça fait un joli paquet de pots-de-vin à verser quand c'est moi qui monte l'arnaque. Mais je sais aussi que ça fait presque soixante ans que j'ai pas monté une combine pareille. J'étais gosse à l'époque. J'étais costaud et rapide, je pouvais me déplacer. Maintenant, *sono carogna*. Je suis vieux et fatigué, je peux plus me déplacer. À vrai dire, Joe, c'est une des raisons pour lesquelles je t'ai mis sur ce coup. Pour que tu me secondes. Après ça, c'est fini pour moi. Je raccroche les gants.

... Alors, comme je dis toujours, pensons d'abord à nous.

— Une petite question quand même. Ce numéro truqué. Quand c'est que vous me le direz ?

— Le jour du coup, dans l'après-midi. Ça peut pas être autrement, Joe. Tu comprends ? Ce sera un nombre choisi dans l'actualité, à la télé ou dans les journaux. Ça, je peux te le dire d'ores et déjà. Un pourcentage formidable de coups de batte réussis, le nombre de morts dans un accident d'avion, une connerie comme ça. C'est le genre de nombres qui sont le plus joués. Ce sera moins louche quand on touchera nos gains. De plus, le lendemain, le mardi, il n'y a pas de courses à New York. L'hippodrome d'Aqueduct sera fermé, et ça nous permettra de laisser retomber les soupçons éventuels.

— Je pensais que vous referiez le coup des trois zéros, comme la fois dont tout le monde parle.

— Non, répondit le vieil homme en secouant la tête. Pour moi, ce numéro évoque plus de mauvais souvenirs que de bons. De plus, c'est un numéro réduit dans la moitié des loteries qui prendront nos paris.

... Notre chiffre sortira d'ici, ajouta-t-il en se tapotant la tempe. Directement transmis à mon intermédiaire, qui le transmettra aux abrutis chargés de parier à notre place, quelques dollars par-ci, quelques dollars par là, dispersés dans New York et Jersey City, jusqu'à Philadelphie. Je donnerai également le chiffre à notre homme clé sur le champ de course. Les types qui dispersent les paris n'auront aucune vue d'ensemble de l'arnaque, jusqu'à la fin des opérations. L'homme clé, le type du champ de courses, a obtenu son boulot grâce à Cuomo. Aucun risque qu'il fasse un pas de travers, il a trop à perdre.

Un sourire en coin vint adoucir l'expression sévère du vieil homme.

— C'est le genre de type en qui mon ami et moi on a le plus confiance ; un mec qu'a les couilles sur le billot, et nous on tient la hache.

— Mais vous voulez pas me dire qui est cet ami, hein ?

— Pour l'instant, Joe, tout ce que je peux te dire,

c'est que je le connais depuis très très longtemps. Il est très haut placé, et je peux t'assurer qu'il mérite largement la part du gâteau de 75 000 dollars dont il va s'empiffrer. C'est un type en or massif, Joe. Tu sais bien que j'ai pas l'habitude de dire ça.

Le vieil homme but une dernière gorgée de café, plus assez chaud à son goût.

— Bon, reprit-il avec un profond soupir. On a foutu 25 000 dollars sur la loterie truquée. À 500 contre un, moins 15 % pour les collecteurs, et 10 % en guise de pourboire pour les coursiers, comme toujours, nos bénefs sur le papier s'élèvent à 10 625 000 dollars. Un peu plus de 20 % de cette somme — soit 2 250 000 dollars — nous seront versés, en liquide, dès le lundi soir. Pour le reste, nous aurons foutu le camp depuis longtemps ; mon neveu se chargera de la collecte.

— Tout ce fric, où c'est qu'on va le toucher ?

— On le saura dans l'après-midi. Mais je veillerai à ce que ça se fasse de ce côté-ci du fleuve.

Joe Brusher se renversa sur son siège, visiblement satisfait de tout ce qu'il avait entendu. Puis la question primordiale, la première qu'il avait voulu poser, lui revint à l'esprit :

— Comment se fera le partage ?

— Un million deux cent cinquante mille pour moi, un million pour toi.

Un million pour toi. Jamais on ne lui avait dit une chose pareille. Au cours d'une vie de partages inégaux, jamais l'inégalité ne lui avait paru aussi douce.

— Et on restera pas coincé ici pour faire le partage. Pas moi en tout cas. Si toi ça t'amuse, libre à toi. Si jamais ça merde, je t'enverrai des fleurs.

140

— Non, non, dit Joe Brusher. Je vous suis.

— Y a une chose que j'ai besoin de savoir, Joe... pour les billets. C'est ton vrai nom sur ton passeport ?

— Oui. Brescia.

Les deux hommes replongèrent dans le silence. Puis un sourire pervers se dessina peu à peu sur le visage de Joe Brusher.

— Une fois qu'on aura foutu le camp, qu'est-ce qu'il va devenir votre copain en or ? demanda-t-il derrière son sourire perfide.

Le vieil homme laissa échapper un profond soupir, avant de répondre d'un ton posé mais ferme.

— Soit il se retrouve foutrement plus riche qu'il l'était, ou il se retrouve dans la merde jusqu'au cou. À mon avis, ça va se jouer à pile ou face comme souvent dans la vie.

Le visage de Joe Brusher se relâcha, et le sourire pervers disparut.

— Donc, dit-il, même si on se fait pas pincer, même si on touche le restant du fric, vous pensez que votre copain en or ne va pas refiler notre pognon à votre neveu ?

— Une partie. Une bonne partie. Mais sans nous, il se foutrait de plus en plus dans le pétrin à mesure que le fric tombe. Il serait franchement stupide de ne pas le faire. De toute façon, après le premier versement, ça devient franchement hasardeux.

La voix du vieux Giovanni perdit de sa détermination, de sa vigueur.

— C'est la seule chose qui me laisse un goût amer dans la bouche, ajouta-t-il. Confier cette responsabilité à mon neveu, je veux dire. S'ils s'aperçoivent que c'était pas juste une histoire de clé des songes et de petits paris minables, s'ils décident de nous retrouver et qu'ils restent bredouilles, et si jamais ça merde, j'ai peur que le pauvre môme se vide de son sang dans ses godasses.

— On pourrait le mettre dans le coup avec nous, suggéra Joe Brusher, en haussant les épaules.

— Bah, ce môme est un panier percé, répondit le vieil homme en secouant la tête. C'est déjà bien qu'il ait un pot de chambre pour pisser. S'il se démerde pour ramasser notre fric, il sera le plus heureux des hommes avec les vingt mille billets qu'on lui filera.

— Dans ce cas, avec tout le respect que je vous dois, John, je crois que vous avez raison : ce sera pile ou face.

Le vieil homme ne répondit pas. Il avait suffisamment parlé, pour l'instant.

14

Lorsqu'il ouvrit sa porte, Louie secoua la tête d'un air incrédule en laissant échapper un petit ricanement.

— Décidément, j'arrive pas à m'habituer à voir ta tête sans dents sur le devant.

— Bon, commence pas avec ça. Je me trouve déjà assez ridicule. Je vais finir par avoir un putain de complexe ou je sais pas quoi.

Louie remarqua que Willie tenait à la main une sorte de boîte métallique.

— L'autre soir, reprit Willie, je vais faire un tour dans un de ces bars branchés à la con de la 7e, le Cucaracha Cab Company ou un truc de ce genre. Histoire de m'en jeter quelques-uns. Et là, je repère une gonzesse, je commence à lui faire de l'œil, elle me répond, et ainsi de suite, toutes les conneries habituelles qui conduisent aux multiples splendeurs. Alors, je lui souris et à ce moment-là, la voilà qui manque de s'étrangler avec un glaçon. Je te le dis, si jamais je retrouve cet enfant de salaud qui m'a balancé cette brique en pleine gueule, je lui fais bouffer ses couilles, promis juré !

— Hé, tu essayais de le dévaliser, il s'est défendu.

— Quand même, c'est pas une raison.

Willie referma la bouche et secoua la tête avec indignation. Il coinça l'objet en métal sous son bras, puis leva un genou pour se gratter le tibia.

— Assieds-toi, lui dit Louie qui ne pouvait supporter plus longtemps de le voir dans cette position inconfortable.

Willie s'assit sur le divan et remonta ses chaussettes.

— Alors, et ces vacances ? demanda Louie. Tu es resté les douze semaines ?

Willie acquiesça d'un air écœuré, en s'efforçant de sourire.

— C'est ces putains de trois mois de sursis de la fois d'avant qui m'ont foutu dans la merde.

Mais il abandonna son air triste, et parvint à sourire pour de bon.

— Heureusement, j'étais à Secaucus, pas dans cette putain de maison des horreurs de Pavonia Avenue. C'est le plus important. Secaucus, c'est pas si mal.

Louie crut percevoir un soupçon de nostalgie dans la voix de Willie.

— Si tu vas à la messe, ils te filent même des beignets à la confiture gratos !

D'un mouvement du menton, Louie désigna d'un air interrogateur la boîte que tenait Willie. Ce dernier la déposa par terre à ses pieds et la contempla avec un grand sourire d'autosatisfaction.

Il s'agissait d'un boîtier rectangulaire en métal gris, d'environ vingt centimètres de long sur dix de large, muni d'un fil électrique avec une prise de cou-

rant à trois fiches. Dessus était écrit : TACHISTOS-
COPE À GRANDE VITESSE. Il y avait un bouton rouge
avec la mention ALIM., et trois interrupteurs : ON,
AVANCE et INTERNE, deux cadrans noirs qui indiquaient la FRÉQUENCE et le TPS/MILLISECONDE.
Louie examina longuement le boîtier, avant de lever
les yeux vers Willie, pour demander :

— Qu'est-ce que c'est ?

Les mains tendues vers l'appareil, Willie agita les
doigts avec un bonheur rempli de convoitise.

— J'en sais rien, avoua-t-il, mais je suis sûr que
ça vaut un joli paquet de fric. Y a un tas de petits
boutons.

— Où tu l'as trouvé ?

— À l'hôpital St. Vincent.

Louie secoua la tête.

— Je parie que tous les types qui étaient reliés à
ce machin ont cassé leur pipe quand tu l'as dé-
branché.

— Mais non, il était même pas branché. Ça traînait dans un coin, en murmurant « Emporte-moi,
emporte-moi ». J'ai pensé que tu saurais peut-être
ce que c'est. T'as un tas de potes intelligents. Peut-
être que l'un d'eux te le dira. Je peux pas le vendre
sans savoir à quoi ça sert, je risque de me faire
rouler.

— Eh bien, j'en sais rien, figure-toi. Et je t'ai déjà
dit des milliers de fois que je ne voulais pas être
mêlé à ces histoires.

Willie lui adressa un sourire narquois.

— Hé, combien t'as empoché avec les bouteilles
de gnôle que je t'ai refilées avant de... m'absenter

Louie soupira.

— Qu'est-ce que ça peut te faire ? Tu me devais cent dollars. Je me suis payé avec les bouteilles, voilà.

— On est quittes, alors ?

— Oui, si on veut. Mais on pourrait aussi compter tous les verres, tous les repas que tu m'as tapés pendant des années, plus un dollar par-ci, un dollar par-là. On se connaît depuis qu'on a... treize ans, hein ? À treize ans et demi, je t'ai filé une *dime* pour jouer à la fête foraine, tu te souviens ? Depuis, on n'a jamais été vraiment quittes si tu veux mon avis.

— Hé, je t'ai rendu ta pièce, salopard !

— Allez, reconnais-le, Willie, t'es qu'un putain de parasite. Et en plus, t'as une gueule d'abruti maintenant.

Louie, qui avait essayé de conserver un visage sérieux, ne put s'empêcher de sourire, et Willie, qui était sur le point de protester en bégayant, éclata de rire.

Les deux hommes restèrent assis sur le canapé, séparés par un cendrier, les yeux rivés sur le boîtier métallique gris.

— Au fait, t'es toujours avec... machine, c'était quoi son nom déjà ? demanda Willie au bout d'un moment.

— Mmm, fit Louie, avec une grimace.

— Elle avait l'air chouette cette nana.

Louie acquiesça, le visage sombre, avant de cracher quelques mots :

— Trop de problèmes.

— Comme toujours. À moins de te choisir une poupée gonflable.

— C'est une idée, répondit Louie en souriant. Elles ont une bouche comme une vraie, et même un trou derrière pour les amateurs.

Il alluma une cigarette, la dernière du paquet, et toussa.

— Et toi ? demanda-t-il. T'as trempé ton biscuit ces derniers temps ?

— Bah, rien de nouveau. Toujours les mêmes visages. Pour être franc, Louie, ça m'intéresse plus trop maintenant, à moins d'avoir quelques verres dans le nez. Je me sens... fatigué à force, ou je sais pas quoi. À cette époque l'année dernière, quand je conduisais mon taxi, c'était autre chose ! Je crois que j'ai jamais autant baisé de ma vie. Je sais pas comment ça se fait. À croire qu'il y avait la grève des livreurs de lait ou un truc comme ça. Peut-être que j'ai fait une overdose de cul, je me dis des fois. Ouais, c'est ça qui m'est arrivé.

Son regard se perdit dans le vague, et il pouffa.

— Hé, dit-il, je t'ai raconté la fois où j'ai pris dans mon taxi un mec habillé en gonzesse, et que je l'ai laissé me tailler une pipe ?

Louie le regarda d'un air perplexe, le sourcil dressé.

— T'es complètement malade, mon vieux. Franchement.

— Hé, il avait de jolies jambes, ce con !

Louie ricana. Il souffla un nuage de fumée en direction de la boîte grise.

— Tu devrais avoir chopé le sida depuis le temps, avec toutes ces aiguilles pourries que tu te plantes dans les veines, et toutes ces gonzesses galeuses que tu te tapes. Maintenant que t'as même plus de dents sur le devant, j'ose pas imaginer à quoi va ressembler le prochain amour de ta vie.

— Va te faire foutre, répondit Willie en riant.

— Comment elle s'appelait celle que t'avais ramassée un jour, la pute qui se piquait dans les abcès de ses gencives ?

— Barbara la Dingue. Elle croyait que la came était le remède universel.

— Oui, c'est ça, Barbara la Dingue. Je la revois assise là, à ta place, en train de raconter qu'elle avait sucé un flic qui l'avait embarquée, et le type avait fini par lui pisser dans la bouche. Et deux minutes plus tard, elle m'offre de partager sa canette de bière !

— Ouais, elle était pas très nette.

— Tu continues à la fréquenter ?

— Plus personne ne la fréquente. Elle s'est piquée au pinard et elle est morte. Trois semaines dans le coma.

Willie plissa les yeux, en hochant lentement la tête. Et il ajouta :

— T'avoueras qu'elle avait de beaux nichons.

— Voilà une belle épitaphe.

— T'as plus de chances que moi d'attraper le sida. La moitié des gonzesses de ton quartier se font sauter par des pédés. Je parie qu'il y a pas dans tout Manhattan une femme de moins de quarante ans qu'ait pas couché avec un pédé. Je parle sérieusement ! Ça tourne plus rond. On est une espèce en voie de disparition, mon vieux. On taille pas des pipes, on fait même pas de jogging. On est finis. Dans cinquante ans, les gars comme nous se retrouveront empaillés dans un musée, derrière une vitre, assis sur un banc, en train de se gratter le ventre et de mater les jambes d'une fille, empaillées elles aussi. Et y aura même un pigeon empaillé qui nous chiera sur la tête, par-dessus le marché.

— Dis donc, tu deviens vachement bavard depuis que t'as laissé tomber la *bubonia,* on te l'a déjà dit ?

Willie pencha la tête sur le côté, avec un petit sourire contraint.

— Tu devrais peut-être te lancer dans la politique, plaisanta Louie, te présenter dans des élections législatives, une connerie comme ça.

Willie émit un petit rire rauque, sans joie.

— Ouais, je ferais bien de me lancer dans quelque chose, dit-il en regardant fixement le mur. Dans le temps, je croyais que j'étais un voleur de talent. Sincèrement. Mais un jour, j'ai compris : si j'étais vraiment un grand voleur, je me ferais pas choper à chaque fois. Alors, je me suis demandé : qu'est-ce que je sais faire ? Et j'en suis toujours là : une question sans réponse.

— Bah, on était idiots tous les deux, dit Louie, avec dans la voix une certaine gravité tout à coup, une sorte de lucidité sombre. On se croyait malins toi et moi. On croyait que le but dans la vie, c'était de glander. Et voilà où on en est. Toi, moi, et ce putain de mur.

— Et la boîte avec les petits boutons. N'oublie pas la boîte avec les petits boutons.

— Exact. La boîte avec les petits boutons.

Une sirène résonna sous la fenêtre, dans Bedford Street, puis s'éloigna vers le nord. Louie et Willie regardèrent les filaments des ombres floues de l'après-midi qui rampaient sur le plancher.

— Au fait, dit Willie, tu voulais me parler d'un truc, je crois.

— Ouais, j'ai un boulot pour toi.

— Comment ça, un boulot ?

— Un travail ! Un putain de travail. Tu sais ce que c'est, non ? Généralement, c'est comme ça que les gens gagnent leur vie dans ce monde à la con.

— Ah ! Un vrai travail. Dans la journée, dit Willie d'un air soupçonneux. Pour faire quoi ?

— Tu vas pas y croire.

15

Les affaires de « Rêves & Co » marchaient fort. Apparemment, les innombrables mutations de concupiscence qui s'échappaient, telles des bêtes monstrueuses et visqueuses, des placards à balais humides et odieux de l'âme humaine ne connaissaient aucune limite. Dans cet entrepôt souterrain et miteux d'Allen Street, que Goldstick avait converti en bureau et studio, tout aussi miteux, à l'aide de plusieurs litres de peinture blanche, d'une table et de fauteuils d'occasion et d'une ligne de téléphone, on donnait une vie palpable — ou quelque chose qui y ressemble — aux rêves les plus secrets, les plus profonds de tous ces obsédés détraqués dont les chèques n'étaient pas en bois. À la fin d'un mois d'août épouvantable, après seulement deux semaines d'une association amèrement décidée, mais florissante, Goldstick et Louie, reconnaissants envers Dieu et l'abjection stupide de leurs semblables, se partagèrent presque 9 000 dollars de bénéfices. Ils avaient encore trente-quatre commandes à honorer, représentant 17 000 dollars, et le facteur apportait chaque jour de nouvelles demandes.

La présence de Willie l'édenté se révéla finalement être une aubaine. Même s'il ne touchait plus à la drogue — c'est du moins ce qu'il affirmait ; Louie y croyait plus ou moins selon les jours — Willie avait conservé ses contacts dans le monde glauque des drogués minables qui traînaient non loin de là dans Chrystie et Rivington Streets. Parmi cette société de morts-vivants, il avait déjà réussi à recruter trois filles pas trop vilaines et tout à fait disposées à jouer la comédie en échange du prix de leur poison, ou d'une dose elle-même de ce poison, coupée trois fois, en fonction des combines de ce rusé de Willie.

— Ces filles sont de vraies serpillières ! Jamais une protestation ! C'est formidable ! se réjouissait Artie, le jeune courtisan des muses, dont le boulot consistait à mettre en scène, filmer et monter chaque vidéo, et à aller chercher le déjeuner de ses supérieurs au « delicatessen » du coin, *Chez Katz*. Artie était tellement ravi de la façon dont les choses se déroulaient qu'il se plaignit à peine le jour où une de ses serpillières perdit connaissance, alors qu'elle était censée atteindre l'extase en s'enfilant dans le cul une statuette en plâtre de la Vierge Marie.

Louie était présent sur les lieux ce jour-là. C'était la première production de « Rêves & Co », « un tournage » pour reprendre le terme artistique d'Artie, auquel il avait choisi d'assister. Avant de commencer, la fille avait enduit la statuette de vaseline. Son regard vide, son expression désincarnée — la berceuse sinistre de la mort qui guette, de la méthadone et de l'alcool — conféraient à cette lubrification, lente et méthodique, l'apparence d'un étrange rituel. Puis, alors qu'Artie s'avançait avec la caméra, la fille porta l'icône luisante de vaseline à sa bouche et l'introduisit entre ses lèvres, comme on le lui avait ordonné. Hypnotisé, Louie regardait la fille ressortir la Vierge de sa bouche et la frotter contre ses seins décharnés jusqu'à ce qu'ils soient rouges. Elle gémissait, comme on le lui avait dit, puis elle fit glisser la Vierge vers sa chatte, et entre ses fesses. En deux mouvements lents du poignet, la fille enfonça la tête de la statuette, de la taille d'une noix, dans son anus. Petit à petit, jusqu'au niveau des mains de plâtre jointes en prière, le corps de la Vierge suivit. Lentement tout d'abord, puis de plus en plus vite, violemment, la fille faisait aller et venir en elle la statuette de mauvais goût. Les petites mains jointes cognaient contre son périnée, encore et encore, jusqu'au sang.

Louie regarda Willie ; Willie regarda Louie.

— Imagine un peu, lui glissa Willie à voix basse. Je dois rapporter la statuette au magasin ensuite pour me faire rembourser.

Soudain, la main de la fille sembla s'engourdir, avant de s'immobiliser totalement, et ses yeux vides, désincarnés, se fermèrent au monde. Elle resta allongée par terre, tel un cadavre, avec la Vierge lui sortant du cul comme un pieu. Pendant un instant, à vrai dire, ils crurent même qu'elle était morte. Après tout, comme le savaient Louie et Willie, le mélange méthadone alcool était bien plus mortel que la came. Quelle belle scène finale cela aurait été.

La présence de Louie dans ce sous-sol n'était pas réellement nécessaire, pas plus que celle de Goldstick. Il le savait. Les affaires marchaient si bien, grâce à Artie si mal payé, et à Willie, plus mal payé encore, que Goldstick et Louie n'avaient pas grand-chose à faire chez « Rêves & Co » hormis encourager ces deux larbins d'une tape dans le dos et compter l'argent. En outre, la scène à laquelle Louie avait assisté en ce jour de la Vierge le dégoûtait.

Mais cette répulsion se teintait de fascination. De plus en plus souvent, après son café du matin Rue du Silence, il quittait le bar de Giacomo pour se diriger en flânant vers ce gouffre des rêves ignobles. Il s'asseyait et fumait, tandis que devant lui, au milieu des accessoires artisanaux de la journée, une fille, deux filles, ou une fille et un garçon, exécutaient le fantasme lubrique d'un masturbateur invisible et anonyme. Louie observait leurs yeux autant que le reste du corps, et il savait à quel moment une fille commençait à s'abandonner et à se pâmer sous le feu véritable de l'illusion. C'est alors qu'il ressentait un étrange pouvoir, non seulement sur cette chair qui se contorsionnait devant lui, avec une lascivité feinte ou réelle, mais également sur tous ces imbéciles invisibles et anonymes dont il pouvait ridiculiser les passions pathétiques, dont il pouvait prendre le fric, et c'est dans ces moments-là qu'il se mettait à bander.

Mais curieusement, cette grotesque parodie de désir ne faisait qu'accentuer sa sensation de manque, et les affres de son envie de Donna Lou. Voilà plusieurs mois qu'il n'avait pas entendu sa voix, caressé sa peau, ni vu son sourire. Toutes ces sensations lui apparaissaient maintenant comme la seule beauté qu'il connaissait dans ce bas monde. Et elle lui avait appartenu.

— Tu ressembles à Hamlet qui contemple le crâne de Yorick, lui dit un jour Goldstick, en fin d'après-midi, alors que Louie, assis, regardait d'un air absent la couverture criarde du livre de poche posé sur le bureau. Surpris par cette remarque, il repoussa le livre.

Depuis que Louie connaissait Donna, elle relisait sans cesse les mêmes livres : des romans de Jane Austen et Henry James. Louie avait fini par bien connaître les couvertures de ces livres de poche. Il avait même parcouru le début de certains d'entre eux, et un soir, il lui avait demandé, avec un sourire narquois : « Tu lis que des bouquins écrits par des mal baisés ? » Peu de temps après, Goldstick cherchait à refourguer une caisse remplie de vieux bouquins de cul à vingt-cinq *cents* pièce. En passant devant ce tas de romans minables, Louie s'était arrêté brusquement en découvrant par hasard la couverture de *J'ai épousé une gouine* écrit par un certain Henry James. Goldstick lui en avait fait cadeau, et le soir en rentrant, Louie l'avait jeté sur les genoux de Donna. « Tiens, je suis sûr que t'as pas lu ce bouquin de ton auteur favori », dit-il avec un air innocent presque convaincant. Le livre qui se trouvait sur le bureau ce jour-là, *Né pour baiser*, était signé également Henry James. En le regardant, Louie s'était souvenu de l'éclat de rire de Donna Lou. Perdu dans son passé, il avait essayé de se remémorer le son de ce rire, mais il demeurait trop lointain.

Maintenant, il avait échoué — pour toujours semble-t-il — dans ce spectacle de foire pitoyable, dans un trou souterrain, où quelque maladie obscure et mortelle de l'âme semblait polluer l'air comme les miasmes du paludisme ; où toutes les voix mentaient, où la peau était aussi laide qu'une peau de serpent qui mue, où tous les sourires étaient faux. De plus en plus, les défigurements froids du désir qui s'agitaient à ses pieds lui rappelaient ce qu'il avait perdu, et avec le temps, aucun sentiment de pouvoir d'opérette ne parvint même plus à le faire bander. Car en fait, comprit-il, ce n'était pas un royaume qu'il avait créé et bâti de ses mains, mais un enfer. Pour l'instant, il devrait s'en contenter, en attendant la vraie vie.

16

Au petit jour, Louie était assis devant son café, dans le vieux bar de Giacomo, perdu dans ses pensées, lorsqu'il s'aperçut soudain que le vieil homme lui parlait depuis un moment déjà, sans qu'il prête attention à ses paroles.

Cela faisait plusieurs jours que la veine de son poignet battait violemment. Du moins avait-il cette impression. Peut-être l'observait-il plus que d'habitude tout simplement. C'était fréquent ces derniers temps, il regardait tout fixement, comme des murs éclaboussés de sang.

Voilà presque cinq ans maintenant qu'il jouait les usuriers, et cela ne lui avait rien rapporté. C'était une activité bien plus difficile qu'il ne l'avait imaginé. En définitive, une fois les derniers chiffres additionnés, en tenant compte de tous les menteurs, les types fauchés, les pleurnichards et les *bustarelle*, il aurait sans doute mieux fait de rester assis derrière un comptoir à se gratter le cul pendant cinq ans. Mais pour lui, la solution la plus simple était toujours la plus difficile, et la plus difficile lui semblait toujours la plus simple.

Qu'est-ce que cette vie lui avait rapporté, véritablement ? Quelques trophées accrochés à la bite, quelques cicatrices au foie et aux poumons ? D'après ses estimations, en se fiant à son instinct albanais actuariel et surnaturel, il avait atteint le milieu de sa vie, dans le meilleur des cas. Or, la première moitié avait été un gâchis. Le temps des moissons approchait, et il n'avait rien semé. Le passé, le présent, l'avenir... tout se mélangeait.

Mais dans cette confusion — parfois éclatante, parfois déclinante, puis de nouveau éclatante — Louie devinait la présence d'une étincelle qui jaillirait et s'enflammerait peut-être un jour pour embraser cette confusion dans un feu de joie aveuglant. Comme une braise qui rougeoie sans fin, entre la mort et l'embrasement, qui se consume pour devenir cendre froide ou flammes. Le feu qui couvait en lui s'étouffait parfois, sans jamais s'éteindre.

Au fil des ans, ce feu avait failli mourir, à chaque enterrement des membres de sa famille, les uns après les autres, mais avec le temps, quand la terre sur la tombe se tassait, le feu se ranimait toujours, avec un peu plus de vigueur même. Il avait failli s'éteindre il n'y a pas si longtemps quand, alors que le vent se réchauffait, une rafale avait soufflé entre lui et ce qu'il restait de sa famille, cette énigme derrière la porte au sommet de l'escalier grinçant à Newark. Mais aucune rafale de vent, qu'elle vienne de l'âme du vieillard ou de la sienne, ou d'un quelconque cimetière sur une colline, ne pouvait éteindre ce feu.

Donna Lou avait été comme un soufflet pour ranimer les braises. Évidemment, Louie ne le lui avait jamais avoué, de crainte de lui conférer un pouvoir sur lui, ou plus exactement, de lui faire prendre dangereusement conscience du pouvoir qu'elle détenait déjà, sans le savoir.

Peut-être ses impressions étaient-elles justes, ou peut-être voyait-il simplement la réalité à travers un mauvais œil. Une chose était certaine : trop souvent il avait jugé Donna Lou avec cet œil. Jamais il ne manquait une occasion de ruminer ou de dresser mentalement la liste de ses imperfections : sa tache de naissance derrière le genou gauche, son goût pour les films d'aujourd'hui, une tendance à se ronger les ongles, sa propension à gober tout ce qu'elle lisait dans les journaux, la manière négligée dont elle pliait le linge, surtout les caleçons de Louie, le fait qu'elle mange du fromage blanc en sa présence, et ainsi de suite. Cet inventaire d'imperfections, il s'en apercevait, ne servait qu'à accentuer, ou plus précisément, à déformer la vision de son mauvais œil. D'une manière ou d'une autre, ce mauvais œil l'avait conduit à croire qu'il existait quelque part une Donna Lou parfaite, une Donna Lou qui plie les caleçons avec le soin et le respect d'un sacristain envers la nappe d'autel la veille d'un jour saint.

Son mauvais œil ne remarquait que les imperfections. Son mauvais œil ne cherchait que les motifs de grief. Il espionnait perfidement dans tous les coins. En lui interdisant toute confiance, son mauvais œil lui avait évité d'être victime de la trahison. Mais il l'avait éloigné également de cette providence intérieure, cette lumière humaine qu'on appelle la sagesse, sans laquelle la méfiance était tout aussi désastreuse que la confiance elle-même, et aussi aveugle que pouvait l'être la confiance. Son mauvais œil, ainsi qu'il commençait à le redouter, l'avait privé des quelques bienfaits qui accompagnent parfois le mal, et avait nourri en lui une chose plus redoutable que tout ce qui le menaçait à l'extérieur.

À travers des paroles non formulées, des ombres mouvantes et cursives de méditation, il ressassait de plus en plus souvent toutes ces idées. Ce n'était pas, comme à cet instant, une réflexion délibérée. Ça allait et venait ; et quand ça venait, son mauvais œil faiblissait, et la braise semblait se consumer. Peu à peu, il avait entrepris d'analyser la teneur de ce qui se cachait sous ces méditations.

La nuit dernière, par exemple, perdu dans ces pensées et ces analyses, il était resté assis devant la télé, le regard vide. Soudain, il entrevit sur l'écran Erin Gray, la femme des publicités « Bloomingdale ». Aux yeux de Louie, Erin Gray avait toujours occupé une place unique et inégalée — un trône, pourrait-on dire — dans la hiérarchie de la gent féminine. Il avait toujours eu envie de la baiser, depuis ce soir, il y a bien longtemps, où il l'avait vue pour la première fois caresser ce drap pur coton en annonçant d'une voix suave des soldes gigantesques sur le blanc ; envie de voir ces yeux aguicheurs, à demi clos, papilloter devant les siens. Jusqu'à ce que les draps du bonheur terrestre en pur coton portent les traces de leur débauche — ne serait-ce qu'une petite pipe vite fait — ou jusqu'à ce qu'elle commence à faire son âge, sa passion ne connaîtrait pas l'apaisement. Mais hier soir, en regardant ses doigts affriolants bénir un étalage de chaussettes en cachemire, ses lèvres roses humides s'écarter pour vanter des économies incroyables, aucune étincelle ne s'alluma dans le regard de Louie, et il remarqua à peine la fin des trente secondes de publicité. Le désir, ce lézard caché dans son pantalon, n'avait même pas bougé.

Peut-être n'était-ce pas seulement cette méditation plus pesante, plus vague, qui le retenait, car souvent cette réflexion n'était qu'un immense océan trouble sous un ciel orageux de préoccupations moins importantes, mais plus lucides, plus familières. La couleur dominante dans ce ciel plus qu'une couleur, un jaillissement de lumière irisée qui fendait les nuages — c'était la cupidité.

La cupidité ! Il n'y avait pas d'autre mot, véritablement, pour désigner cet ourlet d'or sur la robe de la fortune que convoitaient tous les hommes. L'ambition, la volonté, la recherche de la réussite, de la sécurité, de l'avancement, le désir de bien faire, de faire quelque chose de sa vie, de subvenir aux besoins de ceux qu'on aime ; même la quête, si souvent vantée, d'un chemin plus court vers les Indes, tout cela, Louie le savait bien, n'était que de jolies vanités enrobées sous lesquelles seules les victimes d'illusions, volontaires ou non, ne parvenaient pas à déceler des euphémismes moralisateurs de la cupidité. Ceux qui dénonçaient la cupidité, ceux qui jugeaient leur avarice en termes d'altruisme ne faisaient que lécher les plaies de leurs échecs. À l'instar des femmes laides qui réagissent à la souffrance de l'absence de séduction en taxant le sexe de pornographie, et en traitant leurs sœurs plus chanceuses de victimes des hommes, alors que ce sont elles les vainqueurs ; à l'instar des artistes ratés qui méprisent le goût des masses et proclament leur dévotion à la postérité ; de même ces individus, dont beaucoup dépensaient plus d'argent pour acheter des billets de loterie que du pain et du vin, se considéraient à l'abri de toute cupidité. « Pour moi, l'argent ça ne compte pas » disaient ces individus, sans jamais avoir le courage de le prouver. Généralement, c'étaient des types qui versaient dix pour cent de pourboire, faisaient des heures supplémentaires dès qu'ils en avaient l'occasion, et regardaient par terre au cas où traînerait une pièce de monnaie, partout où ils allaient... Il n'y avait pas plus resquilleur, plus radin ni plus profiteur au monde. Louie le savait bien, et il savait que la cupidité était une composante inévitable de la nature humaine au même titre que le désir. Comme le désir, c'était à l'homme d'en faire quelque chose de bon ou de mauvais. L'homme pouvait la dominer, ou se laisser dominer par elle.

Louie ne trouvait pas étrange que la lumière irisée de ce qu'il nommait la cupidité émerge de ses réflexions plus générales. Si l'imprévoyance et son mauvais œil étaient les malédictions entremêlées de son existence, peut-être ces rayons lumineux représentaient-ils une forme d'espoir. Il savait ce qui était écrit dans la Bible de Donna Lou : « Si tu as le mauvais œil, tout ton corps sera habité par les ténèbres. » Et il savait qu'il était écrit également : « L'argent a réponse à tout. »

Même s'il voulait de l'argent, et même si au cours des dernières semaines il en avait gagné plus et plus facilement que jamais, il savait qu'il ne ferait pas fortune chez « Rêves & Co ». Ce n'était qu'une activité passagère qui ne pouvait pas durer, il le savait. Et il ne tenait pas à ce qu'elle dure. Parfois, ces derniers temps, alors qu'il s'apprêtait à avaler un morceau de pain, son regard arrêtait son geste, comme si sa main salissait le morceau de pain.

Non, sa fortune se trouvait ailleurs, quelque part, là-bas dans ces rayons, dans cette lumière. Malheureusement, depuis quelque temps, toutes les lumières semblaient conspirer pour lui rappeler cette autre lumière, aujourd'hui disparue, qui brillait dans les cheveux de Donna.

— C'est juste l'affaire de quatre jours...

Quatre jours ?... Quatre jours de lumière ? Quatre jours en enfer ?

— C'est juste l'affaire de quatre jours, disait le vieux Giacomo, en regardant devant lui, les yeux dans le vague, les premières nappes de soleil de la journée qui se faufilaient sous le rideau noir de la porte. J'y entre jeudi soir, et je ressors lundi matin. C'est juste des examens, qu'ils disent.

À travers le tourbillon brumeux de fumée de cigarette qui masquait le profil du vieil homme, Louie remarqua son sourire crispé, le regard toujours fixe.

— Ils veulent vérifier ci, vérifier ça, dit Giacomo. Prendre un morceau par-ci, un morceau par-là. Ah, ils aiment ça les biopsies, ces salopards. Ils ne font plus d'autopsies maintenant. Ça rapporte rien. Mais les biopsies, ça y va. T'ouvres ta braguette pour pisser un coup, hop, ils t'enfilent la bite dans un tube et ils te collent une facture de six pages sur les couilles avant que t'aies le temps de dire ouf.

... Des examens, mon cul ! Ils se foutent de la gueule de qui ? À mon âge, ils veulent juste me

163

pomponner avant de m'expédier au cimetière. Ils veulent pas laisser passer l'occasion de me piquer mon fric une dernière fois, au cas où je claquerais bien tranquillement dans mon plumard, sans qu'ils puissent me faire les poches.

... Mais tu sais comment ça se passe dans ce genre de boîte comme ici Tu fermes un seul soir, tu le payes pendant un mois. Des types se pointent à quatre heures du mat', d'on ne sait trop où. Ils trouvent porte close, c'est foutu. Fait chier, ils se disent. La fois suivante, ils vont ailleurs. Surtout que c'est pendant le pont du Labor Day.

Louie reconstituait maintenant ce qu'avait dit le vieux Giacomo, tandis qu'il était perdu dans ses rêveries. Il devait passer plusieurs jours à l'hôpital St. Vincent, et il voulait que Louie le remplace durant son absence. Et pendant qu'il parlait, Louie hochait la tête au rythme de la voix du vieil homme, en pensant à autre chose. Et il se rendait compte qu'en se comportant ainsi, il avait accepté sans s'en rendre compte la proposition de Giacomo. Sa première réaction fut de se rétracter. Mais presque aussitôt, il se ravisa. Voilà plus de deux ans qu'il ne travaillait plus pour Giacomo. Et pendant tout ce temps, pas une fois il n'avait regretté d'être parti. Certes, il gagnait bien sa vie, mais les horaires, l'ambiance, et le train-train, c'était l'enfer. Malgré tout, il pensait parfois avec nostalgie à la folie de cet endroit, se trouver aux commande de ce bateau rempli d'âmes perdues qui descendait chaque nuit les eaux du Styx jusqu'aux rivages cruels de l'aube. Pendant quatre soirs, quatre soirs seulement, ça pouvait être amusant, et ça lui ferait sans doute du bien de se changer les idées.

— Je te filerai deux cents dollars pour les quatre soirs, plus tes pourboires. Tu connais la boîte. Je referai les stocks. La caisse sera toujours à la même place, dans la boîte sous la machine à glace.

Louie écouta Giacomo lui dresser la liste de ceux qui avaient fait des chèques en bois dernièrement, ceux qu'il ne fallait pas servir, ceux qui avaient une ardoise, et ceux qui semblaient sur une mauvaise pente.

— Toujours la même chanson, conclut le vieil homme. Rien n'a changé depuis que t'es parti d'ici. Quelques-uns se sont amochés, ceux qui étaient déjà amochés sont morts, et la Budweiser a augmenté de vingt-cinq *cents*.

Louie prit le double de la clé de Giacomo, celle de l'unique verrou de la porte, et l'ajouta à son trousseau.

En frottant son pouce sur les dents de la clé du sous-sol d'Allen Street, il quitta le bar et s'éloigna dans la Rue du Silence, vers le nord, avec l'intention de tourner à droite au prochain croisement pour marcher tranquillement sur le trottoir ensoleillé jusqu'à ce taudis à rêves. Mais après quelques pas seulement, il s'immobilisa. Il regarda par-dessus son épaule, vers le sud. Les immenses tours du World Trade Center, couleur de pierre tombale, se dressaient au loin.

Il y a longtemps, quand ces tours venaient d'être construites, Louie avait vendu de la drogue dans ce quartier, aux jeunes cadres de Wall Street qui venaient dans le cimetière de Trinity Church à l'heure du déjeuner, où Willie et Louie les attendaient à côté de la grande croix, parmi les pierres tombales en grès usées. À l'époque, Louie était amoureux d'une fille prénommée Mary qui travaillait comme secrétaire à la French Line, non loin de là. Quand il faisait bon l'après-midi, il s'asseyait sur un banc de Battery Park. Il fermait les yeux pour savourer le soleil sur sa peau, et la brise qui venait du port, là où les fleuves se rejoignent. Voilà des années qu'il n'y était pas retourné, mais il se rappelait son banc préféré, et il se rappelait la caresse du soleil et du vent.

Il se dirigea vers ces souvenirs. Il avait tout le temps devant lui, se dit-il. Après tout, il n'en était qu'à la moitié de sa vie, et il avait déjà parcouru six pâtés de maisons. À cette heure matinale, les étalages des épiceries et des poissonneries chinoises qui se côtoyaient sur le côté sud de Canal Street étaient déjà en pleine effervescence. Louie adorait le mélange brutal des odeurs et des couleurs de cette bande de trottoir crasseuse encombrée par les étals ; et voilà bien longtemps qu'il ne s'était pas offert ce plaisir. Il y avait là des caisses d'oursins aux longues épines noires et des monticules de racines de gingembre au parfum douceâtre, des bouquets de feuilles de chou frisé veinées de mauve et des bottes de piments séchés couleur feu, des quantités d'anguilles bien grasses et des paniers remplis de petites créatures frétillantes et iridescentes.

Louie marcha jusqu'à Mott Street, avant de bifurquer. Il avait envie de voir si le *Lime House,* le dernier bar rital de Chinatown, existait toujours. Il était encore là, quasiment identique au souvenir qu'en avait gardé Louie. Il se demanda si les calmars et les conques frits étaient toujours aussi bons, et si peu chers, si le pain rassis était toujours aussi dur. La main en visière au-dessus des yeux, il regarda à travers la vitre. Les tabourets étaient renversés sur le bar. Un type passait la serpillière par terre.

Combien de couchers de soleil avait-il vus, assis à ce bar, s'empiffrant et buvant comme un trou, réchauffé par la séduction de la nuit, à l'époque où la nuit pouvait encore séduire ? Impossible de les compter, mais il se souvenait des crépuscules particuliers dans ce bar quand, à travers cette vitre, le maléfice de la nuit tombante transformait en magie le néon de l'enseigne chinoise à l'extérieur, et quand la fille qui l'accompagnait, quelle qu'elle soit, pour la soirée et pour l'éternité, mais surtout pour la soirée, devenait la déesse de ses rêves, Une nuit, cette déesse assise à ses côtés fut Donna Lou, et la séduction de la nuit n'était rien comparée à la sienne ; l'enseigne au néon semblait n'exister que pour faire briller ses yeux.

Il resta là pendant un instant, à regarder le type passer la serpillière. Puis il reprit son chemin, descendit Bayard Street qui allait rétrécissant, jusqu'à Baxter, direction le vieux Five Points, traversant ensuite Foley Square, prenant Centre Street jusqu'à Park Row, passant devant la mairie, jusqu'à Broadway, descendant Broadway et passant devant Trinity Church, puis Bowling Green, pour atteindre enfin Battery Park.

Arrivé au Netherlands Memorial, il prit à gauche. Là, près d'un réverbère, à l'extrémité verdoyante du parc, au nord, se trouvait le banc de ses souvenirs. Il s'approcha en ralentissant le pas, ravi de constater qu'il était libre.

À l'ouest s'étendaient le Quai A et la vieille caserne rouge des pompiers. Mais maintenant, un horrible campement de caravanes et de tas d'immondices empiétait sur la partie la plus au nord. En dessous, le sol faisait partie des centaines d'hectares de terres gagnés sur l'eau, un désert blafard de débris né de la main de l'homme. À l'instar des tours du World Trade Center, dont les travaux de creusement avaient servi de fondations, les immenses pierres tombales qui se dressaient ici rapetissaient ce qui jadis paraissait gigantesque et détruisaient encore un peu plus la personnalité et la majesté que possédait cette ville jeune. La ligne des gratte-ciel de Manhattan, autrefois monument fantasmagorique dédié à la gloire et à la cupidité du Nouveau Monde, ressemblait de plus en plus, songea Louie, à un de ces objets géométriques inutiles avec lesquels des pédés bourrés de fric « coordonnaient » leur intérieur.

En contemplant Jersey City de l'autre côté de l'Hudson, là où il était né, Louie constata que les quais eux-mêmes étaient en train de changer. Ils appelaient ça la « Renaissance » de Jersey City. Mais Louie connaissait depuis longtemps ses Medicis, ses Borgia et ses Sforza. C'était une renaissance d'immeubles en copropriété, de pots-de-vin, de préfabriqué et de murs en plâtre, de verre et d'aluminium, et autres saloperies achetées avec l'argent de la corruption. Rien de tout cela ne durerait aussi longtemps que les jetées sur pilotis qu'ils avaient remplacées.

Louie détourna le regard pour ne plus voir le changement. Un instant, il ferma les yeux. Le soleil frappait encore son banc, et la brise venait encore jusqu'ici.

L'agitation de l'heure de pointe commençait à s'atténuer autour de lui. Il entendait le carillonnement des cloches d'une église, lointaines, mais sonores, celles de Trinity peut-être, ou même de St. Paul, ou les deux ; il entendait les hirondelles et les grives dans les arbres derrière lui, les mouettes dans le ciel au-dessus de sa tête. L'herbe était encore humide de la rosée du matin, et la brise transportait son parfum léger. Louie se demanda alors comment il avait pu rester si longtemps si loin de ce banc si proche.

Les brises commencèrent à se renforcer et à se mêler, prélude embaumé d'un vent de septembre.

Louie regarda passer d'un pas pressé un jeune type bien habillé qui tenait un porte-documents à la main et un paquet de feuilles sous le bras. Louie songea combien la tenue parfaite de ce jeune type — costume gris ardoise à très fines rayures, chemise blanche, cravate bleu marine, et chaussures noires lustrées — était rendue ridicule par le chapeau mou qu'il portait sur la tête. Personne n'avait donc jamais expliqué à ce crétin qu'aucun homme de moins de quarante ans ne devait porter de feutre, et qu'un *guaglione* avec une tête de poupon comme lui avait l'air d'un véritable connard ainsi coiffé ? Louie secoua la tête, en regardant le jeune type s'éloigner rapidement. « Huit cents dollars de fringues foutues en l'air », marmonna-t-il. « Ces petits cons de Wall Street veulent diriger le monde, et ils savent même pas se saper. »

Soudain, les brises mêlées du fleuve s'abattirent sur la démarche pressée du jeune cadre dans un tourbillon frénétique. Il s'immobilisa un instant, la tête baissée, tandis que sa veste claquait dans le vent tournoyant et joueur. Sans doute sentit-il son chapeau mou glisser sur sa tête, car sa main libre décrivit brusquement un grand arc de cercle désespéré. Trop tard. Son chapeau s'était envolé, et ses cheveux déjà clairsemés lui tombèrent devant les yeux, dévoilant la tonsure que le chapeau servait certainement à masquer. Puis les brises mêlées semblèrent se séparer et partir chacune de leur côté. Le chapeau mou filait sur le sol, vers l'ouest ; et un des documents qu'il tenait sous son bras s'envola à son tour, vers Louie. Sans se soucier du fugitif, le jeune type s'élança à la poursuite de son feutre, en faisant des bonds et en tentant d'attraper le vide. Le chapeau continuait à filer, suivi par son propriétaire, de plus en plus petit dans le sillage du vent.

Louie regarda le document qui volait vers lui. Il s'agissait d'une sorte de prospectus. Le vent retomba, et l'accalmie l'abandonna sur le sol, à mi-chemin. Louie détourna la tête ; sa faible curiosité s'était évanouie. Mais le vent se leva de nouveau, ouvrant le prospectus et le soulevant de terre. Il vola vers les pieds de Louie ; les pages blanches claquaient comme des ailes. Une fois, deux fois, il exécuta un saut périlleux, avant de se mettre à danser, à glisser et à pirouetter à une vitesse éblouissante. Il n'était plus qu'à une trentaine de centimètres quand, dans un ultime assaut, il bondit et vint se plaquer contre la jambe de Louie dans une étreinte passionnée. Puis, alors que le vent mourait dans un soupir, il retomba.

Louie le ramassa. C'était un prospectus imprimé

sur papier glacé, édité par G. W. Joynson & Co, société de courtage anglaise. Il y avait de jolies illustrations : une gravure de la bourse du coton de Liverpool, des photos en couleur et en gros plan de lingots d'or, de balles de coton fraîchement écloses, de pépites de plomb, de paillettes de cuivre semblables à du lichen. Louie caressa les feuilles lisses et luxueuses, en jetant un rapide coup d'œil aux photos. Puis il roula la brochure à la manière d'une lunette d'approche et regarda le ciel à travers.

17

Un peu plus tôt ce matin-là, sur l'autre rive du fleuve, Joe Brusher, debout devant l'évier de sa cuisine, était occupé à vider le contenu d'un gros bidon d'essence pour briquet dans une petite bouteille vide de cognac Martell.

Maintenant, sous le sol herbeux où était assis Louie, sa Buick bordeaux traversait en douceur le Brooklyn Battery Tunnel en direction du sud. Il se gara dans Dwight Street, près de Van Dyke, et marcha ensuite vers les vieux entrepôts alignés face aux quais, là où s'achevait Dwight Street. Joe Brusher détestait cette partie de South Brooklyn. Il détestait son aspect, son odeur et ses habitants, et il ne manquait jamais de cracher quand il marchait dans ces rues.

Il s'arrêta devant un immeuble étroit de deux étages, coincé entre deux autres immeubles étroits de deux étages. Ces trois immeubles présentaient quasiment le même état de délabrement. Les fenêtres, deux par étage, étaient condamnées par des planches ou bien brisées. Des plaques galeuses d'un gris sale, vestiges d'une peinture très ancienne, s'accrochaient encore ici et là aux façades de briques qui s'effritaient. Toutefois, l'immeuble du milieu, celui devant lequel Joe Brusher s'était arrêté, se distinguait par une porte et un chambranle métalliques d'apparence relativement récente. Joe Brusher frappa violemment à la porte, suffisamment fort pour effrayer les mouettes et les pigeons, seules traces visibles de vie alentour.

Un visage apparut derrière la petite fenêtre grillagée découpée dans la porte. C'était le visage d'un homme d'une quarantaine d'années, mais c'était un visage qui en paraissait beaucoup plus. Sa pâleur lymphatique était celle de quelqu'un qui ne connaissait ni la lumière du jour ni le sommeil paisible. Ses yeux rougis et bordés de cernes profonds, plissés derrière la fumée qui montait du cigare coincé entre ses dents, ressemblaient à deux plaies ouvertes qui ne cicatriseraient jamais.

La porte s'entrouvrit et, le cigare toujours coincé entre les dents, le visage pathétique se mit à parler :

— J'allais sortir, Joe.

Ça sonnait à la fois comme une excuse et une récrimination.

— Je viens pas en client, Billy. Je fais le messager.

— Encore un mot doux de Staten Island ?

— Ouais, en quelque sorte.

La porte s'ouvrit en grand et Joe Brusher pénétra dans un petit vestibule aux murs lambrissés, éclairé par une ampoule nue qui pendait au plafond. L'homme verrouilla la porte blindée derrière eux. Au-delà du vestibule, le sol était recouvert entièrement de moquette rouge. Les murs étaient peints en rose pâle. Sur la gauche se trouvait un bar en forme de fer à cheval, avec deux tiroirs-caisses étincelants installés de chaque côté d'une paroi en verre bleu. Le long du mur d'en face étaient disposées trois tables de blackjack, entourées chacune de six sièges. Au centre du plafond était suspendu un énorme lustre imitation Tiffany. Malgré la chaleur qui régnait dehors, la fraîcheur de cette caverne était désagréable, car elle ne provenait pas de l'air conditionné, mais de l'humidité fétide qui suintait à travers la pierre sépulcrale sous la peinture rose et la moquette rouge moisie.

— Alors, comment vont les affaires ? interrogea Joe Brusher d'un ton indifférent, tandis qu'il suivait l'individu vers une porte ouverte donnant sur une pièce exiguë au fond.

— Le type qui me sert de croupier vient de se barrer, grommela l'homme par-dessus son épaule. Il a trouvé vingt balles et un jeton de dix dollars par terre. Et maintenant, il est plus riche que moi.

— Arrête, Billy, tu m'as piqué assez de fric dans cette boîte pour péter dans la soie pendant cent ans !

L'homme ne répondit rien ; il continua d'avancer jusqu'à la petite pièce du fond où se trouvait une sorte de bureau : une planche de contreplaqué d'un centimètre d'épaisseur fixée au mur et soutenue par de gros tasseaux, sur laquelle étaient posés un téléphone, un cendrier, et des monceaux de papiers. Il y avait également dans cette pièce un fauteuil pivotant, un portemanteau, une boîte de classement en carton ondulé, et une matraque accrochée à un clou derrière la porte.

L'homme s'assit dans le fauteuil pivotant, ralluma son cigare, et secoua la tête avec un soupir censé traduire sa grande fatigue.

— Alors, qui a un gendre abruti qui a envie de devenir croupier cette fois ?

Joe Brusher, debout devant lui, esquissa un sourire. Il désigna le téléphone.

— Je crois que tu ferais mieux d'appeler directement, dit-il. Il veut que je lui rapporte des documents. Des bouquins ou je ne sais quoi. Il t'expliquera.

— Des documents ? Quels documents ?

L'homme regarda le fouillis de papiers qui encombrait son bureau, et il poussa un profond soupir.

— Qu'est-ce qu'il veut ?

— Ah, tu me connais, Billy. Je pose jamais de questions, j'exécute les ordres. Appelle-le, il te dira ce qu'il veut. Moi, j'aime pas m'en mêler.

D'un geste nonchalant, Joe Brusher sortit de sa poche de veste la flasque de cognac Martell. Il regarda sa montre, puis l'homme, qui regarda la bouteille de Joe, puis le téléphone.

— Tu veux boire un coup ? proposa Joe Brusher.

L'homme fit une grimace de dégoût en repoussant la bouteille d'un geste.

— Non, je chierais du sang pendant une semaine, dit-il.

Joe Brusher haussa les épaules et dévissa le bouchon de la bouteille. L'homme commença à composer le numéro de téléphone. Joe Brusher posa la flasque ouverte sur la boîte de rangement en carton. Il sortit une cigarette de son paquet et la glissa entre ses lèvres. Puis, dans la même poche, il prit une pochette d'allumettes neuves, avant de s'emparer du cendrier sur le bureau.

Alors qu'il composait le dernier chiffre du numéro, l'homme releva la tête, au moment où Joe Brusher grattait une allumette. Il reporta son attention sur le téléphone. Mais soudain, songeant que Joe Brusher ne fumait pas, il leva de nouveau les yeux et vit Brusher approcher l'allumette, non pas de la cigarette coincée entre ses lèvres, mais du cendrier qu'il tenait dans la main ; et il vit la pochette d'allumettes s'enflammer dans le cendrier.

Dans cet instant immobile, de confusion et de consternation, l'homme assis dans son fauteuil approcha le combiné de son oreille, et ouvrit la bouche dans une sorte de transe, avant qu'un son n'en jaillisse :

— Bon Dieu, qu'est-ce...

— Tiens, attrape !

D'un geste large de la main qui tenait la bouteille, Joe Brusher aspergea le visage et le torse de Billy, puis, dans le même mouvement, il lança la flasque sur les genoux de l'homme qui sursautait dans son fauteuil, en même temps que le cendrier enflammé, lancé de l'autre main.

L'homme s'était élancé vers Joe Brusher. Son visage horriblement déformé et hurlant se trouvait à moins d'un mètre des yeux de Brusher quand il explosa dans une incandescence bleue.

Les mains de l'homme qui tentaient de saisir Joe Brusher à la gorge s'agitaient frénétiquement dans le vide ; il se donnait de grandes tapes pour tenter d'étouffer l'embrasement bleuté qui lui léchait le corps et se propageait maintenant sous forme d'un jaillissement de flammèches jaunes. Une de ses mains s'embrasa à son tour, dans un scintillement bleu et un crépitement doré. Il la secoua violemment devant lui, tandis que de l'autre, il frappait ses paupières aveuglées et dévorées par le feu, ne faisant qu'enfoncer un peu plus à chaque mouvement frénétique cette brûlure insupportable au fond de ses orbites.

D'un coup de pied, Joe Brusher poussa le lourd fauteuil pivotant dans le tibia de l'homme, l'obligeant ainsi à reculer, dans son agonie désespérée. La puanteur de la chair et des cheveux brûlés l'emporta bientôt sur les émanations d'essence. Le brûlé vif qui se tordait de douleur en hurlant sur le sol, aux pieds de Joe Brusher, évoquait dans son esprit l'image d'un monstrueux embryon en feu. Le bruit des flammes qui dansaient maintenant sur tout son corps ressemblait au claquement d'un drapeau humide dans le vent, et la chaleur montait par vagues. Une fumée de plus en plus dense envahissait la pièce, à mesure que les flammes pénétraient la chair suiffeuse sous la peau ; et la suie des vêtements calcinés de l'homme s'envolait comme des papillons noirs pris de folie.

Joe Brusher décrocha la matraque suspendue derrière la porte et frappa avec violence sur l'épaule dénudée et cloquée de l'homme. Il eut l'impression de taper sur une liasse compacte de journaux en train de se consumer ; des lambeaux rougeoyants de chair calcinée tourbillonnèrent dans la pièce. Billy poussa un hurlement abominable entre ses lèvres noires et gonflées, et les profondes crevasses laissèrent échapper des filets de sang. C'était le cri le plus effroyable et le plus violent que Joe Brusher ait jamais entendu. Il frappa à nouveau avec la matraque, sur le crâne cette fois, et le hurlement prit fin dans un sinistre croassement qui accompagna le craquement des os. Joe Brusher lâcha la matraque et recula avec dégoût. Des morceaux de peau boursouflée se détachaient du crâne fendu, et les flammes les emportaient tels de répugnants serpentins. Des braisilles volaient à travers la pièce, allumant un peu partout de petits feux. Les poignets de chemise de Joe s'étaient enflammés. Il s'empressa d'éteindre le feu d'une main moite et tremblante.

Il se pencha pour ramasser le combiné du téléphone qui gisait par terre, mais le relâcha aussitôt en poussant un juron sonore, car le plastique surchauffé lui avait brûlé les doigts. Soulevant l'écouteur par le fil, il le laissa retomber sur l'appareil. Il prit sur le bureau une liasse de feuilles dont les bords commençaient déjà à roussir, et chercha autour de lui de quoi les enflammer pour de bon. En poussant un autre juron, il plongea les feuilles dans les flammes vives qui dansaient sur la poitrine secouée de spasmes du mourant. Après quoi, à l'aide de cette torche de papier, il incendia le reste de la petite pièce. Le bureau en contreplaqué, les boîtes de rangement en carton, et même le téléphone, s'embrasèrent. Déchirant un morceau de carton enflammé, il l'emporta hors de la pièce et le jeta sur la moquette rouge. Avec un souffle effrayant, le feu se propagea sur le sol à la manière d'un raz de marée. Surpris par la rapidité de ce feu aux émanations toxiques, Joe Brusher recula en titubant, puis s'enfuit.

Il tira de toutes ses forces sur la porte verrouillée. À cet instant, alors qu'une épaisse fumée suffocante commençait à envahir le vestibule comme un brouillard mortel, une terreur soudaine et glaciale lui broya le cœur. En un éclair, il se revit franchissant cette porte. Il revit le condamné fermer la porte à clé derrière lui, il revit le condamné ôter la clé et la glisser dans sa poche ; et il voyait le condamné maintenant, en train de brûler et de rire, de rire et de brûler. Ces convulsions brutales de la poitrine... c'était un rire.

Mais sa main se referma sur le verrou, et il quitta cet enfer.

Une demi-heure plus tard, allongé dans un bain chaud, il observait fixement cette main en la tournant lentement devant ses yeux, jusqu'à ce qu'elle cesse de lui appartenir.

Le lendemain matin, dans le salon ensoleillé d'une vaste demeure de Castleton Avenue à Staten Island, Joe Brusher tendait cette même main, et un homme plus âgé, en pantoufles et robe de chambre, y déposa une enveloppe.

— Plante un arbre en Israël, dit-il en la lui remettant.

Joe Brusher compta l'argent sans le sortir de l'enveloppe. Elle contenait quarante billets de cent dollars et un chèque à son nom d'un montant de trois mille dollars. Dans le coin inférieur gauche du chèque il était écrit « Travaux de peinture ». Joe glissa l'enveloppe dans sa poche de veste, avec un soupir teinté de déception. Il espérait toucher une petite prime.

— Joli boulot, dit l'homme en prenant place dans un fauteuil.

Lorsqu'il s'assit, les pans de sa robe de chambre s'écartèrent, laissant apercevoir son caleçon, qui semblait assorti au papier peint de la pièce — et deux jambes pâles et maigrichonnes.

— Tu as lu le *News* ce matin ?

Joe Brusher secoua la tête, en masquant son écœurement.

— Guerre du jeu à Brooklyn ! ricana l'homme avec un grand sourire qui dévoila ses dents en or. Ils ont tout gobé sans exception. Le coup du Juif qui crame, Joe, c'est ça qui les a bernés. D'après le journal, les flics ont appelé ça... merde, comment ils ont dit...

« Ce type est bon pour un putain d'électro-encéphalogramme », murmura la voix intérieure de Joe Brusher, tandis que son interlocuteur scrutait le plafond pour essayer de se souvenir.

— « Les inspecteurs ont déclaré que ce meurtre et cet incendie criminel constituaient un nouvel épisode de la guerre pour le contrôle des jeux illégaux à Brooklyn. » Oui, c'est ça qui était écrit.

L'homme se gratta la poitrine à travers son maillot de corps.

— Alors, Joe, raconte-moi. Comment il est mort ce fils de pute ? Comment il a clamsé ?

— Il fallait venir voir.

— Il a souffert, hein ?

C'était une question qui ressemblait à une affirmation.

— Oui, répondit Joe Brusher qui ne voulait pas

180

laisser paraître son impatience ni son malaise. Il a souffert.

Il songea à l'épisode de la veille, et à la petite prime qu'il espérait trouver dans l'enveloppe.

— C'était pas très beau à voir hier, là-bas.

L'homme perçut la note de contrariété dans la voix de Brusher. Il acquiesça d'un air distant et dédaigneux.

— Tu deviens délicat sur tes vieux jours, Joe ? Tu joues les sentimentaux tout à coup ?

— Écoutez, c'était pas pareil.

Ces mots étaient empreints de colère.

— Pas pareil ? répéta l'homme avec ironie.

— Ouais, c'était différent, quoi. J'aurais pu liquider ce salopard en dix secondes. Pas besoin de faire tout ce cinéma.

— C'était ce que je voulais.

— C'est ce que vous vouliez, vous l'avez eu.

— Attention, Giusepp'.

Joe Brusher respira à fond et n'insista pas, en se disant qu'on était déjà en septembre, et que le troisième lundi arriverait bientôt, il n'aurait plus de comptes à rendre, plus jamais, aux enfoirés de ce genre.

— Tu sais, Joe, reprit l'homme d'un ton plus doux, presque paternel. Comme le dit le philosophe : « Il faut savoir s'estimer heureux avec ce qu'on a. »

Joe Brusher fit la moue, en hochant lentement la tête, comme si, après réflexion, il prenait acte de la sagesse de ces paroles, mais aussi de celle de l'homme qui les prononçait. Et l'autre en fut satisfait.

Le ciel matinal s'était couvert. En traversant le

Bayonne Bridge pour retourner à Jersey City, Joe Brusher regarda les premières gouttelettes d'une pluie de fin d'été s'écraser et glisser lentement sur son pare-brise. Il repensa à une chanson qui s'appelait *Septembre sous la pluie*. Il l'avait entendue il y a longtemps, une éternité, sur une scène découverte de bord de mer, une nuit, à travers les fentes étoilées d'une promenade en bois sous laquelle il était allongé, avec sa queue enfoncée dans la bouche de la petite sœur de son meilleur copain. Il aurait voulu la chanter à cet instant, mais il ne se rappelait plus les paroles.

18

Vers dix heures ce soir-là, Louie se servit un verre et, cherchant quelque chose à lire, il s'installa avec la brochure que le vent avait fait voler jusqu'à lui dans Battery Park.

Le prospectus décrivait en détail un procédé baptisé Système de Gestion Financière Assistée par Ordinateur. Pour la somme de 5 000 livres sterling, était-il expliqué, le souscripteur pouvait devenir membre d'un groupement d'échanges boursiers géré par ordinateur sous la direction de la vénérable société de courtage anglaise G. W. Joynson & Co, Ltd. Programmé pour enregistrer et analyser les variations quotidiennes des cotations sur sept marchés basés à Londres — le cuivre, l'étain, le plomb, le zinc, le café, le cacao et le sucre —, l'ordinateur recrachait aussitôt des ordres boursiers libérés de ces « considérations émotionnelles qui incitent parfois à une prise de bénéfice trop rapide ». Outre les frais de gestion, une « commission d'exécution » égale à vingt pour cent était prélevée sur tous les bénéfices dépassant un certain niveau.

Louie sourit. « Commission d'exécution » n'était

qu'un autre mot pour dire « pourcentage ». Qu'il s'agisse d'un vieux crayon à papier mâchonné ou d'un ordinateur de huit millions de dollars, que le type qui tient les cordons de la bourse porte un t-shirt crasseux ou une chemise en lin et une cravate en soie, que cela se passe à Bishopsgate ou au coin de Carmine Street, qu'il s'agisse de la Banque d'Angleterre ou de *la materassa,* quoi que ce soit, et où que ce soit, quelle que soit la façon de présenter les choses, on en revenait toujours aux pourcentages.

Louie referma la jolie brochure et la reposa, mais les pensées qu'elle avait fait naître continuèrent d'occuper son esprit. Il but une gorgée de scotch et ferma les yeux.

Toute sa vie, depuis qu'il était gamin, il avait lu les journaux. Il se souvenait du défunt *Daily Mirror*, avec ses pages et ses pages consacrées au mystère de la mort de Mario Lanza. Il se souvenait du *Post* d'autrefois, avant qu'il ne devienne un journal de courses stupide pour les petits turfistes à deux dollars. Chaque jour, sauf le dimanche — trop de papier, trop de conneries — il lisait soit le *Daily News* soit le *Times*, souvent les deux. Même quand il était bourré, il feuilletait au moins le *News*, en se servant des « mots masqués » pour évaluer de manière objective son taux d'ébriété. (S'il ne parvenait pas à découvrir les deux premiers mots pendant le temps qu'il lui fallait pour fumer une cigarette, il savait qu'il ne devait pas discuter affaires ce jour-là.) Et très souvent dans la semaine, il lisait également le *Wall Street Journal.* Il aimait ce journal, car il n'y avait pas de photos.

Il ne tirait aucune fierté de sa lecture quotidienne

des journaux. D'une certaine façon, cela faisait partie — comme fumer, comme boire du café, comme regarder la télévision, comme se masturber, comme porter ses sacs à provisions — de la grisaille de son existence. Mais contrairement à ces autres activités, la lecture des journaux offrait des avantages durables. Pendant toutes ces années, il avait pu ainsi se maintenir à la hauteur, et à l'unisson, de ce flot infini et submergeant d'absurdité dans lequel seuls les idiots croyaient trouver un sens. Il s'était tenu informé des visions fugitives de cette uniformité éternelle dans laquelle les imbéciles discernaient les scintillements illusoires de la nouveauté. Il avait appris que seuls les visages et les noms des politiciens, des vedettes, des meurtriers et des victimes changeaient d'un jour à l'autre, d'une année à l'autre, et encore, même ces visages ne changeaient guère. Il avait appris des choses qu'il ne se souvenait pas d'avoir apprises, des informations aussi inutiles qu'impossibles à oublier.

Enfant, il regardait ses aînés dévorer les histoires de « Ching Chow » dans le *Daily News*. Ce dessin, qui occupait un espace de quatre centimètres sur six chaque jour à côté des résultats des courses, renfermait, à en croire ces aînés, le numéro gagnant de la prochaine loterie clandestine de Brooklyn. En comptant les boutons sur la veste chinoise de Ching Chow, en comptant combien il tendait de doigts, et dans quelle direction, en additionnant ou en soustrayant les brins d'herbe, ou le nombre de traits de ceci ou cela, en étudiant l'aphorisme du jour de Ching Chow, grâce à ces méthodes hermétiques et bien d'autres, les gens cherchaient à déchiffrer l'information secrète qu'ils soupçonnaient être cachée dans ce dessin chaque jour. Et rétrospectivement, on le trouvait toujours : Si le nombre gagnant de la loterie était le 321, l'examen du « Ching Chow » de ce matin-là révèlerait certainement trois boutons à la veste, deux doigts pointés, et un seul oiseau volant dans le ciel. Si le numéro était le 749, l'examen rétrospectif du dessin — sans tenir compte, évidemment, des boutons, des doigts et de l'oiseau — mettrait en évidence sept cailloux, quatre rayons de soleil et un aphorisme en neuf mots. La croyance était très répandue selon laquelle cette information secrète était en réalité transmise à l'artiste par un véritable Chinois, inconnu, qui avait acquis une immense fortune grâce à sa connaissance occulte des loteries et qui maintenant, ayant atteint un âge avancé, souhaitait faire partager ce savoir d'une manière insondable. Aujourd'hui encore, Louie les voyait, bien qu'elles soient moins nombreuses, ces vieilles femmes qui achetaient ou empruntaient le *News* et qui avant même de consulter la rubrique nécrologique, ou les ragots en provenance d'Italie, si chers à leur cœur, ouvraient directement le journal à la page de « Ching Chow ».

Mais Louie savait sur « Ching Chow » des choses que nul autre ne savait. Il savait, par exemple, que « Ching Chow » avait vu le jour avant la loterie clandestine de Brooklyn, dans une bande dessinée de Sidney Smith baptisée « The Gumps ». Il savait que le capitaine Peterson, le fondateur du *News*, avait offert une Cadillac à Smith en cadeau, et que celui-ci, alors qu'il conduisait en état d'ivresse une nuit de 1947, dans l'Ohio, avait percuté un arbre avec sa Cadillac et trouvé la mort. Il savait que le collaborateur de Smith, Stanley Link, avait ensuite repris « Ching Chow », qui à cette époque avait quitté « The Gumps » pour avoir son propre espace. Il savait que Link était décédé en 1956, et que depuis, « Ching Chow » était dessiné par Henri Arlen, celui-là même qui faisait les « Mots masqués ». Il savait qu'Arlen — qui avait coupé la natte de Ching Chow — ne jouait même pas à la loterie, et qu'il puisait la plupart de ses aphorismes dans Shakespeare. Et il savait que le plus grand scandale de toute l'histoire du *News* s'était produit le jour où on avait oublié « Ching Chow » par inadvertance.

Voilà le genre de choses que Louie ne se souvenait pas d'avoir apprises, le genre d'informations qu'il ne pouvait ni utiliser ni oublier. Comment en était-il venu à apprendre ces choses, qu'il était convaincu n'avoir jamais lues ? S'étaient-elles accumulées dans son esprit, quelques mots par-ci, une phrase par-là, s'entassant au fil des ans, particule après particule, comme l'accumulation progressive et imperceptible de la poussière sur un objet immobile ? S'attarder sur de telles questions, se dit Louie, reviendrait à s'embarquer véritablement pour le royaume le plus éloigné de l'inutilité.

Mais il y avait d'autres informations, d'autres couches de poussière accumulées dans la grisaille du temps. Peut-être tout aussi dénuées de sens, ces informations étaient néanmoins d'un caractère plus utile assurément.

Les pages financières des journaux lui étaient aussi familières que la section des sports ou les bandes dessinées. Il les consultait avec la même régularité que « Ching Chow », et aussi la même fascination amusée. Il savait que les gens lisaient ces pages pour les mêmes raisons que d'autres lisaient « Ching Chow » : pour découvrir la clé du trésor. Certes, ceux qui cherchaient cette clé en tenant compte des indicateurs économiques, des taux d'intérêt et des indices des prix avaient généralement les ongles moins noirs et sentaient moins mauvais que ceux qui comptaient le nombre de boutons sur la veste, les brins d'herbe et les cailloux. Mais, en définitive, tout cela n'était que de l'arithmétique chinoise. Les gens dévoraient les paroles de ces soi-disant experts financiers avec la même crédulité et la même avidité que d'autres lisaient les paroles — beaucoup plus sages — de Ching Chow. Tous ces gens n'avaient donc jamais songé, se demandait souvent Louie, que si ces experts aux pouvoirs surnaturels savaient de quoi ils parlaient, ils n'auraient pas besoin de vendre leurs connaissances dans des journaux, pour quelques misérables centaines de dollars par semaine. Achetez de l'or quand l'inflation augmente affirmaient les experts. Jouez le 660 quand vous rêvez d'or, conseillait la clé des songes. Seule une apparente sophistication différenciait ces deux méthodes de divination. Les chroniqueurs financiers et les handicapeurs hippiques, autant que Louie pouvait en juger, utilisaient la même boule de cristal. Une chance pour eux que, comme le savait n'importe quelle voyante de foire, le royaume des gogos soit si vaste.

Louie portait aussi peu d'intérêt aux experts financiers qu'il en accordait aux boutons de la veste de Ching Chow. Pour lui, on en revenait toujours aux chiffres, quels qu'ils soient, qu'il s'agisse du tirage de la loterie clandestine de Brooklyn en bas de la page des résultats des courses ou de l'indice Dow Jones de la bourse. Un chiffre quotidien — n'importe lequel — était pour Louie comme le bulletin météo : il voulait le connaître, même s'il n'avait pas l'intention de mettre le nez dehors.

Bien qu'il ne se soit jamais lancé dans aucune transaction financière ailleurs que dans la rue, il avait suivi, chaque jour, les fluctuations du marché des changes, des actions et des devises, des obligations et des options. Au début de l'année 1975, lorsque l'or se vendait autour de 190 dollars l'once, il avait flairé la bonne affaire, en devinant que l'aspect palpable et la simplicité étincelante de l'or ne pouvaient que séduire, et créer une hausse de la demande, parmi le plus grand nombre de connards cupides, ces masses ignorantes capables de comprendre uniquement ce qu'elles pouvaient mettre dans leurs poches. La plupart des gens, se disait-il, ne remarqueraient même pas un coupon d'action au porteur sur le trottoir, mais ils n'hésiteraient pas à traverser la rue au milieu des voitures pour courir ramasser une boucle d'oreille en plaqué or à douze dollars.

Hélas, à cette époque, Louie avait juste de quoi boire et jouer, pas question donc d'investir. Aujourd'hui encore il se désespérait en songeant à ce qui aurait pu arriver s'il avait simplement mis de côté 2 000 dollars cet hiver. En achetant deux ou trois obligations or, ou même une seule, tout en faisant fructifier son argent par ailleurs, il aurait pu bâtir une petite fortune en l'espace de six ans.

La fortune lui avait de nouveau fait de l'œil au printemps de 1982, lorsque le prix du platine, après avoir dépassé les mille dollars l'once, était retombé à un quart de ce prix, à peine. Louie était alors convaincu que le prix du platine, qui pour la première fois était inférieur à celui de l'or, ne tarderait pas à retrouver sa suprématie habituelle sur les autres métaux plus courants. Moins d'un an plus tard, ce fut chose faite, et depuis, le platine n'avait cessé de grimper.

Cette fois, Louie n'avait eu aucune excuse. Il avait suffisamment d'argent planqué sous son réfrigérateur, presque 5 000 dollars. Mais il avait choisi de ne pas investir dans le platine. Au lieu de cela, suivant ses instincts plus primaires, et voyant la fortune à travers son mauvais œil, il avait préféré placer son argent dans la rue. Et là, au lieu de l'enrichir, comme l'avait prévu son mauvais œil, son argent se faisait dévorer par les mites de la perfidie, et par les rats.

Mais son mauvais œil, comme son manque d'argent précédemment, ne pouvaient être tenus pour seuls responsables. L'intimidation avait joué un rôle. Même s'il se sentait à l'aise avec les chiffres, le véritable marché boursier, qui lui aussi subissait l'influence de ces mêmes chiffres, continuait à l'impressionner. Bien qu'il refuse de le reconnaître, Louie craignait de ne pas se sentir à la hauteur.

C'était ridicule, se disait-il maintenant. Adolescent, à l'ombre de la croix de Trinity Church, il avait vendu de la came à des hommes et des femmes qui travaillaient dans le milieu boursier. La plupart étaient deux fois plus âgés que lui, et ils n'avaient même pas le sentiment de se faire arnaquer. Il leur avait vendu plus d'origan que sa mère n'en avait jamais acheté durant toute sa vie, et ils en redemandaient. Il avait coloré des cachets de saccharine en violet avec un feutre. Ils les lui avaient achetés, ils les avaient avalés, et ils avaient vu Dieu.

Le nouveau président de la bourse, songea Louie, était plus jeune que lui. Avait-il été assez malin pour acheter de l'or en 1975, du platine en 1982 ? Est-ce qu'il avait lu « Ching Chow » ? Le *Times* disait seulement qu'il aimait l'opéra et était bon joueur de tennis.

Dans l'esprit de Louie défila l'image du jeune type qui courait maladroitement après son chapeau mou ridicule dans le vent égrillard.

Il se rendit dans la chambre où son pantalon était accroché à un clou près de l'armoire. D'une des poches, il sortit un *nickel* qu'il lança en l'air d'une chiquenaude. La pièce retomba par terre. Il se pencha et découvrit l'expression de détermination paisible sur le profil gauche de Thomas Jefferson. Dans un tiroir de la commode, il prit quatre dés en plastique rouge. Accroupi, il les agita entre ses mains jointes, puis les lança vers le mur. Ils rebondirent contre la paroi de plâtre et s'immobilisèrent. Louie additionna les points blancs sur le dessus des dés.

19

La veille du jour où il devait remplacer Giacomo, Louie se rendit à Newark.

Quelque chose à l'intérieur de lui, quelque chose dans sa peau ou quelque chose insufflé par le vent, le poussait à aller là-bas. De plus en plus souvent au cours de ses récentes méditations, l'image du visage du vieil homme traversait ses pensées. Alors qu'il connaissait ce visage presque aussi bien que le sien, il lui apparaissait de plus en plus confusément lors de ses dernières visites, les traits et les expressions dérivaient de manière mystérieuse et floue, comme dans une sorte d'obscurité brumeuse.

C'est seulement en traversant à pied le centre de Newark, sous un soleil masqué par des nuages couleur de fumée toxique, qu'il comprit enfin la raison qui l'avait conduit jusqu'ici. Il voulait voir ce visage. Il voulait voir si c'était le visage d'un étranger. Il voulait voir ce qu'on y lisait ; d'une certaine façon, il voulait obtenir la confirmation ou la négation des sentiments qu'avait fait naître sa dernière visite à Newark ; il voulait savoir si ce hasard flou du sang, des liens de parenté, était une malédiction, un rêve ou une bénédiction. Il voulait savoir.

Il tourna au coin de Halsey Street. Ernie était assis là, sur sa chaise pliante, avec son fidèle gourdin à la main. Il observa Louie par-dessous la visière de sa casquette de baseball.

Un nombre incalculable de fois, Louie avait tourné au coin de cette rue pour apercevoir Ernie assis devant la porte de l'immeuble étroit où habitait son oncle ; et chaque fois, Ernie l'accueillait avec un grand sourire chaleureux quand il le reconnaissait. Aujourd'hui, il n'y avait pas de sourire.

— Salut, Lou.

Pas de chaleur non plus.

— Ça fait plaisir de te voir, Ernie.

Ce dernier acquiesça d'un air absent, comme un reflet atténué de toute cette bonté.

Louie le regarda hocher la tête, et hocha la tête à son tour.

— On dirait que t'as l'esprit ailleurs, dit-il.

— Non, non, répondit Ernie à voix basse, en détournant la tête comme pour éviter le regard de Louie. Je pense au dernier pari couplé à Saratago, c'est tout.

Louie observait les doigts du Noir qui jouaient nerveusement avec son gourdin. Ce n'était pas le Ernie qu'il connaissait.

Après avoir ouvert la lourde porte en chêne renforcée, Louie s'enfonça dans la fraîcheur, l'obscurité et le silence de l'autre côté. Son regard se posa sur le petit tableau dans son cadre en bois, cet étrange paysage d'arbres et de lac qui l'avait hanté durant toute son enfance, et que les années avaient transformé en un mélange obscur de taches sinistres et inquiétantes. Il le regarda fixement, essayant de se rappeler à quoi il ressemblait vingt-cinq ans plus tôt, quand il l'avait vu pour *la première fois*, lorsque, pour *la première fois*, ce tableau l'avait rempli d'enchantement et d'effroi mêlés. En plissant les yeux, il retrouva peu à peu les pins ténébreux, l'eau anormalement calme et trouble ; ils n'avaient jamais été clairs, comme si on les avait peints à travers un voile de deuil, ou à travers un brouillard mystérieux où semblaient se fondre le halo lumineux du paradis et les ténèbres profondes de la mort. La brume à travers laquelle Louie avait vu le visage de son oncle.

Il agrippa la rampe et gravit l'escalier grinçant. Arrivé devant la porte, il frappa deux fois, et attendit.

— Tiens, tiens, tiens, comme dit le fossoyeur au serpent, mais c'est mon neveu qu'on croyait disparu depuis si longtemps !

Ce vieux salopard est ivre, songea Louie. Il sentait son haleine avinée à un mètre.

Mais l'odeur d'alcool provenait d'un seul petit verre de cognac que le vieil homme venait de boire ; et la bouteille avait aussitôt regagné le placard. Non, se dit finalement Louie, il n'était pas saoul. Il était simplement heureux. Un peu dérangé peut-être, frappé de sénilité, pensa Louie un bref instant en remarquant le sourire idiot de son oncle, dérangé, mais heureux.

— Hé, tu dois avoir des pouvoirs extrasensoriels, fiston. J'étais justement en train de penser à toi, et voilà que tu débarques. C'est dingue la vie, hein ?

Louie le suivit jusqu'aux deux fauteuils confortables disposés près de la fenêtre. Heureux ou pas, constata Louie, son oncle semblait plus fragile, sa démarche était plus traînante, que lors de sa visite précédente.

— Ah, fameux ton agneau, mon gars ! *Che capretto.* Je l'ai fait rôtir avec de l'ail et du vin, j'en ai mangé pendant une semaine. J'ai même réussi à convaincre Ernie de goûter aux *capozell'* pour une fois. Ça fait des années que j'insiste, mais il disait toujours que ça lui fichait la trouille. Je lui ai filé la *gota*, les joues. Il a adoré ça. Il a quand même pas voulu goûter les yeux. Tant mieux, c'est le meilleur. Moi, je les garde toujours pour la fin.

Prenant appui sur les bras du fauteuil, il posa ses fesses lentement.

— Au fait, d'où il venait cet agneau ? demanda-t-il.

— Du zoo de Central Park.

Le vieil homme retrouva son sourire idiot, et un grand rire silencieux agita sa panse et sa poitrine.

Louie dévisagea son oncle. Autant qu'il pouvait en juger, le vieil homme était véritablement heureux. Comme si on venait de le soulager d'un poids immense. Son regard — clair et direct, pas le regard d'un étranger — lui paraissait aussi franc et réceptif qu'il lui avait paru fuyant et lointain en ce jour de printemps, il n'y a pas si longtemps. Pourtant, il flottait dans l'air quelque chose d'indicible, une chose impalpable, invisible qui imprégnait cet endroit où convergeaient les vecteurs de ce téléphone noir brillant, Il Capraio, un homme nommé Joe Brusher et son oncle.

— En parlant d'Ernie, risqua Louie. Je l'ai vu en bas. Il n'a pas l'air dans son assiette.

L'oncle John hocha la tête lentement, comme

pour confirmer la remarque de son neveu, sans l'approuver.

— Comment savoir ce qui se passe dans la tête des gens ? dit-il. Ça, c'est un truc qu'est impossible, se mettre à la place de quelqu'un. Bon sang, combien de fois je t'ai vu, même sans mes binocles, on aurait dit que t'allais passer l'arme à gauche. En te parlant, j'avais l'impression de parler à une putain de momie. Et puis hop, tu reprenais du poil de la bête. C'était passé. Tout passe. Tu pourrais dire la même chose à mon sujet.

— Ouais, sans doute, répondit Louie, sans cesser d'observer le visage du vieil homme, et n'y voyant rien d'autre que l'oncle qu'il avait toujours connu.

— Bref, comme je te disais, je pensais justement à toi avant que t'arrives.

— Moi aussi je pensais à toi.

— Ah bon ?

Le même rire muet secoua à nouveau la poitrine et le ventre du vieil homme.

— On croirait entendre deux pédés dans un piano-bar, dit-il.

— J'étais très occupé, c'est tout.

— Je m'en suis douté, Lou. Quand même, je commençais à me poser des questions. Encore quelques jours, et peut-être que je me serais servi de ce machin.

Les sourcils dressés, avec un sourire, il fit un geste en direction du téléphone posé sur la table basse entre eux.

— Tu parles d'une première ! plaisanta Louie. Recevoir un coup de téléphone de toi.

Son regard se posa sur cette présence noire et énigmatique.

— Je pensais pas que ça arriverait un jour, avoua-t-il.

— Bah, tu sais, Louie, c'est comme ce type à la télé qui dit qu'il faut vivre avec son temps. Peut-être que la prochaine fois je m'achèterai ce truc-là... *come si chiama*, qui fait bip et qu'on s'accroche à la ceinture, ou la montre Dick Tracy, le casque hi-fi, et tout le tintouin.

— Tu sais, tonton, t'as de bonnes chances de devenir le plus vieux casse-couilles du monde. À ton âge, la plupart des types, ils se recroquevillent sur eux-mêmes et ils se mettent à lécher les bottes du bon Dieu. Toi, tu t'accroches. Tu continues à faire chier ton monde.

Le vieil homme émit un petit reniflement, en promenant son regard sur les ombres familières de la pièce. Louie alluma une cigarette.

— Alors, demanda-t-il, t'as lu des trucs bien sur les dollars dernièrement ?

Giovanni ne répondit pas. Lentement, dans le silence, tandis que Louie regardait la fumée de sa cigarette faire des volutes dans la lumière qui filtrait à travers les rideaux de dentelle, il sentait l'énervement monter en lui. Finalement, il frappa violemment avec ses jointures sur cette énigme noire posée entre eux. Le vieil homme tourna brusquement la tête, en regardant le téléphone comme s'il venait de sonner. Puis il leva les yeux vers Louie.

— Une fois pour toutes, dit ce dernier, qu'est-ce qui se passe ici, bordel ? Qu'est-ce que ça fout là ce truc ?

Il désignait le téléphone, mais son ton furieux élargissait le sens de sa question.

— C'est un putain de téléphone, répondit Giovanni d'un ton sec, le même que le tien, le même que tout le monde, nom de Dieu !

Puis son ton s'adoucit :

— Quand un homme se fait vieux, il commence à se sentir seul.

— C'est le type de la télé qui a dit ça ?

C'était comme si on armait la détente d'une arme dans l'air immobile et étouffant de la pièce.

— Et le passeport ?

Le fait que Louie soit au courant de l'existence du passeport sembla surprendre le vieillard, mais il parvint à masquer son étonnement.

— Et toi, t'as pas de passeport ? répliqua-t-il.

— Si.

— Je le sais, tu me l'as montré une fois. Où t'es allé avec ?

— Nulle part.

— Et où tu penses aller ?

— Nulle part.

— Alors, tu vois.

Le vieil homme redressa le menton. Le regard fixé devant lui, il leva les paumes, comme si, ayant exposé un argument irréfutable d'une grande éloquence, il attendait la clameur du Sénat de Rome.

Tous deux détournèrent le regard, et laissèrent monter le flot du silence, jusqu'à ce que ce qui venait d'être dit semble ne jamais l'avoir été.

— Un temps comme aujourd'hui me rappelle toujours ma jeunesse, commenta le vieil homme à voix basse.

Louie n'arrivait pas à imaginer son oncle enfant. Dans son esprit, l'oncle n'avait jamais été jeune ; il avait toujours été comme ça, comme maintenant.

— Les derniers jours de l'été. On aurait dit que c'était toujours la fin de l'été au village.

Le village en question, c'était Casalvecchio di Puglia. Louie avait grandi en étant bercé par les histoires sur cet endroit lointain. Celui qui racontait ces histoires, c'était son grand-père, un homme qui semblait sourire quand tout le monde était en colère, et se fâcher quand les autres souriaient. C'était un village *albanese* juché sur les collines d'Apulie, près du talon de la botte de l'Italie, lui racontait son grand-père ; par beau temps, on avait l'impression de voir le monde entier, et quand le vent soufflait dans la bonne direction, on pouvait pisser dessus. Louie avait toujours imaginé un endroit où les yeux étaient le mets préféré de tous les habitants.

— Ah, soupira le vieillard comme s'il regrettait d'avoir troublé le silence avec ses paroles. Ou bien, songea Louie, comme s'il regrettait d'avoir quitté ce village lointain.

Le vieillard prit une profonde et lente inspiration.

— Bref, reprit-il, je te disais que je pensais justement à toi. Je voulais te donner ça.

Louie le vit ôter lentement, et avec difficulté, son épaisse bague en diamant en la tournant autour de son doigt noueux Il la vit glisser, et découvrit le cercle de peau plus clair ainsi dévoilé.

Puis il sentit la bague au creux de sa paume, chaude et lourde. Il la passa à son doigt, et en relevant la tête, il vit une chose qu'il n'avait jamais vue. Une larme dans les yeux du vieil homme.

Aucune autre parole importante ne fut échangée ce jour-là. Ils parlèrent pendant quelques instants de la saison de baseball qui touchait à sa fin — ils parlèrent du temps qui changeait, des jours qui raccourcissaient et de la douce odeur de fumé qui flotterait bientôt dans l'air. L'automne avait toujours été leur saison préférée.

Au-delà de cette conversation, la perplexité de Louie continuait à l'agiter. Le cadeau énorme de la bague, loin d'apaiser ses doutes, n'avait fait que les accroître. L'éclat du diamant n'était pas la lumière qu'il cherchait, ni celle qu'il avait perdue. C'était l'éclat de sa propre colère, l'éclat des traditions qui l'influençaient et le mettaient en rage. Il observa son oncle, et suivit le regard de son oncle perdu dans les ombres de la pièce.

Il redescendit l'escalier vers la lumière du jour, sans même se retourner pour regarder le tableau accroché au mur ; il ne pouvait pas savoir qu'il ne le reverrait plus. Il secoua la tête, et d'un geste de la main droite, il sembla chasser le monde entier.

Le bar de Central Avenue était dépourvu de fenêtres, c'était un endroit où n'entrait jamais la lumière du soleil. De jour comme de nuit, les ténèbres étaient repliées sur elles-mêmes.

Face à Ernie dans le box était assis un jeune Noir mince aux yeux et aux dents jaunes, les cheveux luisants de gomina, avec une très fine moustache. Une cicatrice en forme de demi-lune, couleur de vieux cuivre, barrait son cou d'une veine jugulaire à l'autre. Renversé en arrière sur la banquette il soufflait la fumée de sa Kool vers le verre de vodka-tonic à moitié plein posé devant lui.

— Noir ou Blanc ? demanda-t-il.

— Blanc, répondit Ernie.

— Quel âge ?

— Vieux comme Hérode.

Le jeune Noir hocha la tête d'un air songeur.

— Et le bruit ? dit Ernie. C'est le bruit de la détonation de ce foutu fusil qui m'inquiète.

Le jeune Noir ricana, en balayant cette inquiétude d'un geste de la main.

— Vous pouvez me croire, dit-il, c'est pas un problème le bruit.

20

Au milieu de la nuit, dans cet établissement aux rideaux noirs, dans la Rue du Silence, Il Capraio était assis à sa petite table près du mur, et il scrutait le regard de Joe Brusher.

— Cinquante mille dollars, c'est une sacrée somme, dit-il.

— Et les deux millions et des poussières qu'ils vont nous rapporter, c'est encore plus de fric, répondit Joe Brusher.

— Oui, je sais. Je veux simplement m'assurer que tout se passera bien.

— Vous vous inquiétez trop, Frank. Même ce foutu toubib vous l'a dit.

— Autre chose, Joe. Ne dis pas des « poussières ». 375 000 dollars, c'est pas des poussières. Pour personne sur cette terre, et encore moins pour un type qui passe son temps à taper cinquante dollars à droite et à gauche. Alors, sois gentil, dis-le correctement. Combien vont rapporter ces 50 000 billets ?

— Deux millions trois cent soixante-quinze mille dollars, dit-il. « Plus un pruneau dans ton putain de crâne et deux autres dans le cul », ajouta-t-il intérieurement.

— À ton avis, ça posera pas de problème pour lui piquer sa part ?

— Une dans la tête, deux dans le cul. Généralement, ça règle tous les problèmes.

Joe Brusher se leva, il se dirigea vers le petit bar et se servit un verre, but une gorgée et revint s'asseoir avec son verre.

— Qu'est-ce que tu vas faire avec tout ce fric, Joe ? T'as déjà une idée ?

Joe Brusher haussa les épaules, puis il inspira profondément par le nez.

— La came, dit-il. Je crois que je vais me lancer dans ce truc. Je vais recruter quelques métèques, je prendrai un type d'Island pour les surveiller, et moi, je pourrai me la couler douce pendant ce temps-là. La belle vie. Voilà ce que je vais m'acheter avec ce fric, Frank, la belle vie. Comme le dit le nègre dans la pub : « C'est *mon* argent après tout ».

Il Capraio approuva d'un hochement de tête.

— Je pense que c'est pas une mauvaise idée, Joe. Pour un type encore jeune comme toi, la came c'est un bon truc. Le marché ne baisse jamais, il augmente sans cesse. Personnellement, je dis qu'ils devraient légaliser cette saloperie. Ils devraient même en vendre dans les épiceries, comme les « Life Savers » ou les chewing-gums. Cinq dollars de cette merde ne valent même pas cinquante *cents*. En la vendant un dollar, ils se feraient encore plus de fric que R. J. Reynolds avec le tabac. Si ces petits connards veulent se défoncer, libre à eux ! Comme ça, nos rues seront moins dangereuses, et on sera débarrassé de tous ces bons à rien qu'on voit partout. Ils resteraient chez eux peinards pour se suicider avec leur merde, et le monde s'en porterait beaucoup mieux, tu peux me croire.

— Oui, ça se tient ce que vous dites, Frank. Mais la loi, c'est pas toujours logique. En fait, les juges veulent surtout pas que le crime disparaisse. Ils se retrouveraient au chômage. La came, ils y tiennent, c'est comme les toubibs avec le cancer ou les pompes funèbres avec les morts. C'est leur gagne-pain. C'est pour ça qu'à mon avis ils légaliseront jamais la drogue. Ça résoudrait trop de problèmes. Et y a pas mal de types haut placés qui perdraient du fric.

— Oui, t'as sans doute raison, Joe. De toute façon, ça m'étonnerait qu'on vive assez longtemps toi et moi pour voir ça. C'est pour ça que je dis que pour un gars comme toi, la came c'est une bonne idée.

— Et vous, Frank ? Qu'est-ce que vous allez faire avec ces deux millions... et trois cent soixante-quinze mille dollars ?

— Ah, je suis un vieillard, Joe. J'ai enterré le peu de famille que j'avais. Je ne bois pas, je ne joue pas. Je me sers de ma queue uniquement pour pisser. Et si ma prostate continue à déconner, je m'en servirai même plus du tout. Un jour, tu comprendras, Joe. À mon âge, l'argent c'est plus pareil. C'est chouette de savoir que t'en as. C'est comme aller à l'église, ça fait du bien.

Joe Brusher fit la moue avec sa lèvre inférieure en hochant la tête, comme s'il méditait les paroles d'Il Capraio. Ce dernier agita la main.

— Mais commençons par empocher le fric, dit-il. On aura assez de temps après pour le compter.

21

Il était un peu plus de trois heures du matin quand Louie se glissa par la fente éclairée entre les rideaux noirs, pour pénétrer dans le bar de Giacomo, seul, en serrant la clé dans son poing.

Giacomo avait laissé l'endroit propre, aussi propre qu'il pouvait l'être du moins. Louie alluma la lumière du fond. Il mit en marche l'air conditionné, brancha le juke-box, et prépara du café. Il alluma ensuite la radio (réglée, comme toujours, sur WNEW-AM, la fréquence des poivrots de New York), puis la machine à glaçons. En se penchant, il retira la caisse cachée sous la machine et compta l'argent qui s'y trouvait : cent billets d'un dollar, quarante billets de cinq, vingt de dix, dix de vingt, et huit rouleaux de *quarters*. Il nota tout ça sur un bout de papier, mit l'argent dans le tiroir-caisse déglingué, déposa le papier dans la boîte, et remit la boîte sous la machine à glaçons. Après quoi, il se servit une tasse de café, alla s'asseoir à l'extrémité du bar, alluma une cigarette, et attendit.

Son premier client fut un vieil homme qu'il connaissait bien, affublé du nom improbable de Goo-

Goo Mangiacavallo. Cet homme était, et avait toujours été, l'individu le plus élégant que connaissait Louie. Il possédait trois pardessus à chevrons en laine peignée — un gris foncé, un bleu nuit et un noir — et deux pardessus en cachemire, un beige et un bleu. À l'instar de sa douzaine de costumes (jamais on ne le voyait sans costume ni cravate), ces manteaux avaient été taillés sur mesure, doublés soie et marqués d'un M brodé sur la poche intérieure, à l'abri des regards.

Louie reconnut immédiatement l'inclinaison de son feutre mou lorsqu'il franchit la porte, passant de l'obscurité à la pénombre.

— Luigi, mon ami ! s'exclama Goo-Goo de sa voix grave de baryton nicotinée. Ça faisait un bail !

Louie sourit. Il était content que son premier client soit Goo-Goo, et non pas un des ces poivrots emmerdants sortis d'on ne sait où.

Goo-Goo s'assit à côté de Louie. Il ajusta sa cravate, ses manchettes et son appareil auditif.

Louie se leva pour lui préparer un Canadian Club-soda. Jamais il ne l'avait vu boire autre chose. Goo-Goo avait déposé un billet de vingt dollars encore craquant sur le comptoir.

Louie avait toujours été plus impressionné par l'argent de Goo-Goo que par ses vêtements. Non pas à cause de la quantité de billets, même si, il est vrai, Goo-Goo semblait dépenser sans compter. Non... c'était l'aspect neuf de ses billets qui l'impressionnait. Louie n'avait jamais vu Goo-Goo sortir de sa poche un billet qui ne semblait pas totalement neuf. À croire qu'il ne manipulait que de l'argent immaculé, négligeant celui qui était passé entre des mains sales et roturières. Il avait toujours eu cette manie, disait-on. Il y a longtemps, durant la Prohibition, quand Goo-Goo vendait de l'alcool dans des bidons d'huile d'olive de quatre litres, on le surnommait dans son dos Nettidollari, « dollars propres », et on racontait à cette époque que tous les samedis soir, sa sœur célibataire lui repassait son argent en même temps que ses chemises. La seule chose que Louie pouvait affirmer, c'est que Goo-Goo était un gentleman.

— Ce matin, j'ai mangé des œufs et de la *pancetta*, Lou. Un toast et de la confiture, avec une bonne tasse de thé.

Il joignit l'extrémité de ses doigts et les porta à sa bouche pour les embrasser. Puis il se renversa, sortit son paquet de Lucky, en coinça une entre ses lèvres et l'alluma.

— Mais bon sang, à quelle heure tu te couches le soir, Goo-Goo ?

— À huit heures. Quand l fait nuit, je vais me coucher. Quand je me ré eille, je mange. Je me rase. Je m'habille. Je sors Je fais ce que j'ai à faire. Je m'enfile quelques verres. Je me déshabille. Je mange. Je vais me coucher. Je me réveille. Je mange...

— Je vois le tableau, Goo-Goo.

— Vivre la nuit, c'est pas naturel. C'est comme ça qu'on attrape le cancer. Ça te bousille complètement l'organisme. C'est pour ça qu'il y a tellement de finocch's, des pédés, de nos jours. Ils ont été conçus la nuit. Jadis, y avait pas tout ça. Les hommes et les femmes, ils se couchaient tôt dans le temps. Et puis, ils ont inventé la télé, les night-clubs ceci, cela, et tout le reste. Et hop, on se retrouve avec des détraqués partout. Bon sang, c'est comme deux et deux font quatre. Pas besoin de s'appeler Einstein pour piger ça.

— Et tu n'es jamais allé à au collège, ni rien ? demanda Louie avec un regard de côté.

— Ah non alors !

Lentement, par petits groupes, les premiers habitués arrivèrent : des barmen, des videurs et des serveuses qui faisaient le tour des bars après leur boulot avant de rentrer à la maison. La plupart connaissaient Louie, et Louie en connaissait la plupart. En général, c'étaient de bons clients. Comme la majorité des gens du métier, ils laissaient de bons pourboires, ils ne commandaient pas des cocktails à la con, et laissaient le juke-box en paix.

Puis entra un célèbre acteur du coin, ivre mort, un type d'une quarantaine d'années qui avait depuis longtemps oublié ses amis, et que ceux-ci avaient oublié à leur tour. Il vint s'asseoir à côté de Goo-Goo.

— Alors, on s'encanaille, Mr. Hollywood ? lui demanda ce dernier.

Le célèbre acteur émit un bruit qui se perdit entre un rire et un reniflement, et tapota dans le dos de Goo-Goo. Il sortit de sa poche un billet de cent dollars qu'il déposa sur le comptoir. Louie regarda le billet ; il regarda le célèbre acteur, et secoua la tête.

— Toi et tes foutus billets de cent, dit-il.

— C'est tout ce que j'ai, Lou.

— Les chauffeurs de taxi ne font plus la monnaie ?

— Ils m'ont filé la limo ce soir.

— Limousine, billets de cent dollars. Hé, tu joues dans un épisode de « Riches et célèbres » ou quoi. Si j'avais su, j'aurais engagé une « cigarette girl » et mis un type devant les chiottes avec une serviette sur le bras.

— J'imagine que tu ne veux pas mon autographe, hein ?

Louie lui adressa un sourire contraint et jeta devant lui, sur le bar, une serpillière humide.

— Alors, qu'est-ce qu'elle boit la vedette ? Dois-je mettre le champagne au frais ?

— Donne-moi un cognac. Et sers à M. Mangiacavallo ici présent ce qu'il désire. Et pour toi aussi, mon admirateur.

— Je préférerais du fric, lança Louie par-dessus son épaule, en s'éloignant.

Il revint avec un verre de cognac et la monnaie sur cent dollars. Les paupières du célèbre acteur commençaient à se fermer. Louie posa bruyamment le verre pour le réveiller.

— J'ai compté le verre de Goo-Goo, dit-il. (Il adressa un clin d'œil à ce dernier). Quand tu voudras, l'ami.

Entra alors un gros Irlandais que Louie détestait. Où qu'il aille, se dit Louie, ce type ne pouvait s'empêcher, semble-t-il, d'apparaître comme le connard le plus bruyant, le plus radin et le plus abruti de toute l'assemblée. Louie le connaissait sous le nom de Grogan, nom bien épais, humide et gras, qui sentait le crottin, et lui allait à ravir.

— Sors-nous ton meilleur gin, étranger. Ta promptitude sera peut-être récompensée par une pièce sonnante et trébuchante ! déclama-t-il en balayant du regard les visages autour de lui, avec un sourire idiot, dans l'attente sans doute des rires et des applaudissements.

Louie déposa devant lui une canette de Budweiser et prit l'argent. Au passage, il se demanda si le père de Donna Lou était du genre Grogan lui aussi.

Arriva ensuite le troupeau.

Il y avait des têtes anciennes et des têtes nouvelles. Les nouveaux, généralement conduits ici par les plus anciens — nouveaux eux aussi il y a quelques années — avaient une vingtaine d'années. Ces derniers, persuadés d'avoir quitté la jeunesse et le manque d'expérience pour accéder aux rives lointaines des joies terrestres, s'enivraient de l'excitation de leurs illusions. Trop sûrs d'eux, écervelés et forts en gueule, ils n'avaient pas encore reçu leur compte de coups humiliants. Ils ne changeraient pas avant de les avoir reçus, convaincus de ne pas avoir l'air de petits branleurs, de ne pas être des petits branleurs. Et tant qu'ils n'auraient pas reçu ces coups, ils continueraient à faire chier le monde, ici et partout ailleurs.

Ils ne savaient ni boire ni donner des pourboires. Soit ils réclamaient des cocktails grotesques — Blue Skies, Alabama Slammers ou Kirs — en laissant échapper des petits grognements d'agacement quand on leur répondait qu'on ne servait pas ça ici, ou bien ils commandaient des trucs qui faisaient viril à leurs yeux, tequila ou Jack Daniel's, et pour finir ils recrachaient tout par les narines en feignant l'indifférence. Même s'ils parlaient sans cesse de fric, ils lâchaient les billets avec des élastiques, et pour eux, un gros pourboire c'était deux dollars le jour de l'an.

Les accrocs à la cocaïne, en revanche, laissaient souvent de gros pourboires. Dilapider le fric, au lieu de simplement en parler, faisait partie de leurs illusions personnelles. Pourtant, à leur façon, ils étaient aussi emmerdants que les autres abrutis. Ils venaient d'arriver eux aussi, rassemblés au fond de la salle, près des toilettes.

Les clients étaient alignés sur deux rangées devant le bar, se bousculant, se mélangeant, beuglant, pleurant, se battant ou riant. Occupé à servir quatre verres en même temps, Louie jeta un coup d'œil à l'extrémité du bar et sourit en voyant Goo-Goo assis seul dans son coin, absent et digne au milieu du chahut. À ses côtés, le célèbre acteur dormait, raide comme une statue, tandis que dans son dos le juke-box hurlait la chanson d'un type encore plus célèbre que lui.

— Moi, j'adore Springsteen, et vous ?

Louie se retourna. La fille qui s'était adressée à lui remuait le haut du corps au rythme de la musique assourdissante. Elle avait tout juste vingt ans, devina-t-il ; elle n'avait pas l'âge requis pour boire dans un établissement légal. Elle avait des cheveux châtains coupés court, et de gros seins lourds qui tressautaient en cadence. Louie ne la connaissait pas, mais il se souvint d'avoir préparé le Kahlùa-crème qu'elle tenait à la main.

— Ah oui, fit-il, ce bon vieux Bruce. J'ai tous ses disques. D'habitude je porte toujours un petit foulard autour de la tête comme lui, et tout le reste. Maintenant que Liberace est mort, et les autres aussi, il nous reste plus que Bruce.

Sur ce, il s'éloigna pour aller servir une autre

jeune femme, qui venait déjà dans le temps où il travaillait ici. Elle avait trois personnalités différentes et distinctes : hautaine, salope et cinglée. Sur son sein gauche, au-dessus de la bordure en dentelle de son soutien-gorge, Louie retrouva le tatouage dont il se souvenait : une couronne d'épines qui entourait les lettres PMS.

— Mon cher Louie, dit-elle de son air le plus hautain, je te présente mon nouvel ami, Hans. (D'un geste raffiné, elle désigna l'avorton barbu qui était assis à ses côtés.) Hans est danois, ajouta-t-elle, comme si cela pouvait intéresser Louie, ou quiconque.

En entendant qu'on parlait de lui, Hans s'anima :

— Oui, oui, danois. Je viens à New York pour faire de l'art. Vous aimez l'art ? demanda-t-il avec fougue.

— Oui, j'aime bien.

— Moi, j'adooooore l'art, déclara Hans, en jetant un coup d'œil furtif à l'entrejambe de Louie. Je crois que les gens ici, ils comprennent l'art. Qu'en pensez-vous ?

— Je pense que vous avez été conçu dans le noir.

Au même moment, un grand cri retentit au milieu du bar. Louie se retourna vivement.

— Éloignez-vous de moi ! hurlait la fille qui aimait Springsteen à un grand type baraqué, vaguement hispanique, qui la dépassait de plusieurs têtes.

— Qu'est-ce qui se passe là-bas ? demanda Louie.

— Ce débile arrête pas de frotter sa queue contre moi ! beugla la fille.

Des rires s'élevèrent au fond de la salle. Près du bar, Grogan recula d'un air terrorisé.

— Hé, j'frotte ma queue contre personne ! protesta le type. Elle est malade cette gonzesse. J'emmerde personne, j'reste peinard dans mon coin avec mon verre. (Il prit une pose d'innocence sculpturale.) Comme ça.

— Tu parles ! grogna la fille. J'avais la main sur la cuisse, et il a commencé à se frotter contre moi.

— Ça alors, se lamenta le grand type avec une incrédulité toute théâtrale.

— Et y avait pas grand-chose à frotter ! ajouta la fille avec un rire méchant.

Le grand type écarquilla les yeux ; il paraissait sur le point d'exploser, ou de se liquéfier. Louie leva les mains au ciel avant de les reposer violemment sur le comptoir.

— Bon, ça suffit ! déclara-t-il. Toi... dit-il en pointant l'index sur le grand type à la manière d'un pistolet, si tu veux rester, éloigne-toi d'elle.

Lorsque le type se fut éloigné, Louie pointa le même doigt menaçant sur la fille, en baissant d'un ton.

— Et toi, dit-il, tu n'as pas l'âge de boire, alors tiens-toi à carreau.

— Si je suis gentille, j'aurai droit à une sucette ? demanda-t-elle avec une moue perverse.

Louie se rappela alors pourquoi il aimait ce boulot.

— T'as pas peur d'avoir les mains qui collent ? répliqua-t-il avec un sourire en coin.

— Oh, non, roucoula-t-elle. J'adore quand ça colle.

Elle sourit en voyant Louie lui servir un autre verre. Mais son sourire s'évanouit lorsqu'il prit son argent.

En s'éloignant, il entendit Grogan qui essayait d'engager la conversation avec elle.

— Je l'avais à l'œil ce type, celui qui vous embêtait, dit l'Irlandais. J'étais prêt à lui en coller une. Mais si je l'avais frappé, il se serait pas relevé. C'est pour ça que j'essayais de garder mon calme.

Quelques-uns des amateurs de coke s'étaient approchés du bar pour commander à boire. Louie avait toujours eu le sentiment que ces types buvaient en fonction des couleurs, qu'ils s'intéressaient davantage à l'aspect de leur verre qu'à son contenu. Vodka-cerise, vodka-orange, vodka-pamplemousse, vodka-raisin ou bien crème de menthe et ainsi de suite, en parcourant la gamme nocive des liqueurs Leroux aux colorants artificiels, ils traversaient tout le spectre. Ce soir, constata Louie, la tendance était, semble-t-il, au rose : vodka-cerise avec du pamplemousse. Repensant à la bouteille de crème de praline qu'il avait refilée à Giacomo au printemps dernier, et constatant qu'elle avait disparu, il se dit que, n'en déplaise à Giacomo, le beige avait sans doute fait une percée inattendue dans la mode de cet été.

Malgré les hurlements du juke-box, Louie entendait leur respiration, un chœur funèbre de respirations congestionnées par la cocaïne, aussi bruyantes et haletantes qu'un ronflement de poivrot. Et il sentait leur odeur également ; leur sueur n'était pas celle des autres êtres humains. Elle ne filtrait pas à travers leur peau, claire et salée, elle obstruait leurs pores comme des résidus fétides et gluants qui leur

214

donnaient un teint visqueux et cireux. La plupart d'entre eux, les plus atteints du lot, ressemblaient à des cadavres qui attendent d'être maquillés. Et pourtant, ils continuaient à jacasser.

Leur peau et leur curieuse odeur sépulcrales contribuaient à leur donner un aspect de vampires. Mais surtout, c'étaient leurs yeux et leurs bouches qui évoquaient pour Louie des visions de morts-vivants affamés. La façon dont leurs regards se posaient sur la chair d'autrui, non pas empreints d'un désir sexuel, mais avec l'envie surnaturelle de dévorer cette chair, de s'y fondre. Leurs lèvres pâles semblaient réclamer cette substance indicible, cette moisissure de l'âme qu'ils rêvaient d'aspirer à travers la chair des autres.

Louie entendait parfois ces cadavres cocaïnomanes dire certaines choses qui venaient corroborer ses étranges impressions. « Moi, j'aime pas baiser », lui avait dit l'un d'eux un jour, en lui racontant en long et en large pourquoi sa copine et lui s'étaient séparés. « Moi, j'aime *faire l'amour* avec une femme. » Et en prononçant ces mots, le regard vide du cadavre sembla s'illuminer, comme les yeux d'un enfant qui tète le sein maternel, et il promena sa langue boursouflée sur ses lèvres sèches et bouffies.

Ce type était justement au bar. Au moment où Louie tournait la tête dans sa direction, une goutte de sang très rouge coula d'une de ses narines, dans la boisson rose qu'il portait à sa bouche. Et soudain, le sang se mit à couler des deux narines, inondant sa moustache épaisse et maculant sa chemise. Sans paniquer, le type pencha la tête en arrière, en demandant simplement qu'on lui apporte des serviettes en papier et un peu de glace.

À l'autre bout du bar, la femme au sein tatoué réclamait à boire à tue-tête. Elle était maintenant flanquée de Hans d'un côté, et du grand type de l'autre. Ayant abandonné son air hautain, elle caressait la cuisse du grand type, sous le regard avide de Hans.

— Dommage que j'aie mes règles, bafouilla-t-elle.

Louie prit leurs verres pour les remplir.

— Incroyable, dit-il. Le sang coule de tous les côtés dans ce bar !

— C'est quoi ça ?

La voix de la fille aux sucettes interrompit ses réflexions. Avec un soupir, il se retourna pour voir ce qu'elle montrait sur le mur derrière lui.

— C'est une licence pour vendre des cigarettes, dit-il

— Ah. Comment ça se fait que vous avez une licence pour les cigarettes et pas pour l'alcool ?

— C'est une longue histoire, et elle n'est pas faite pour les petites filles qui croient encore à Bruce Springsteen et au Père Noël.

— Je crois seulement à Liberace, répondit-elle d'un air faussement intimidé. Je crois qu'il va revenir parmi nous. Et les aveugles verront, les paralytiques marcheront. Et ce gros connard d'Irlandais à côté de moi arrêtera de mater mes seins.

Louie apporta leurs trois verres à la femme tatouée et à ses copains.

— Vous aimez la masturbation ? demandait Hans au grand type.

— Hein ?

— Moi, j'adoooore la masturbation ! s'exclama Hans.

Quelqu'un mit un coup de pied dans le juke-box.

— Merde ! s'écria quelqu'un d'autre. C'était mon disque !

Le célèbre acteur s'extirpa de sa douce torpeur. Il se leva et ramassa sa monnaie, en laissant sur le comptoir un billet de dix dollars. Il tapa dans le dos de Goo-Goo et sortit en titubant, avec un signe de la main. C'est seulement à ce moment-là, alors qu'il traversait la foule, que quelqu'un le reconnut.

— Etre ou ne pas être, hein ? lui lança Louie, en lui rendant son salut de la main.

Il savait que le pourboire de l'acteur ne risquait pas de disparaître tant que Goo-Goo était là.

Le vacarme des assaillants et des victimes s'élevait par vagues, qui engloutissaient Louie. Tout en travaillant, il observait les gens, et il était capable de discerner, parmi les dingues, les poivrots et les crétins, les esclaves et les maîtres mélangés de tous les péchés de tous les cercles de l'enfer.

Un homme qui portait sous l'œil la marque du mouchard traversa le bar en silence, en donnant l'impression de disparaître, puis de réapparaître ici et là, dans l'épaisse fumée sombre, tel un fantôme. Celui qui avait du sang sur sa chemise, le chouchou de la mort, avait recommencé à saigner. Un homme aux cheveux longs, avec un teint de cire, assis, les yeux fermés, plongé dans une sorte de torpeur, tenait des propos incohérents à une femme qui n'était déjà plus là. Il parlait de suicide. À côté de lui, deux jolies femmes se demandaient en riant où elles se trouvaient. Un vieil oiseau de nuit à la mine sinistre, qui ne le savait que trop bien, sourit et s'approcha pour respirer leur parfum.

Parmi le vacarme des vagues qui s'écrasaient autour de lui, Louie percevait le chant d'une sirène, appel irrésistible pour qu'il s'abandonne aux flots de l'oubli et de la débauche sur lesquels il voguait. Il regarda la fille aux sucettes, il regarda la demi-bouteille de scotch sur l'étagère et le chant de la sirène s'enfla. Mais Louie resta ligoté au mât par les liens de sa volonté.

Vers les six heures, les premières lueurs pâles de l'aube filtrèrent à travers les rideaux. La foule commença, enfin, à s'éclaircir, les vagues se firent moins violentes. Bientôt, chaque voix avinée, chaque toux, chaque rire solitaire devint plus distincte, note solitaire et pure dans un decrescendo morose de désespoir qui s'effiloche.

Ajustant ses manchettes et son col de chemise, le nœud de sa cravate et l'inclinaison de son feutre, Goo-Goo se leva pour répondre à l'appel de la lumière du jour. La femme tatouée, le grand type et Hans l'amoureux de l'art étaient déjà partis. L'insupportable Grogan également, frustré par l'échec de ses tentatives avec la fille aux sucettes qui à son tour, constata Louie avec peine, mais sans étonnement, s'apprêtait à s'en aller.

À six heures et demie, Louie annonça la dernière commande, et il tira les ficelles qui pendaient des deux rampes de néons au-dessus du bar. La lumière crue et brutale obligea les morts-vivants à bouger. En reniflant, en saignant du nez, en ricanant et en cherchant à reprendre leur souffle, ils se dirigèrent vers la sortie d'un pas titubant. Ceux qui restèrent pour un dernier verre s'écartèrent de la lumière, comme s'ils battaient en retraite devant le spectacle de leur laideur. L'un après l'autre, ou deux par deux, ils vidèrent leurs verres et s'en allèrent.

Alors que les traînards vidaient les lieux, de nouvelles têtes arrivaient pour se faire servir. La plupart des traînards savaient que la dernière commande ne signifiait pas que le bar allait fermer, mais qu'il changeait de visage. Le changement se produisait tous les matins, à peu près à la même heure. Les fidèles en avaient pris l'habitude, et seuls quelques novices furent assez idiots pour se plaindre. De plus, la plupart ne tenaient pas à s'attarder plus longtemps, car les nouvelles têtes qui commençaient à arriver à cette heure n'étaient pas des têtes qu'ils connaissaient, ou avaient envie de connaître. Les petits *giovanostri* eux-mêmes, ces jeunes voyous forts en gueule et rouleurs de mécaniques qui semblaient incarner dans ce quartier le mal tel que l'imaginent les spectateurs de cinéma, même eux qui faisaient peur aux autres jeunes crétins, s'enfuyaient devant ces têtes-là, dont le regard suffisait à les faire taire, à les dépouiller de leur bravade et à briser leurs illusions.

C'étaient des visages d'hommes rongés intérieurement par leur propre pouvoir comme par un cancer, des visages remodelés par le renoncement à la confiance, à l'amour et à la bonté. Louie en connaissait quelques-uns. Les autres visages appartenaient à des inconnus venus traiter des affaires, ou simplement rendre leurs devoirs de saison, derrière les rideaux noirs juste à côté. La plupart de ces hommes buvaient du café. Certains commandaient un petit verre avec, d'autres uniquement un petit verre. La majorité était bien habillée. Ils étaient presque tous bien habillés. Louie l'avait déjà remarqué : ces hommes semblaient tirer une certaine fierté à être si élégants à cette heure matinale, quand tous les autres, qu'ils se lèvent ou aillent se coucher, avaient une sale gueule.

Quelques-unes de ces têtes familières demandèrent des nouvelles de Louie, et de son oncle. La plupart conversaient entre eux, deux par deux, dans un mélange confus de dialectes — *sciaccatano, palermitano, napoletano*, quelques bribes ici et là de *pugliese* et de *genovese* — ayant finalement recours au *broccolino*, le langage universel de Brooklyn, quand tout le reste était incapable d'exprimer leur humeur noire. Certains restaient murés dans le silence, buvant à petites gorgées et tirant sur une cigarette en regardant la pendule.

Louie écarta les rideaux et maintint la porte ouverte à l'aide d'un morceau de bois. Il aperçut, garées d'un bout à l'autre de la rue, les grosses Lincoln, Cadillac et Buick reluisantes qui avaient conduit ces hommes jusqu'ici. Dans plusieurs d'entre elles des chauffeurs attendaient au volant, en lisant le journal, mâchant du chewing-gum ou fumant.

Entrèrent ensuite, se faufilant d'un air discret et obséquieux au milieu des visages de pierre, les hommes de main et les factotums, les charognards et toute la lie de leur monde : les tenanciers des loteries, les bookmakers, les briseurs d'os et les piliers de comptoir.

Finalement, la silhouette d'Il Capraio, vêtue de

l'horrible costume de son père défunt, apparut dans l'encadrement de la porte. Il demeura immobile un moment, le visage vide, avant de disparaître. Quatre malfrats assis au bar se levèrent et sortirent. Dix minutes plus tard, on put les voir traverser la rue, se séparer en deux paires, tandis que les chauffeurs de deux Lincoln identiques descendaient de voiture pour leur ouvrir les portières arrière. D'autres types quittèrent le bar ensuite, puis encore d'autres.

Après le départ des malfrats, les mégères arrivèrent pour boire leur café. Louie eut ainsi droit à trois diagnostics différents, tout aussi affreux, concernant les résultats des tests subis par Giacomo à l'hôpital.

— Ils vont l'ouvrir juste là, déclara une des femmes, en désignant une vilaine masse adipeuse qui faisait saillie sous sa cage thoracique, et ils vont lui découvrir une grosseur de la taille d'une aubergine. Prions simplement pour que ce ne soit pas une tumeur maligne, conclut-elle avec un frisson théâtral.

— Non, non, déclara une autre, en secouant la tête. C'est encore son cœur. Cette fois, il va avoir droit au pontage. À son âge, ce sera pas une partie de plaisir.

La troisième mégère, la plus obèse et la plus âgée des trois, celle qui sentait le plus fort Shalimar, laissa échapper un long soupir d'agacement à travers ses grosses narines. Louie savait que c'était elle la spécialiste médicale du groupe. Sa connaissance des maladies — fermement ancrée dans la tradition médiévale et les articles hippocratiques du *New York Post* et de l'*Enquirer* — était légendaire dans le quartier. Il n'y avait aucune pâleur, aucun *élancement de douleur*, aucune perte ou aucun gain de poids, qu'elle ne puisse interpréter comme le symptôme de quelque maladie terrifiante et mortelle. Elle parlait de cancers qu'on attrapait en s'arrachant les poils du nez, de « mini-attaques cardiaques », de femmes dont l'utérus, à cause d'une déficience en ail, pourrissait tout simplement en elles, pour finir par tomber dans les toilettes « comme un morceau de tripes avariées ». Si quelqu'un lui confiait sa peur d'être atteint d'une maladie, sa réponse était toujours : « Oui, on peut en mourir. À ta place, je me ferais examiner. » Parfois, afin de renforcer son autorité, elle apportait un vieux livre énorme intitulé *L'Encyclopédie médicale pratique du XXe siècle*, dont les numéros de page lui servaient également de guide pour jouer à la loterie. À vrai dire, il y a quelques années, quand une de ses amies était morte d'un lymphome, elle avait empoché deux cent cinquante dollars à la loterie de Brooklyn, en misant cinquante *cents* sur le 197, la page concernant les maladies lymphatiques.

— Vous avez tort toutes les deux, déclara-t-elle. Giacomo a des vers dans le sang. On les voit sous sa peau !

Ses copines ouvrirent de grands yeux.

— Ils s'infiltrent dans les veines, et ils pondent des œufs minuscules, et les œufs éclosent, et peu à peu, les vers envahissent tout votre organisme. J'ai oublié le nom de cette maladie. Je vérifierai ce soir.

Les trois bonnes femmes repartirent en soufflant et en tirant sur les élastiques de leurs dessous. Les deux derniers piliers de comptoir, après avoir demandé à Louie s'il connaissait quelqu'un qui voudrait éventuellement acheter des pistolets en plastique, repoussèrent leurs tasses de café sur le comptoir et sortirent d'un pas nonchalant dans la lumière du jour.

Louie balaya le sol et mit toutes les ordures dans un grand sac en plastique noir. Il compta la recette — un peu plus de six cents dollars — et la planqua avec la caisse sous la machine à glaçons. Il vérifia qu'aucun machin n'avait été abandonné dans les toilettes, puis il versa du désinfectant dans la cuvette. Quand la benne des éboueurs s'arrêta devant le bar, il sortit le sac-poubelle, avec un pack de canettes de bière pour les gars.

Il compta l'argent des pourboires. Il y avait plus de cent dollars, sans compter le faux billet de vingt avec un dessin cochon à la place du visage du président Andrew Jackson. Il glissa le fric dans sa poche, effectua un dernier tour d'inspection, puis il tira les rideaux, baissa le store, sortit et ferma la porte à clé. Il était neuf heures et demie.

Quelques pâtés de maisons plus loin, il acheta le *Wall Street Journal*, puis s'arrêta pour manger des œufs pochés et des pommes de terre sautées dans un boui-boui grec en train de se transformer en boui-boui indien. Lentement, il parcourut le journal jusqu'à la deuxième partie, là où se trouvaient les chiffres de la loterie. S'interdisant toute précipitation, il fit glisser son regard jusqu'aux cours de la Bourse et la dernière ligne du top 100 de Standard & Poor, et ce qu'il vit le fit sourire.

En sortant, il jeta le journal dans une poubelle, et se dirigea d'un pas tranquille vers la fosse à rêves d'Allen Street. Tout au long du trajet, le soleil l'inonda d'une lumière dorée.

Willie était déjà arrivé. En entendant la porte s'ouvrir, il ôta ses pieds posés sur le bureau. Voyant entrer Louie, il les remit aussitôt.

— Tiens, Goldstick a laissé ça pour toi hier soir, dit-il.

Louie prit l'enveloppe que lui tendait Willie. Elle contenait un chèque d'un peu plus de deux mille dollars. Il le plia en deux et le glissa dans sa poche.

— Alors, ça marche le cinéma ? demanda-t-il.

— C'est chouette d'avoir pour une fois un petit gâteau avec son café.

— Tu ferais n'importe quoi pour un dollar, hein ? dit Louie avec un sourire narquois. Tu es un putain de désastre moral ambulant !

— Ça te va bien de me faire la leçon ! Goldstick et toi, vous arrêtez pas de vous échanger des enveloppes, on se croirait en période d'élections municipales !

— Oui, tu as raison, Willie. C'est chouette d'avoir un gâteau parfois.

— Tu parles, une demi-part de cake rassis. Alors que toi, tu te paies toute une boulangerie.

— Je vais te dire une bonne chose, Willie. Pourquoi tu me rachètes pas ma part ?

— Tu parles sérieusement ?

Louie hocha la tête.

— Mais pourquoi tu voudrais vendre, bon Dieu ? Tu t'en mets plein les poches. T'en fous pas une, t'as juste à tendre la main et le fric tombe dedans !

— Je me sens sale, voilà pourquoi.

— Me fais pas rire !

— Non, je plaisante pas. Je me sens sale.

Louie souriait, mais il était sérieux. C'était ça le plus amusant : il disait la vérité.

— Merde, alors. T'es né avec les mains sales, mon pote. Toute ta vie t'as eu les mains sales. D'ailleurs... (là, Willie changea de ton), je croyais que Goldstick et toi, vous aviez conclu un marché : t'étais son associé jusqu'à ce qu'il t'ait remboursé sa dette de huit mille dollars.

— 8 280 dollars, à trois pour cent d'intérêts par mois.

— Ouais, si tu veux.

— Je vais te dire, Willie. En deux semaines, Goldstick a sans doute claqué plus de fric que ça en pariant sur le nombre de fois où Dwight Gooden se gratte les couilles à chaque tour de batte. Il aurait pu déjà rembourser ses dettes, ou une grande partie. Mais c'est le genre de type qui peut pas s'empêcher de dépenser tout son fric et celui des autres, au jeu. Quand il gagne, il continue jusqu'à ce qu'il perde. Et c'est de pire en pire. C'est sa religion. Perdre est sa pénitence. Il traverse la vie à genoux, dans une robe de bure, en croyant aux miracles. À mon avis, il remboursera jamais sa dette. Il paierait même pas ses putains de factures d'électricité si sa femme lui flanquait pas des coups de balai le premier de chaque mois. Il resterait assis là avec un putain de chandelier à sept branches et un journal de courses, à miser cent dollars sur un tocard dans la neuvième à Pimlico. Franchement, ça m'étonnerait qu'il me rembourse un jour.

— Bon, et à combien t'estimes ta part, en comptant la dette ?

— À mon avis, le tout vaut au moins trente mille dollars, en liquide. Ça vaudrait même plus sans l'éventualité improbable que Goldstick rembourse effectivement ses dettes dans l'année.

Louie se garda de mentionner les autres éventualités auxquelles il avait songé. Il y avait toujours le risque d'une cessation d'activités à cause d'une descente de police, et la possibilité — peut-être était-ce une probabilité — que le succès de « Rêves & Co » attire l'attention de ces gais lurons que Louie, et Goldstick, ne connaissaient que trop bien. Dans ce cas, les gais lurons en question tenteraient de piquer une part du gâteau, ou de prendre la direction des opérations en travaillant à plus grande échelle.

Willie riait aux éclats.

— Pour toi, dit Louie, je veux bien accepter cinq mille dollars d'avance, puis mille dollars par semaine pendant six mois.

— Hé, où veux-tu que je trouve cinq mille dollars ?

— Aucune idée, répondit Louie en haussant les épaules. Moi je te propose l'affaire, à toi de te démerder. Je te conseille pas malgré tout d'essayer de piquer du fric, car j'ai vraiment le sentiment, mon très cher ami, en voyant ton parcours institutionnel de ces dernières années, que ta carrière de voleur ne vaut pas mieux que tes deux dents de devant. Enfin, je voulais quand même t'en parler. Si c'est pas toi qui en profites, ce sera quelqu'un d'autre. Réfléchis-y, et on reparlera.

— Je vais me faire remettre des dents, au fait, déclara Willie d'un ton joyeux.

Artie le réalisateur entra avec deux gobelets de café. Il en posa un sur le bureau, devant Willie.

— C'est ça qu'il faudrait se payer ici, une cafetière électrique, dit Louie.

— Vaudrait mieux commencer par acheter un canapé, rétorqua Willie. Le nécessaire d'abord, on verra ensuite pour le superflu.

— Où est le chien ? s'exclama Artie. Tu devais aller chercher le chien !

— Du calme, mec, dit Willie. Tout est réglé. Le proprio du chien nous fait payer à l'heure. J'ai essayé de lui proposer un forfait de vingt dollars, en lui disant qu'il aurait droit de regarder, mais il a refusé, ce con. Alors je me suis dit, pourquoi aller chercher le clébard avant l'arrivée de ma nièce, hein ? La connaissant, elle sera en retard. C'est le genre de fille qui sera en retard le jour de son enterrement. Dès qu'elle se pointera, j'irai chercher le clebs. Comme ça, on fera des économies. (Il se tourna vers Louie, en lui adressant un sourire en coin.) Je me débrouille toujours pour faire faire des économies au patron.

— Tu es sûr qu'il y a pas de problème avec le chien ? insista Artie.

— Aucun ! Le type m'a expliqué comment faire. Faut coller le biscuit avec de la super-glu entre les cuisses de la fille.

Willie ouvrit un tiroir et, d'un geste large, il en sortit un gros biscuit pour chien en forme d'os et un tube de super-glu.

— Faudra faire gaffe à foutre la caméra de façon qu'on voie pas le biscuit. Le type a dit que si on le lui enfilait directement dans le cul, comme on voulait le faire, le clébard risquait de lui en bouffer un morceau par erreur. Il paraît que c'est comme ça les dobermans.

— Tu vas te servir de ta nièce ?

— Ouais, je suis son agent. Je prends quinze pour cent.

Louie le regarda avec un effroi mêlé d'admiration.

— Qu'est-ce que tu veux, ajouta Willie. Cette môme a besoin de fric.

Louie acquiesça et répéta ces mots, sans en croire ses oreilles :

— La gamine a besoin de fric.

Elle entra au même moment, une jolie fille d'environ seize ans, vêtue d'une minijupe en cuir.

Willie regarda sa nièce, puis il se tourna vers Louie, qui regardait les jambes de la fille, et il fronça les sourcils.

— Bon, tu vas chercher le chien maintenant ? se lamenta Artie. C'est l'heure d'entrer en scène.

— Ouais, fit Louie en traçant dans l'air avec son doigt une enjolivure imaginaire, en direction de la porte. Va chercher le chien, Willie. C'est l'heure d'entrer en scène.

22

Les jours et les nuits se confondaient, le juke-box beuglait, l'alcool coulait à flots, et l'argent pleuvait.

À mesure que se déroulait le week-end, le kaléi-doscope grotesque des visages qui se succèdent et jacassent devenait de plus en plus répugnant. L'homme à la marque de mouchard, la femme tatouée, l'Irlandais bourré, le type qui saigne du nez, et tous les autres, n'apparaissaient plus à Louie comme des clients, mais comme les cartes rejetées d'un jeu interdit et annonciateur de malheur.

La fille aux sucettes ne revint pas. Mais il y en eut d'autres : des ensorceleuses chevauchant dans la nuit sur des juments nommées désespoir. Certaines erraient sans fin à la recherche de la queue de leur père, la faim au ventre ou un couteau aiguisé à la main. Certaines erraient sans fin à la recherche d'anges, la faim au ventre ou un couteau aiguisé à la main. Certaines se contentaient d'errer. Quelle que soit leur jument, quelle que soit leur quête, toutes semblaient passer par ici. Elles battaient des paupières et offraient ce qu'elles pensaient être le fruit du serpent, une pomme talée en réalité, tombée de l'arbre de la folie. Plus ces ensorceleuses restaient assises là à boire, plus elles battaient des paupières en s'offrant, plus elles s'enlaidissaient, jusqu'à ce que finalement, à l'approche de l'aube, leur seul charme soit leur avilissement. Alors, elles pleuraient ou bien poursuivaient leur chemin, seules ou avec quiconque leur jetait une fausse pièce de tendresse.

C'étaient des séductrices, certes, mais pas des sirènes. Leur présence n'était que l'écho d'une note récurrente du chant des sirènes de cet endroit. Ce chant était la véritable séduction, Sans relâche, il perçait le vacarme et semblait même répandre des trilles de couleurs chatoyantes dans l'obscurité, et transformer la roue de l'autodestruction en un manège de chevaux de bois. Ce chant, qui était la mort enjolivée, qui rendait l'oubli aussi beau que la boucle de poils blonds qui dépasse d'un entrecuisse soyeux, ou qu'une brise ; ce chant, cette beauté issue des cornemuses du mal, c'était le diable en personne qui tentait d'attirer Louie.

Aux premières heures de l'aube de sa dernière nuit derrière le bar, il céda à cet appel.

« Et puis merde ! » se dit-il, en brandissant une demi-bouteille de Dewar's, et en la regardant comme si c'était la tête de saint Jean-Baptiste, avant de se servir un verre.

Cinq heures plus tard, assis seul à l'extrémité du bar, il remplissait encore son verre quand Giacomo entra d'un pas traînant, parfaitement identique à la dernière fois où Louie l'avait vu. Même la cendre de la cigarette qui pendait entre ses lèvres semblait avoir la même longueur, la même inclinaison qu'une semaine auparavant.

— Il est vivant ! psalmodia Louie en scrutant le regard du vieil homme derrière ses lunettes.

— Et toi, t'es bourré, répondit le vieil homme sur le même ton, en regardant alternativement la bouteille de scotch sur le comptoir et les yeux de Louie.

Il passa derrière le bar, se versa une petite dose de cognac, et vint s'asseoir à côté de Louie.

— C'est une vraie maison de dingues leur truc là-bas ! dit-il après avoir bu une gorgée. Le type qu'était dans la même chambre que moi, ils l'ont emmené sur la table roulante ; ils l'ont ramené huit heures plus tard. Il avait un sourire jusqu'aux oreilles ! « J'ai été recalé à l'autopsie ! » qu'il me sort. « J'ai été recalé à l'autopsie ! » Je le regarde, en me demandant ce qui se passe. En fait, il voulait dire que sa biopsie était négative. (Le vieil homme secoua la tête.) Ensuite, ils me collent avec ce putain de toubib, un jaune qui avait une gueule à faire le tour du quartier en vélo quinze jours plus tôt, pour distribuer des menus de restau chinois. « Respilez tlès plofond » il me dit. Crois-moi, Louie, on m'y reprendra plus !

Louie ricana, remplit à nouveau son verre, et but.

— Alors, demanda Giacomo d'un ton plus familier, les affaires ont été bonnes ?

— 2 640 dollars environ, déduction faite de mes deux cents tickets.

— Pas mal, fiston. Pas mal du tout. Tu t'es bien débrouillé avec les pourboires ?

— J'ai pas à me plaindre.

Le vieil homme se dirigea vers la machine à glaçons. En poussant un grognement, il se pencha vers la caisse. Il se releva, avec un autre grognement, en tenant des billets dans la main. Il les déposa devant Louie sur le comptoir.

— Tiens, dit-il, achète-toi une maison à la campagne.

Il était midi quand Louie quitta le bar. Tout son corps était électrisé par l'alcool, sa vision était bordée d'un halo blanc dans la lumière du soleil. Il pouvait rentrer chez lui, ou bien continuer à boire, songea-t-il. Il observa ses pieds qui avançaient à grands pas comme s'ils étaient les juges indépendants de sa destination. Puis il releva brusquement la tête, pour affirmer de manière grave cette noble flamme de volonté, don de Dieu, qui existait en lui indépendamment de ses pieds et de ses chaussures. Faisant comme si le scotch qu'il avait ingurgité ne s'était pas encore installé en tyran sur le trône de sa personnalité, il savoura l'illusion de son libre-arbitre, avant d'opter pour l'inévitable. Il rentrerait d'abord chez lui, et ensuite il continuerait à boire.

Il prit une douche, enfila un costume gris et une chemise de soie noire, fourra de l'argent dans ses poches de pantalon : les billets de cinquante dollars retenus par une pince dorée dans la poche gauche, les billets de vingt et de dix dans la poche droite, et un seul *quarter* dans la poche revolver, comme toujours ; et, moins d'une heure plus tard, le cœur cognant dans les oreilles, Louie était de nouveau dans la rue. Il se rendit directement *Chez Mona*, s'assit et adressa un simple hochement de tête au barman qui ne parlait pas ; celui-ci hocha la tête à son tour, car il avait compris tout de suite, il mit des glaçons dans un verre, le remplit presque entièrement de Dewar's et ajouta de l'eau jusqu'en haut.

— Alors, c'est reparti ? dit-il à Louie, en déposant le verre devant lui.

Louie but, puis observa les autres clients. Les têtes ne changeaient jamais, se dit-il. Vous pouvez ne pas mettre les pieds dans un bar pendant des jours, des semaines, des années même ; quand vous revenez, vous avez toutes les chances de retrouver les mêmes individus assis à la même place, buvant la même chose, et racontant les mêmes conneries. C'était véritablement stupéfiant. Les clients le saluèrent, il les salua à son tour, en les méprisant, ou peut-être méprisait-il l'image de lui-même qu'ils lui renvoyaient. Tous se réjouissaient de le voir boire.

Le coursier des paris simples entra, essoufflé comme toujours. Le sort d'un coursier de pari simple, pensa Louie, n'était pas très éloigné de celui d'un esclave. Courir chaque jour, à heures fixes, de bar en club, des kiosques à journaux aux quais et... à cet endroit aux rideaux noirs, courir sans cesse, sous la pluie, le soleil brûlant, la grêle, la neige, tout ça pour rien, une pièce par-ci, une pièce par-là, jusqu'à ce que l'énorme dette de jeu qui l'avait condamné à ce triste sort soit enfin considérée comme remboursée intégralement par ceux qui se cachaient derrière les rideaux noirs. Il fallait parfois des années. À ce stade, le coursier était devenu un véritable *schiavo*, un authentique esclave, incapable de mener une autre vie. Celui du moment, Joey, un type d'environ quarante-cinq ans, faisait ça depuis plus de deux ans maintenant. Il avait déjà perdu dix kilos, attrapé des rhumatismes et ses cheveux étaient devenus tout blancs.

— Deux ! *Due* ! C'est le deux ! annonça-t-il. Le premier chiffre est un deux !

Quelques clients firent un signe rageur en jurant, puis fouillèrent leurs poches pour sortir de l'argent. Un œil rivé sur la pendule, le coursier des paris simples s'empressa de noter leurs paris et de prendre leurs billets. Louie lui tendit vingt dollars.

— Vingt sur le 7, dit-il.

Le coursier ressortit rapidement dans le vent, et dans le bar la conversation s'orienta alors vers la loterie. Un vieux de la vieille fit remarquer que le 3 n'était pas sorti à la première place depuis plusieurs semaines. Un autre client se lamenta, car il avait failli parier sur le 2 en premier, mais au dernier moment il avait misé sur le 4. Un jeune type portant la chemise bleue du Service des Parcs jura qu'il ne jouerait plus jamais à la loterie si le 6 ne sortait pas la prochaine fois. La grosse bonne femme spécialiste des diagnostics médicaux de la Rue du Silence, assise tout au bout du bar où elle avalait d'un trait de petits verres de bière et tournait violemment les pages du *Post*, levait la tête chaque fois que quelqu'un s'exprimait et lançait avec son regard de petites flèches empoisonnées.

Louie ne se mélangeait pas aux autres. Il buvait seul dans son coin, s'abandonnant avec délices à l'allégresse engourdissante du scotch. Cette lente ouverture crescendo qui conduisait à la gueule de bois était son moment favori dans l'ivresse. Le monde, qui était là dehors quelque part, restait à l'écart, et à chaque gorgée, il devenait plus délicieux, car il lui obéissait. Le Dieu de l'Ancien Testament lui souriait avec compassion, en lui disant qu'il ne faisait rien de mal, Il ne formait plus qu'un avec le chant des sirènes. À l'image du monde lui-même, Scylla et Charybde, celle qui fracasse et celle qui engloutit, lui paraissaient plus délicieuses à chaque gorgée. Bientôt, il lèverait son verre à leur santé, il leur dirait qu'elles avaient de beaux cheveux, il s'allongerait sur elles. Car... La porte s'ouvrit brusquement ; le coursier des paris simples montra Louie du doigt, avec un clin d'œil, en s'exclamant : « Le 7 ! » — comme le deuxième chiffre... tout cela était écrit sur du vent.

Le coursier compta cent soixante dollars qu'il déposa sur le comptoir devant Louie. Ce dernier lui rendit dix dollars, en lui disant de se payer quelques verres plus tard, puis il lui donna vingt dollars en disant :

— Quarante sur le 9.

À l'autre bout du bar, la grosse bonne femme, qui avait assisté à la transaction d'argent avec une avidité impossible à dissimuler, se fendit d'un grand sourire chaleureux d'où s'écoulait du venin. Elle leva son verre de bière pour féliciter Louie.

— Je suis heureuse pour toi, fiston, dit-elle de son ton maternel le plus hypocrite, avant de vider son verre d'un trait, persuadée que Louie allait lui en offrir un autre.

Louie lui rendit son sourire, et marmonna entre ses dents : « Tu peux crever la gueule ouverte, vieille pute. » Et il lui offrit un verre. Il offrit un verre à tout le monde, et le barman le regarda comme s'il était coiffé d'un bonnet de bouffon.

L'espace d'un instant, Louie caressa l'idée d'appeler Donna Lou. Finalement, il décida d'attendre le soir, quand l'alcool omniscient et tout-puissant en lui aurait pris totalement le contrôle, conférant clairvoyance à son mauvais œil et droiture à ses paroles et à ses actes. En outre, lui disait le diable, tout pouvait arriver d'ici à la tombée de la nuit. Par exemple, Donna Lou, la parfaite Donna Lou, qui entre d'un pas léger, les lèvres humides et l'oblation dans le regard.

Louis resta assis là à boire jusqu'après dix-sept heures, quand arriva le dernier numéro. C'était le 9, comme il l'avait deviné. Le coursier des paris simples, sans sourire ni grimacer, compta trois cent vingt dollars qu'il déposa sur le comptoir. Louie lui en rendit vingt, plus deux billets de cinquante qu'il lui demanda de miser sur le 1 en première position pour demain.

— Dieu te bénisse, fiston !

La mégère leva son verre de bière et le vida d'un trait.

Tout le monde leva son verre en son honneur, même ceux que Louie ne connaissait pas. Il se contenta de leur faire un signe de la main pour les remercier. Puis il vida son verre, laissa un billet de cinq dollars sur le comptoir et sortit d'un air décidé dans la lumière mélancolique du crépuscule. Il s'immobilisa un instant sur le trottoir, le temps de s'acclimater à la fraîcheur de l'air, avant de prendre la direction de l'est.

— Il faut manger ! s'ordonna-t-il d'une voix de stentor en se mettant en route, faisant sursauter quelques passants surpris.

Il regarda ses chaussures le conduire d'un pas assuré vers le « Cent'Anni ». Il s'installa à une table pour quatre personnes. Un serveur vint lui demander de s'asseoir à une table plus petite, mais le patron du restaurant, qui connaissait Louie, renvoya le serveur. Un autre serveur, plus avenant, lui apporta du pain. Sans lire le menu, ni même prendre connaissance des plats du jour, Louie commanda un Dewar's allongé, une bouteille d'eau minérale, une bouteille de Brunello di Montalcino 1976, des *crostini*, une salade mixte, un petit *risotto di frutti di mare*, du rôti de porc avec des épinards et des pommes de terre sautées, et l'addition.

Trois quarts d'heure et cent dollars plus tard, il abandonna la bouteille de vin pas encore vide sur la table et ressortit d'un air majestueux dans le crépuscule qui tombait lentement, en lâchant un rot magistral. Ses chaussures le conduisirent dans Thompson Street.

— Hé, j'ai entendu dire que t'avais gagné à la loterie, aujourd'hui, lui dit le barman avant même que Louie n'ait fini de s'asseoir sur son siège.

Décidément, ce quartier ne cesserait jamais de le surprendre, se dit Louie. À n'importe quel moment de la journée, on avait l'impression que six personnes au moins connaissaient la couleur de votre caleçon. Une fois, il y a quelques années de cela, il avait pris son petit déjeuner avant l'aube dans un bouiboui infect non loin d'ici ; il était le seul client. Plus tard dans la journée, deux types différents lui avaient demandé si « les œufs étaient bons là où tu as bouffé ce matin ? ». À croire que cet œil maçonnique qui trônait au sommet de la pyramide au dos des dollars planait également au-dessus de ces rues. L'étrange nature de ce quartier où tout se voyait, où tout se savait, était une bénédiction aussi bien qu'une malédiction : les épouses par ici étaient assurément les plus fidèles de toute la ville, ou bien les plus rusées.

Louie resta assis là à boire pendant environ deux heures. Il avait déjà ingurgité une forte quantité d'alcool et, requinqué par le repas qu'il venait d'avaler, il devint plus bavard. Ayant débuté par des commentaires sur la future saison de football, le barman et lui en vinrent — tout naturellement, semble-t-il — à discuter pour savoir pourquoi chaque Kennedy qui succédait à un autre était encore plus pourri que le précédent. Ce qui les amena — tout à fait naturellement une fois encore — à évoquer la qualité du basilic que l'on trouvait par ici. De là, la discussion dériva vers la propagation des lesbiennes, la nécessité de revenir à la messe en latin, et ces deux constatations malheureusement irréfutables : premièrement, l'archevêque et le maire de New York étaient pédés comme des phoques et, deuxièmement, les côtes de porc de chez Ottomanelli n'étaient plus ce qu'elles étaient.

Lorsqu'ils en arrivèrent aux côtes de porc, Louie était, de son propre aveu, totalement ivre. Il décida alors de rentrer chez lui, mais à peine eut-il parcouru un pâté de maisons, que ses pieds s'arrêtèrent. Suivant un raisonnement qui dépassait le domaine de la logique, il se dit qu'il n'aurait plus l'occasion d'être ivre avant longtemps, alors autant en profiter. Le bras levé, il héla un taxi et remonta vers le nord.

Il était presque minuit quand il sortit de chez Joe Allen, et il avait oublié le nom de la femme qui se pendait à son bras. Pourtant, il était certain qu'elle le lui avait dit, mais il ne voulait pas risquer de passer pour un goujat en lui posant la question. D'ailleurs, quelle importance ? Un chat est un chat. Il savait seulement qu'elle travaillait comme sténo au tribunal à Brooklyn et qu'elle buvait des « rusty nails ». Elle avait presque la trentaine, a priori, et elle était mignonne.

— Où va-t-on ? demanda-t-elle avec un mélange subtil de fausse innocence et de vulnérabilité.

— La nuit est encore jeune, comme toi, ma jolie.

La fille laissa échapper un petit rire enfantin, peut-être feint, peut-être authentique.

Ils empruntèrent la 46e Rue vers l'est. Louie se délectait du cliquetis et du claquement lubriques de ses chaussures à talons hauts sur le trottoir. À chaque pas, malgré le bourdonnement de ses oreilles, il entendait le frottement soyeux du nylon sur ses cuisses qui frottaient l'une contre l'autre. Il la prit par la taille, posant sa main sur sa hanche, savourant la façon dont elle ondulait et le bruissement sexy de sa jupe sur le nylon, sur la peau. Et le Seigneur lui souriait de là-haut, en disant : « Vas-y, Louie, baise-les toutes ! »

Ils marchèrent jusqu'au Rockefeller Plaza, et là, ils prirent l'ascenseur pour accéder au *Rainbow Room*, un endroit où Louie n'aurait jamais mis les pieds dans son état normal. La fille sans nom parlait de ses peines de cœur, et lui — eh, eh, eh — il la consolait en lui offrant le réconfort de la sagesse de son âme. Quand le *Rainbow Room* ferma, un peu après une heure, ils prirent un taxi pour se rendre chez *Clarke*, dans la 3e Avenue. Louie savait que les femmes aimaient aller dans des endroits virils, là où les hommes s'épilaient entre les sourcils et suçotaient des petits oignons et des olives. Chez *Clarke* au moins, il y avait de bons barmen. On y trouvait également ce que Louie considérait comme ses urinoirs préférés de tout New York, un ancien modèle en marbre qu'on aurait cru conçu pour le grand Zog[1] en personne.

Lorsqu'ils en repartirent, vers les deux heures et demie du matin, Louie bredouillait des phrases elliptiques et les yeux de la femme sans nom avaient pris un aspect vitreux. Ils allèrent dans un autre bar, sorte de bouge situé plus au sud dans la 3e Avenue.

— Hé, tu savais, dit la femme sans nom, que les Juifs disent que la femme du diable s'appelait Lilith ? Ils racontent qu'elle avait une queue de serpent et qu'elle a couché avec Adam avant la création d'Ève.

— Tout à fait mon genre de femme !

— Quand j'ai appris ça, j'ai demandé à ma mère pourquoi elle m'avait appelée Lily. Elle m'a répondu qu'elle trouvait que c'était un joli prénom.

Ah oui ! Lily. Elle s'appelait Lily. Et elle était juive. Ou bien c'était l'épouse du diable. Ou une sténographe de tribunal. Ou un truc comme ça.

Elle croisa les jambes. Il se produisit le même froissement soyeux et délicieux. Le lézard s'agita dans le caleçon de Louie, paresseusement. Voilà vingt-quatre heures maintenant qu'il ingurgitait du

1. Ahmed Zogou, couronné sous le nom de Zog Ier. Roi d'Albanie de 1928 à 1939.

scotch. Il savait que le lézard allait bientôt sombrer dans le coma. Il était temps d'agir.

— J'ai une capote avec ton nom marqué dessus, dit-il le plus tendrement du monde.

— Mmmm, ronronna-t-elle, et une étincelle de vie brilla dans ses yeux vitreux.

Louie se retrouva assis sur son canapé, en caleçon, en train de regarder Lily se déshabiller. Il aimait ce qu'il découvrait : culotte rose, soutien-gorge assorti, aucune marque d'élastique ; et le lézard aimait ça lui aussi. Il lui retira lentement sa culotte. Il fit glisser ses mains sur ses hanches et lui empoigna les fesses, en l'attirant vers lui. Il lui embrassa les cuisses, fourra ses doigts à l'endroit le plus chaud. Délicatement, aussi délicatement que possible pour une femme qui avait du mal à tenir debout — elle s'écarta de lui, en levant l'index pour réclamer une brève interruption. Les paupières lourdes, Louie la regarda se diriger vers son sac à main posé par terre près de la porte. Elle se pencha pour fouiller à l'intérieur, se releva et se retourna avec un drôle de petit sourire. Elle tenait quelque chose à la main.

Clic ! Le métal étincelant jaillit dans l'obscurité nacrée.

— Qu'est-ce que...

Les yeux grands ouverts tout à coup, Louie agrippa l'accoudoir du canapé pour se relever d'un bond. Mais la fille tenait maintenant le couteau à cran d'arrêt tourné vers elle, dans sa paume. Elle lui offrait le manche.

— Où est la chambre ?

Il lui prit le couteau et l'entraîna vers le lit en la

tirant par la bretelle de son soutien-gorge. Debout devant elle, il agita le couteau.

— Hé, qu'est-ce que tu voulais faire avec ça ? Me tailler la queue en pointe ?

— Non, chuchota-t-elle dans le noir. Mets-le-moi sur la gorge.

— Et si ma main dérape ?

— Fais attention.

— Tu fais toujours ce coup-là la première fois ? Je m'étonne que t'aies pu vivre assez longtemps pour finir ta première boîte de Tampax.

— Je te fais confiance.

— Tu me fais confiance ?

— Oui, mon amour, j'ai confiance.

Elle avait dit cela d'une telle manière que Louie n'avait jamais rien entendu d'aussi salace.

Le lézard s'était un peu ratatiné, comme pour dire :

« Réfléchissons un instant, mon vieux. » Mais bientôt, il se retrouva dans la bouche de la fille, puis dans son ventre.

— Le plat de la lame ! dit-elle d'une voix haletante. Appuie le plat de la lame sur ma gorge. Sous le menton. Oui, là. Oh, oui, mon amour, oui.

Elle gémissait comme une crécelle, et meuglait comme une vache laitière qui reçoit un coup de pied de mule. Malgré l'engourdissement dû au scotch, Louie sentait la température monter en elle. Une chaleur brûlante. Lentement, les gémissements et les beuglements se transformèrent en un murmure d'incantations qui se mélangeaient aux râles de sa respiration haletante.

— Baise-moi, psalmodiait-elle. Baise-moi avec ta grosse queue. Baise-moi !

Elle ouvrit les yeux et les plongea dans ceux de Louie, puis tout son corps fut secoué de soubre-sauts, avant de se relâcher complètement. Immédia-tement, elle redevint la sténographe du tribunal de Brooklyn.

Louie ôta le couteau de sa gorge et, se relevant, tout en restant en elle, il referma et verrouilla la lame, mais il garda le couteau dans sa main en se rallongeant sur elle.

— J'ai joui, dit-elle, comme si elle annonçait qu'elle revenait d'un bal de charité.

— Je m'en fous que t'aies joui, répondit-il avec un petit rire gentil.

Elle poussa un soupir de délice.

Louie plongea en elle, la martela, se frotta et s'en-fonça, se contorsionna et se raidit, câlina et se dé-chaîna. Il avait l'impression que son cœur allait ex-ploser ; mais le lézard refusait de cracher son venin. Avec un juron, il le sentit se ratatiner dans cette ma-gnificence bouillonnante de sténographe. Il roula sur le côté et, profitant d'un reste de conscience, il glissa le couteau à cran d'arrêt sous le matelas, à sa place.

Quand Louie se réveilla en toussant dans l'après-midi, la fille avait disparu. Il prit sa queue entre ses doigts, puis les renifla pour vérifier si oui ou non ils avaient baisé. Puis il se leva et se servit un verre. Son regard se posa sur le téléphone. Le combiné était décroché. L'avait-il fait volontairement ou par accident ? Pas moyen de s'en souvenir. Son cos-tume, sa chemise en soie, ses sous-vêtements et ses chaussures formaient deux tas par terre. Il fouilla dans ses poches ; elles étaient encore pleine de fric, et il en déduisit que miss machin-chose ne lui avait rien volé. Il laissa tout le reste par terre. Sans prendre de douche ni se raser, il se brossa simplement les dents et s'aspergea le visage et les couilles d'eau de toilette. Après quoi, il s'habilla : nouveau costume, nouvelle chemise en soie. Il fourrait l'argent dans ses poches quand il aperçut le mot près du cendrier.

Partie servir la justice aveugle. Quelle nuit !
Il faut remettre ça ! Pas moyen de retrouver mes
boucles d'oreilles ni mon couteau. Si tu les
trouves, appelle-moi.

Lily.

Il y avait un numéro de téléphone et un drôle de petit dessin représentant un cœur transpercé d'un couteau.

— Elle veut remettre ça ! marmonna Louie, en glissant le mot dans sa poche revolver, celle où il mettait toujours un *quarter*.

Un autre mot l'attendait chez *Mona*. Moins romantique celui-ci. Il disait : « Appeler Willie ». Après lui avoir remis ce message, le barman sortit de sa poche une liasse de billets qu'il lui tendit : huit cents dollars en billets de cinquante, de vingt et de dix. Louie les regarda sans comprendre. Puis il se souvint. Il avait misé cent dollars sur un numéro quelconque pour le tirage d'aujourd'hui. Apparemment, le numéro était sorti. Tandis qu'il fourrait l'argent dans sa poche, la grosse bonne femme à l'extrémité du bar n'esquissa même pas le plus hypocrite des sourires. Elle se contenta de lui adresser un hochement de tête crispé, comme pour déclarer aux Parques que le jour de la vengeance viendrait.

Après son troisième Dewar's à l'eau, Louie chercha un *quarter* parmi sa monnaie pour appeler Willie au siège de « Rêves & Co ».

— Ça y est, j'ai trouvé les 5 000 dollars, déclara Willie.

— Tu as fait vite.

— Tu sais ce qu'on dit, celui qui hésite a perdu.

— On se retrouve là-bas demain matin. N'oublie pas le fric.

— Pas de problème.

Louie acquiesça sans rien dire.

— Ça va, toi ? demanda Willie en riant.

— J'ai mal au crâne.

— C'est bien ce que je pensais.

Puis la lumière du jour se brouilla, pour laisser place à la nuit. Il y eut des courses en taxi, des paris de cent dollars, des rires et de l'apitoiement. Bien qu'il soit enroué à force de jacasser, les seuls mots qui résonnaient dans son esprit étaient : « Va te faire foutre... Sers-lui à boire... Sers-lui à boire à elle aussi... Sers-moi à boire... Cent dollars sur le 9. » Hélas, le 9 ne sortit pas, et Louie ne mangea pas, il n'appela pas Donna Lou, et le dernier taxi aux dernières heures de la nuit le déposa dans le sud de la ville.

Il erra à travers les ombres, ombre lui-même. Il se produisit soudain un éclair fluorescent, puis un rire. Donna Lou passa son bras autour de sa taille.

— Regarde.

Elle avait un sourire étrange.

De grosses sangsues gonflées grouillaient sur ses seins nus. Une par une, elle les ôtait calmement. Pendant ce temps, Louie la voyait prendre l'apparence de sa mère, brusquement ressuscitée. Le cœur en joie, il comprit alors que sa mère était réellement vivante ; elle n'était pas morte.

— Regarde, dit-elle avec son sourire étrange. Ils m'ont donné ça pour toi.

Dans sa paume ouverte scintillait une grosse pièce ancienne en or. Louie la prit entre ses doigts, et la sentit se transformer en une chose vivante : un minuscule fœtus au cœur qui bat, avec de minuscules membres tremblants. Hébété, il se retourna vers sa mère, mais elle n'était plus là. À sa place se dressait cette sorte de gigantesque mante religieuse. Au creux de sa paume, le fœtus s'était transformé en liquide chaud. Ce n'était pas du sang, c'était autre chose. Un liquide qui coulait entre ses doigts et éclaboussait le sol à ses pieds.

Évidemment, cette sorte de mante religieuse n'existait pas. Il l'avait rêvée. Il avait tout rêvé, sauf Donna Lou, occupée à décoller la dernière sangsue de sa poitrine. À l'endroit où la bestiole s'était rassasiée, il y avait un petit trou dans la chair, d'où s'écoulait un filet de bile noire. Le trou s'élargit, le filet de bile grossit, jusqu'à devenir une effusion, puis une épouvantable fontaine noire qui jaillissait de sa poitrine. Louie tenta d'étancher le torrent avec sa main, mais en vain. Il n'y avait en elle que les ténèbres vomissantes.

— C'est donc ça la mort, dit-elle d'une voix que Louie n'avait jamais entendue.

Il remarqua alors la bile noire qui s'écoulait d'une crevasse à son propre poignet. Il pivota sur ses talons pour s'échapper, mais il glissa et dérapa dans l'obscurité visqueuse, et tomba. À cet endroit, il y avait des sangsues, entre autres choses. Elles lui rampèrent dans les yeux et l'aveuglèrent, et la seule image qu'il conserva de tout ce qu'il avait vu dans sa vie fut celle d'une grosse pièce ancienne en or qui n'avait peut-être jamais existé. Puis les ténèbres s'en emparèrent également. Il sentit la main de la mort se refermer autour de sa cheville, pour l'attirer vers elle. Il n'y avait pas de paradis, il n'y avait pas d'enfer. Il n'y avait que ça, les ténèbres, et elles étaient nées de lui.

Peu à peu, Louie commença à percevoir des sons dans tout ce vide. Le grincement d'une porte. Une toux étouffée. Le sifflement lointain de vieux tuyaux. Un glaçon à demi fondu qui tinte au fond d'un verre presque vide, comme une avalanche dans son oreille.

Puis il eut l'impression de se réveiller — ou plus exactement d'être arraché de force au sommeil par les battements frénétiques de son cœur et le bruit de son souffle affolé. Il émergea de la forêt noire de ses démons intérieurs dans sa stupeur chaude et amniotique.

Il sentit des yeux se poser sur lui. Il tenta d'ouvrir les siens. Soulever les paupières semblait réclamer toute son énergie. Le premier rayon de lumière crue fut douloureux.

Il se racla la gorge, comme pour prévenir quiconque l'observait qu'il se levait en colère. Les muscles contractés, il ouvrit les yeux au maximum. À travers le brouillard qui voilait sa vision, il aperçut une bouche sur sa gauche. Une bouche de femme. Il la regarda fixement, les sourcils dressés, essayant de faire le point. Le voile de brume s'évanouit et, au même moment, ces lèvres peintes de la couleur du sang s'entrouvrirent, pleines et humides, avec une clarté béatifique. Il regardait cette bouche parfaite pour tailler les pipes. Il était vivant. Et alors que son visage se débarrassait de son masque mortuaire face à cette constatation merveilleuse, un adorable bout de langue apparut timidement au coin de cette bouche pour laper une gouttelette invisible sur sa lèvre supérieure.

Le regard de Louie remonta des yeux jusqu'à la bouche. C'étaient les yeux verts les plus beaux, les plus charmeurs qu'il ait jamais vus. Des émeraudes, des gouttes de pluie d'une pureté qui demandait à être profanée. Puis il observa la femme dans son ensemble, du moins, tout ce qu'il pouvait apercevoir sans se pencher en avant pour regarder derrière le coude du comptoir. Sa pâleur n'avait rien de sophistiqué. Sa peau brillait d'un éclat rosé. Ses longs cheveux auburn épais tombaient en vagues douces et voluptueuses. Elle avait un nez aristocratique, et des gros nichons, mais pas au point de dénaturer la symétrie de sa silhouette élancée. Elle avait dans les trente ans, peut-être plus.

Et pendant tout ce temps où il la détaillait avec un air de fou meurtrier, sans doute, elle soutint son regard calmement.

Il hocha la tête avec gravité, comme s'il daignait

lui faire savoir qu'il avait repéré ses charmes. Il regretta immédiatement cette arrogance vulgaire, mais ses remords se dissipèrent aussi rapidement, car non seulement elle lui répondit par un hochement de tête, mais elle lui sourit et leva son verre comme pour trinquer.

Louie regarda le fond de son verre, où le glaçon avait résonné à ses oreilles. Giacomo s'avança vers lui en traînant les pieds pour le lui remplir.

« L'amour, c'est comme une cigarette... » fredonna-t-il, de manière à peine audible, entre ses lèvres.

Il était neuf heures moins dix. Le bar était désert, à l'exception de Louie, Giacomo, un type sinistre à chapeau mou, et la fille. Si Louie n'avait pas été proche du delirium, sans doute se serait-il demandé ce qu'une femme comme elle faisait dans un établissement comme celui-ci à cette heure. Au lieu de cela, il n'avait qu'une idée en tête, ses pensées se ramenaient à une seule chose : ses jambes, ses jambes, il faut que je voie ses jambes.

Giacomo tapota sur le comptoir à côté du verre de Louie.

— De la part de cette jolie jeune femme là-bas, dit-il.

Louie leva son verre à sa santé, et but.

— Je m'appelle Lou, dit-il.

— Moi, c'est Shirley.

— Qu'est-ce que vous faites dans la vie, Shirley, si ce n'est pas trop indiscret ?

Il s'exprimait de manière parfaite, épuisant son esprit avec cette tâche herculéenne qui consistait à déplacer les épais blocs de mots.

— Je suis journaliste dans un grand quotidien d'une grande ville, dit-elle. Et vous, que faites-vous ?

C'était une bonne question, et Louie y réfléchit.

— Je suis analyste et conseiller boursier, répondit-il enfin.

Giacomo le dévisagea comme s'il s'attendait à voir son nez s'allonger.

— En fait, je viens d'être mutée de Boston, dit-elle, apparemment sobre et fort désireuse de parler à quelqu'un. J'ai travaillé pour le *Globe* pendant dix ans là-bas. Il y a six mois, on m'a offert un poste plus intéressant ici, mais il m'a fallu tout ce temps pour trouver un appartement. J'ai emménagé la semaine dernière.

— Vous portez une jupe ?

— Oui, répondit-elle avec un sourire interrogateur. Pourquoi ?

Louie haussa les épaules.

— J'aime cette ville, dit-elle.

Louie acquiesça. Il avait intérêt à alimenter la conversation, se dit-il, s'il voulait que la culotte de cette nana finisse sur le sol de sa chambre.

— Il y a un tas d'endroits intéressants à New York, déclara-t-il, comme s'il s'adressait à un car rempli de membres du Rotary en vadrouille.

À cet instant, si le lézard avait pu le frapper, il l'aurait fait. Immédiatement, Louie tenta de se rattraper :

— Si on...

— J'vais prendre un putain de pistolet à mastic, j'vais le remplir de lessive et j'vais tout balancer dans le cul de ce putain d'avocat ! rugit tout à coup le type sinistre au chapeau mou en s'adressant à Giacomo, qui tenta de le calmer d'un petit signe de tête réprobateur.

L'homme au chapeau se tourna vers l'autre extrémité du bar.

— Excusez, m'dame. Excusez, m'sieur. Excuse, Jocko.

Et il replongea dans son mutisme.

— Si on allait ailleurs ? répéta Louie.

Ils prirent un taxi, et Louie demanda au chauffeur de les conduire dans Allen Street.

— J'en ai pour une minute, dit-il.

Quand il pénétra dans le sous-sol, Willie et Artie étaient penchés sur une fille d'allure chétive, couchée à même le sol miteux en béton. Elle avait les chevilles et les poignets ligotés avec du grossier cordage en manille, la bouche et les yeux bandés avec des foulards noirs. Parmi les nœuds, entre les chevilles, les deux hommes étaient en train de fixer un crochet attaché à l'extrémité d'une chaîne en acier scintillante qui pendait d'une poutre au plafond. Ils se reculèrent et soulevèrent le fardeau, comme deux inquisiteurs du Moyen Âge. Il y eut d'abord un grincement de poulies, puis lentement, par à-coups, le corps de la fille s'éleva, la tête en bas. On devinait en elle une angoisse, une terreur, que ne parvenaient pas à cacher les foulards noirs.

Willie et Artie échangèrent un hochement de tête, avant de la faire redescendre. Elle tremblait de tous ses membres, et elle haletait à travers son bâillon.

— C'est bon pour la circulation. Tu vas avoir de belles joues roses, commenta Artie d'un ton morne, avant de l'abandonner.

— Tu as une tête de déterré, dit Willie à Louie.

Tous les trois se dirigèrent vers le bureau.

— Je t'annonce, déclara Willie, que tu as été racheté par un... un... comment on dit, Artie ?

— Un consortium.

— Oui, c'est ça, un consortium. Moi, Artie et notre associé anonyme. Pas vrai, Artie ?

Artie acquiesça avec l'aplomb d'un homme d'affaires naissant.

— Quel associé anonyme ? demanda Louie.

— L'oncle d'Arty, Sammy. Il a...

— Samuel, rectifia Artie.

— D'accord. Son oncle Samuel. Il a décroché le magot dans le Queens avec la Kabbage Kids Kandy Kompany. Rien qu'avec des K, ajouta Willie d'un air entendu, C'est ça la clé de la réussite, il nous a dit. Utiliser un maximum de K.

— File-moi simplement ce putain de fric, grogna Louie, en regardant la fille se contorsionner de manière horrible sur le sol.

De retour dans le taxi, il compta une seconde fois les cinq mille dollars, sous le regard attentif de la jolie journaliste d'un grand quotidien d'une grande ville.

— Bon, dit-il en rangeant les billets, voilà pour les préliminaires.

Dans son lit hanté, sans même ôter son caleçon, il la baisa deux fois, une fois dans la chatte, une fois dans le cul. Comme elle avait ses règles, quand tout fut terminé, sa braguette était pleine de sang.

— Mon fiancé pense que la sodomie est dégradante pour la femme, dit-elle avec un sourire, en agrafant sa jupe.

252

— J'espère bien, répondit Louie. À quoi bon, sinon ?

Chez *Mona*, pas lavé, pas rasé, taché de sang, mais inondé d'eau de toilette, encore vêtu d'un nouveau costume et d'une nouvelle chemise en soie, Louie ajouta le nom et le numéro de téléphone de Loïs Lane dans sa poche-revolver. Après l'avoir embrassée sur la joue, il lui dit bonsoir et lui souhaita bonne chance.

— Allez, Romeo, lança le coursier des paris simples en se ruant à l'intérieur, arrête de bécoter les filles et balance-moi un os. Faut bien que je vive moi aussi.

Louie misa cent dollars sur le 9. Puis il offrit une tournée générale. Il alluma une cigarette, avala une grande gorgée d'alcool, et regarda la pendule sur le mur effacer les instants fugitifs de sa seule et unique vie. Il demanda au barman quel jour on était ; le barman lui répondit qu'on était mercredi.

— Viens voir ici, George.

C'était le Polack, celui qui avait un chien malade et à qui on avait confisqué son salaire.

— Me regarde pas comme ça, Louie.

— Je veux juste te parler une minute.

Le grand Polack s'approcha.

— Quoi ?

— Souviens-toi, un jour je t'ai dit que tu ferais mieux de te foutre en l'air.

Le Polack soupira, et détourna les yeux d'un air écœuré.

— Pourquoi tu l'as pas encore fait ?

Le Polack secoua la tête. Son regard était si vide

que sa haine envers Louie et lui-même n'y apparaissait même pas.

— Simple curiosité, voilà tout.

— C'est fini ?

— Non. Paye-moi un verre.

— Je suis fauché.

— Tu es toujours fauché. Fais-le mettre sur ta putain d'ardoise.

Le Polack obéit. Il s'offrit une bière par la même occasion. À cet instant entrèrent les deux nains basanés que George avait vus donner deux billets de dix dollars à Louie, le jour où celui-ci lui avait conseillé de se suicider.

— Salut les pygmées !

Aux anges, les deux types hochèrent la tête avec un enthousiasme inepte. Louie tapota dans le dos de celui qui portait le t-shirt SEX MACHINE, et demanda qu'on leur serve à boire. Il trinqua avec eux, avec le verre que lui avait offert le Polack. Fouillant dans sa poche, il donna à chacun d'eux un billet de vingt dollars.

— Tenez, dit-il. Cadeau du Labor Day pour le noble travailleur dans la sueur humble duquel cette grosse pute qu'on appelle Liberté trempe ses pieds fragiles.

Les deux nabots soulevèrent les billets de vingt dollars devant leurs yeux ébahis.

— Argent gratuit, dit Louie. Prenez. C'est une vieille coutume américaine.

Un des deux nabots baragouina quelques mots à l'autre, qui demeura bouche bée. Tous deux jouissaient de leur émerveillement.

— D'accord pour cent dollars jusqu'à la semaine prochaine ? demanda timidement le Polack.

— Non, répondit méchamment Louie, avec un sourire. Ça te donnerait une raison de vivre.

S'adressant à un type maigre assis à l'autre bout du bar, Louie réclama l'argent qu'il lui devait.

— J'ai encore une semaine, répondit l'échalas, humilié plus que furieux.

— Je veux mon fric maintenant ! beugla Louie. Je ferme boutique !

L'échalas regarda autour de lui, comme s'il cherchait un médiateur.

Louie longea tout le bar et prit l'argent qui traînait sur le comptoir, à côté du verre de l'échalas. Le barman détourna le regard, en secouant la tête.

Un peu plus tard dans la journée, Louie acheta l'âme d'un homme pour quarante dollars et mit le contrat dans sa poche-revolver.

Le 7 ne sortit pas, ni en première position, ni en seconde, ni en troisième. Au-dehors, le ciel s'obscurcit, et Louie se laissa conduire par cette obscurité.

Mercredi céda place à jeudi ; jeudi devint vendredi. Le week-end passa — les prolos débarquèrent en masse, soulageant leur impuissance dans le bruit, la fureur et la bière —, et une nouvelle semaine débuta. En sept jours, le Seigneur avait créé le monde. En sept jours, Louie l'avait noyé dans l'alcool.

Il se trouva à court de costumes et de chemises tape-à-l'œil propres, à court de caleçons et de chaussettes propres également. Pendant trois jours, il porta le même pantalon bleu et la même chemise bleue, de plus en plus souillée chaque jour par les taches d'alcool, de graisse de souvlakis ou les gouttes d'urine, de sperme, et la sueur. Un jour, il tenta de se raser, et quand il s'éloigna du miroir, son menton et sa gorge étaient couverts d'entailles cunéiformes et sanglantes. Sa poche-revolver était bourrée de bouts de papier et de *quarters* inutilisés. Peu à peu, ses forces abandonnèrent son corps, où semblaient ne subsister que l'épuisement et la douleur. Son esprit n'était plus qu'une chose hantée envahie de courants d'air. Autour de lui, tout le monde semblait conspirer contre lui. Le mal flottait dans l'air, et la terreur coulait dans ses veines. Il montrait les dents aux étrangers — l'un d'eux lui refila de la cocaïne dans les toilettes pour hommes, un autre lui tailla une pipe dans les toilettes pour dames — et il chassa presque tous les gens qu'il connaissait. Finalement, rares étaient ceux qui voulaient encore le fréquenter, et il resta seul dans son coin à broyer du noir en compagnie de lui-même, son seul et véritable ami. Et puis, alors que descendait le crépuscule du mardi, il s'observa dans le miroir derrière le bar, à travers ses yeux morts et chassieux, et lui-même n'eut plus envie de se fréquenter.

Il rentra chez lui en titubant, verrouilla sa porte et débrancha son téléphone. Il fit chauffer du lait dans une casserole, y fit fondre un peu de beurre, avala le tout, puis il se déshabilla et marcha jusqu'à son lit d'un pas vacillant. Il resta couché plus d'une journée entière, à gigoter et à gémir, souffrant et transpirant, fuyant terrorisé derrière ses paupières closes au milieu du carnaval des morts qui cherchaient à l'attirer. Finalement, les gémissements du corps et de l'âme adressés au ciel s'estompèrent, et il s'endormit, en dérivant dans l'obscurité, avec dans son œil le scintillement auguste du diamant de son oncle.

23

— Bon, le moment est venu de faire dessaouler cette baraque, déclara-t-il.

Il enfila son pantalon bleu et sa chemise bleue sales, ses chaussettes sales et ses chaussures sales. Il vida toutes les poches de tous les vêtements éparpillés par terre. Il fit un premier tas avec les bouts de papier, les cartes de visite et les pochettes d'allumettes, un second avec l'argent. Le premier tas, il le jeta dans la poubelle, quant à l'argent, il le compta — il y avait un peu plus de 5 000 dollars — et le planqua. Après quoi il divisa les vêtements en deux piles, une pour la lessive, l'autre pour le pressing. Ensuite, il monta deux étages, s'arrêta un moment pour reprendre son souffle court, et frappa à une porte. Une vieille femme vint lui ouvrir en souriant. En voyant les yeux rouges et gonflés de Louie, elle comprit immédiatement ce qu'il voulait.

— Si, dit-elle, *un momento*.

Elle disparut, pour réapparaître avec un seau rempli de brosses, de serpillières et de détergents.

— *Madonna mia*, murmura-t-elle en découvrant le tas de linge sale et le désordre qui régnait dans l'appartement, *che pasticcio*. (Elle renifla ostensiblement.) *Rabbiosa e cagne*, déclara-t-elle.

Alcool et putes. Elle leva la main pour faire semblant de le menacer en secouant la tête.

— *Baccalà, Luigi, baccalà.*

Il l'abandonna chez lui, avec les clés, et alla porter le tas de linge sale chez un teinturier du coin qui lui devait encore deux remboursements sur un prêt. Il se rendit ensuite chez Da Silvano, s'arrêtant en chemin pour acheter le *Wall Street Journal*. Bien que le patron du restaurant le connaisse, en voyant la tenue de Louie, il le fit asseoir dans un coin sombre au fond de la salle, ce qui ne le dérangeait pas. Dans son état, la lumière et lui ne faisaient pas bon ménage. Il commanda des palourdes, un steak et une grande bouteille d'eau minérale, puis il passa directement au deuxième cahier du journal. Ayant trouvé ce qu'il cherchait, il garda les yeux fixés sur la page, comme pour s'assurer qu'il ne rêvait pas.

Il emprunta un crayon à un serveur et se mit à griffonner des calculs. Soudain, il fut secoué par des palpitations de panique irraisonnée lorsque son esprit dérangé constata que le 315 était un numéro réduit. Mais il se rappela qu'il n'y avait pas de rideaux noirs aux guichets de la Bourse de Chicago. Les battements de son cœur retrouvèrent un petit galop irrégulier. Il se dirigea vers le téléphone pour passer un coup de fil.

— J'achète, dit-il.

Et il retourna manger.

En rentrant chez lui, il fut accueilli par la bonne odeur de pin des produits d'entretien de la vieille femme. Son linge était soigneusement empilé sur son lit fait. Au sommet d'une pile de sous-vêtements pliés, tels des bijoux trônant majestueusement sur un coussin de velours, se trouvaient le couteau à cran d'arrêt et les boucles d'oreille de la sténographe du tribunal, ainsi que des pièces de monnaie et une pochette d'allumettes faisant la publicité du Cabinet dentaire de Park West («Détartrage sous pression pour les fumeurs»). La vieille femme était assise tranquillement sur le canapé, fascinée par la télé qui diffusait un épisode de «Le Monde est fou».

— Ces gens-là, pareils que vous, dit-elle avec un petit sourire. *Pazzo.*

Louie lui donna un billet de vingt dollars et un billet de dix, et quand survint la coupure publicitaire, elle s'en alla.

Au moment où apparaissaient les brumes du crépuscule, Donna Louise ouvrit sa porte et le découvrit face à elle, un bouquet de roses blanches et corail dans une main, une bouteille de champagne dans l'autre.

— Toi !

Au cours de ces quelques mois, son regard était passé de la colère à l'étonnement, ses hurlements n'étaient plus qu'un murmure, mais ses yeux bleu-vert eux n'avaient pas changé, semble-t-il. Ils étaient toujours aussi froids et sauvages que les reflets d'une mer déchaînée.

Il ne lui fit pas son sourire d'enfant orphelin, ni d'ensorceleur démoniaque. Il ne déploya aucune ruse. Il resta simplement planté là, à regarder au fond de ces yeux, en tenant ses fleurs et sa bouteille de champagne. Soudain, il se trouva ridicule avec ces cadeaux imbéciles et vulgaires, achetés avec de l'argent et non pas du sang.

Elle regarda ces choses dans ses mains, et elle le dévisagea, en secouant lentement la tête, avec mépris.

— Qu'est-ce que tu veux ?

Que voulait-il ? Il voulait voir la lumière dans des cheveux dorés. Il voulait l'esclavage et sa délivrance. Il voulait le monde. Il la voulait elle. Mais il ne répondit pas.

Elle esquissa un sourire. Et dans ce sourire, il sentit tout le venin qu'une âme peut produire.

Elle poussa un profond soupir, et Louie vit la porte se refermer violemment devant son nez. Il la bloqua avec sa chaussure, puis la rouvrit en grand d'un coup de pied, avec fracas, en faisant trembler les gonds. Donna Lou recula. Ils se firent face, le souffle rauque. Louie lança la bouteille de champagne et les fleurs sur le lit pour ne plus avoir le sentiment de ressembler à un imbécile. Elle regardait différemment ses mains maintenant, sans crainte. Elle prit une profonde inspiration, comme pour aspirer le tonnerre. Puis, après un long silence, elle libéra l'ouragan. Louie resta immobile, impassible, au milieu de cette tempête d'imprécations, sachant qu'il y avait plus de force dans son poing droit que dans toutes les paroles du monde, mais sachant également que cette force l'abandonnerait, pour toujours, après un simple coup. Finalement, le tonnerre laissa place aux lamentations et aux larmes.

— Je te hais, dit-elle.

Il n'y avait aucune rancœur dans sa voix, et c'est cela qui l'effraya le plus.

Mais, amour ou haine, il n'était pas venu pour entendre des mots. Leur froideur n'était rien, aussi fugitive et immatérielle que les mots eux-mêmes. La voix humaine, avec ses éclats et ses pleurs, sa trame infinie de vérités et de mensonges tissés dans la même fibre fragile, cette voix humaine il en avait par-dessus la tête. Donna Lou le vit dans les yeux de Louie, comme elle avait toujours rêvé de le voir dans ses propres yeux.

Elle avait le visage marbré de larmes ; il avança la main pour essuyer l'eau salée sur sa peau. Cela exigeait plus de courage qu'il ne croyait en posséder, car il était sûr qu'elle allait le repousser. Au lieu de cela, elle effleura sa main, avant de la saisir comme si elle ne voulait plus jamais la lâcher, comme si elle ne l'avait jamais lâchée.

— J'ai pris des décisions, dit-il.

— Quel genre de décisions ?

La voix de Donna Lou était un murmure, un souffle dans son oreille.

— Des décisions.

— Allons, Louie. (Ce murmure dans son oreille s'allégea, se calma.) C'est moi, Donna.

En effet, c'était elle. Elle l'entraîna vers le canapé, poussa les fleurs et la bouteille de champagne.

— Des options boursières. J'ai acheté quelques titres. Je me suis bien débrouillé.

Elle demeura silencieuse un instant. En tournant la tête, Louie découvrit qu'elle souriait, pas véritablement stupéfaite, mais plutôt étrangement ravie.

— N'est-ce pas trop compliqué de se lancer dans un truc pareil ?

— C'est juste l'impression qu'ils donnent. En fait, c'est comme le coup des loteries avec des virgules. Ils se passionnent pour les courbes de production et les conneries du même genre, exactement comme les vieilles avec leurs clés des songes. Je me suis dit que si je me lançais dans ce truc en le voyant tel qu'il est, c'est-à-dire une arnaque respectée, j'aurais déjà un avantage sur le gros du troupeau, ceux qui pensent qu'il y a un système à découvrir. C'est comme n'importe quelle combine, n'importe quelle arnaque, je me suis dit : les petits malins finissent par ramasser le fric des froussards perdu par les parieurs scientifiques.

Il lui expliqua en détail le fonctionnement, et comment, avec l'Index 100 de Standard & Poor qui tournait autour des 300 et avec des valeurs à option cotant cent fois l'Index, soit environ 30 000 dollars, il avait acheté quatre options à prime en couverture, en misant sur le fait que l'Index augmenterait de quinze points en un mois. En réalité, l'Index avait grimpé de plus de dix-sept points en deux semaines ; et en vendant maintenant, Louie ramasserait, après commission, plus de 6 000 dollars de bénéfices. Ce qui faisait une moyenne, dit-il, d'un peu plus de 400 dollars par jour.

Ce qu'il ne lui dit pas, c'est qu'il avait joué à pile ou face pour décider si l'Index allait grimper, ni qu'il avait lancé les dés pour calculer l'ampleur de cette hausse.

— Comparé à tout ce que j'ai été obligé de faire pour gagner ma vie, Donna, c'est un jeu d'enfant.

Et c'est légal. Ne me demande pas pourquoi, c'est comme ça.

Pendant un moment, il n'y eut que le bruit léger de leurs souffles mêlés dans l'obscurité naissante. Puis Donna tendit les bras et le serra contre elle.

— Ah, Louie, dit-elle, rayonnante de joie, après toutes ces années tu viens enfin de découvrir l'Amérique.

Minuit les maria, comme ils s'y attendaient, mais jamais ni l'un ni l'autre n'avaient connu un minuit comme celui-ci, si étrange et si heureux. L'obscurité qui les enveloppait, Louie le savait, n'appartenait pas à cet instant, ni à cette heure, ni à cette vie. À l'instar de la brise qui la traversait, soulevant les rideaux avec des soupirs, cette obscurité était leur élément modérateur. C'était elle qui avait permis à leur chair, autrefois unie, de se retrouver l'espace d'un souffle, pour leur apporter le salut ou la damnation. Ils comprirent alors, tous les deux, qu'il existait une chose plus forte que la tempête en eux, et qu'ils pouvaient la saisir et la garder, à condition de la prendre maintenant, avant que l'obscurité venteuse ne disparaisse.

Ils s'abandonnèrent à cette servitude qui les unissait. Ils l'adoptèrent et la baptisèrent amour, comme d'autres formes d'esclavage, plus simples — l'air, la nourriture, les sinistres confins de l'enveloppe mortelle elle-même —, étaient adoptées et baptisées vie. Louie inséra sa main en elle, lui ôta son diaphragme et le jeta doucement par terre.

24

Joe Brusher se décolla de la pute à cent dollars en grimaçant : brûlures d'estomac.

Il se rendit aux toilettes, et, avec le pouce et l'index, il ôta la capote qui pendouillait au bout de sa queue et la laissa tomber dans la cuvette. Il détestait ces machins visqueux qui faisaient tremper sa queue dans son sperme répugnant. Il avait toujours détesté ça, mais il ne voulait pas attraper le sida. Il tira la chasse, puis ferma la fenêtre pour faire obstacle au vent de la nuit. Quelques minutes plus tard, il était habillé et il s'enfilait une dose de Maalox.

Il reconduisit la pute à Manhattan. Pendant qu'ils traversaient le tunnel, elle essaya d'engager la conversation, mais il ne répondit pas.

— Dépose-moi dans Leroy Street, dit-elle alors que la voiture émergeait du tunnel. C'est jour de paye sur les quais.

— Je te dépose ici, dit-il en s'arrêtant le long du trottoir. Je ne suis pas taxi, ma jolie.

Il Capraio était assis tout seul, en train de se couper les ongles au-dessus d'un cendrier, quand Joe

Brusher entra dans l'établissement aux rideaux noirs.

— Vous avez un rendez-vous avec une fille ? demanda Joe Brusher.

Il Capraio ne leva pas les yeux avant d'avoir terminé de se couper les ongles, et il ne parla pas avant d'avoir vidé le cendrier dans un seau contre le mur.

— C'est sur le bar, dit-il.

Joe Brusher traversa le plancher grinçant et ouvrit la boîte à chaussures « Florsheim » qui se trouvait sur le bar. À l'intérieur s'entassaient des liasses pliées de billets de vingt dollars, cinquante billets par liasse. Tournant le dos à Il Capraio, Joe Brusher esquissa un sourire en sortant une liasse de la boîte, puis une seconde, qu'il fit défiler avec son pouce. Tout à coup, Il Capraio se tenait à ses côtés.

— Qu'est-ce qui te fait sourire ? demanda ce dernier.

— Rien. Je repensais à la fois où le Chasseur de Rats, ça remonte à loin, avait planqué du fric dans une boîte de Kotex. Sonny avait regardé à l'intérieur. « Je savais qu'on s'en servait pour allumer des cigares, mais là, c'est vraiment ridicule. Quelqu'un d'ici ferait bien d'avoir une longue conversation avec sa *comare*. »

— Je détestais ce salopard de Chasseur de Rats.

— Je croyais que vous étiez amis tous les deux.

— Amis ? ricana Il Capraio. Voici mon ami.

Il posa sa main droite sur l'épaule de Joe Brusher et, de la main gauche, il caressa deux fois la boîte à chaussures.

En rentrant chez lui, Joe Brusher rangea la boîte

à chaussures dans son placard. Puis il se déshabilla, ne gardant que son caleçon et ses chaussettes, et il alluma la télé sur la chaîne 9. Il était deux heures du matin, et il devait y avoir un film avec Paul Muni. À la place, il vit Elvis Presley se trémousser sur une plage comme le pédé qu'il était. Joe vérifia dans le programme de télé.

— Merde, marmonna-t-il.

Il s'était trompé de soir.

Il éteignit la télé, avala une petite pilule blanche avec une gorgée de lait, et alla se coucher. Tandis que la pilule faisait effet, il dériva paisiblement, devant des yeux qui agonisaient dans l'obscurité, vers un sommeil noir et sans rêves.

Quatre heures plus tard, il était réveillé et faisait du café. Pendant que le café passait, il prit une douche, se rasa et enfila des sous-vêtements propres. Puis, bien qu'il détestât cela, il suivit les conseils du docteur. Il découpa des tranches de banane dans un petit bol, les recouvrit de corn-flakes, ajouta du lait et, avec une grimace de dégoût, il mangea le tout. Après quoi il s'assit pour savourer son café.

Il songea que peut-être, une fois le coup fait, quand il serait parti vivre dans cet endroit sur la brochure, il se paierait une bonne ; une jeune fille qui viendrait le matin pour lui faire son café, laver la vaisselle, nettoyer par terre et lui faire une pipe. Ce serait chouette. Ça ne devait pas coûter bien cher, se dit-il, surtout là-bas.

Il but une seconde tasse de café, puis il sortit la boîte à chaussures du placard et la déposa sur le lit défait. D'une poche d'un vieux manteau en poil de chameau suspendu dans ce même placard, il sortit cinq liasses de billets de cent dollars qu'il lança sur le lit. Retournant dans le placard, il décrocha un pantalon bleu et l'enfila. Il resta figé un instant, hésitant entre un pull noir et une chemise de soirée bleue. Après les avoir reniflés sous les bras l'un et l'autre, il opta finalement pour le pull.

25

À dix heures moins le quart, une heure après avoir accompagné au métro une Donna Lou marchant à grands pas, la tête haute et souriante, comme un ange qui vient de déployer ses ailes, Louie reçut un coup de téléphone de l'agent de change qu'il avait appelé la veille. Les titres, lui apprit-il, avaient été négociés à 318,5 points. Il demanda à Louie ce qu'il devait faire avec l'argent.

Louie, qui avait déjà consulté les chiffres dans le *Wall Street Journal* du jour et terminé les « Motscachés » dans le *News,* lui ordonna d'acheter du platine et de s'en débarrasser à la première heure lundi.

— Je vous dirai ensuite ce que j'ai l'intention de faire.

Il alla s'étendre sur le canapé, ferma les yeux et essaya d'élaborer un plan. Mais il avait beau tenter d'emplir son esprit avec des bouffées d'avidité, il n'y voyait que des boucles blondes et un sourire d'ange, éclairés par un rayon errant que Louie n'avait pas aperçu depuis des années, le rayon d'une chose dont il parvenait à peine à se souvenir : l'émerveillement sans bornes de la sensation d'exister.

Une pièce lancée en l'air, un jet de dés, une giclée de sperme chaud dans le ventre de la meilleure amie qu'il ait jamais eue, voilà quels étaient les scintillements de ce rayon errant. Mais ni la pièce de monnaie qui retombe, ni les dés qui roulent ne pouvaient échapper au but de la gravité, ce trou dans la terre, cette fosse commune où convergent et disparaissent tous les destins. Seule la semence dans l'utérus pouvait s'esquiver. Grâce à elle, le limon des âmes pouvait continuer à se répandre, bien après que leurs ombres avaient disparu de la surface de la terre. Peut-être était-ce cela — et uniquement cela — l'immortalité, une persistance diffuse, l'écho s'atténuant indéfiniment dans le sang de ceux qu'on a abandonnés et de ceux qui viendront. C'était une persistance, un écho, que la source, sous la terre, ne sentirait ni ne connaîtrait jamais, sauf peut-être à travers des volutes de pressentiment, de temps à autre, en découvrant la lumière dans ses yeux à lui, dans ses yeux à elle, leurs deux regards qui s'enflamment l'un dans l'autre. Pourtant, c'était ce simple pressentiment, cet embrasement de lumière qui l'avaient attiré vers cet utérus. Ce pouvoir était irrésistible, car c'était avant tout un désir du sang, substance de la force naturelle, et non de l'esprit, ce sac de jute des faiblesses et des illusions humaines. Aucun miracle n'était jamais sorti de l'esprit d'aucun homme. Comme tout le mal, les miracles provenaient de sa queue, et du ventre : le miracle, ou la magie noire, d'une âme formée dans un creuset, imprégné par lui et levée par elle, accouchée dans cette cascade des prodiges illimités, où la pièce de monnaie tourne en l'air et les dés roulent à nouveau.

La sonnerie du téléphone le fit sursauter. C'était Donna Lou.

— Qu'est-ce que tu fais ? demanda-t-elle.

— Je suis allongé sur le canapé et je donne du fil à retordre à Socrate, dit-il. Et toi ?

— Rien, je suis assise, je bois un café. Et je pense que je t'aime énormément.

Les mots les plus vieux, les mots les plus usés, les mots qu'on avait traînés le plus longuement, le plus durement dans la fange, ces mots-là restaient les plus doux à l'oreille.

— Tu m'aimes ? demanda-t-elle d'un ton badin.

Louie devinait son sourire ; un petit sourire espiègle et enfantin, comme le bouillonnement apparent d'un bonheur plus profond.

Joe Brusher déposa la boîte à chaussures sur la table, puis sortit des poches de sa veste les cinq liasses de billets de cent dollars, qu'il déposa à côté.

Giovanni hocha la tête en caressant la boîte à chaussures.

— Il a fait exactement la même chose, dit Joe Brusher. Pareil que vous. Il a caressé la boîte comme si c'était un cul de bébé.

— Peut-être qu'on a un point commun. On aime nos enfants l'un et l'autre.

Le téléphone noir brillant tinta comme une sonnette de l'élévation. Giovanni décrocha, et Joe Brusher entendit une voix grave et étouffée à l'autre bout du fil.

— *U sacca è piena*, dit Giovanni dans l'appareil.

Puis la voix grave et étouffée répondit, et Giovanni approuva d'un hochement de tête.

— *Si*, dit-il. *Stasera alle sei. Non ti preoccupare di questo. Ernie la porterà. Si, il negro.*

Joe Brusher s'efforçait de comprendre les paroles du vieil homme : *Le sac est plein. Oui. Ce soir à six heures. Ne t'en fais pas pour ça. Erni l'apportera. Oui, le Noir.*

— *Si. Lunedi alle sei e mezzo. Saro pronto.*

« Oui. Lundi à dix-huit heures trente. Je serai prêt. »

Giovanni raccrocha.

À l'étage au-dessus, chez lui, Ernie fit de même.

— Vous allez faire porter notre fric par ce nègre ? demanda Joe en faisant la grimace.

— Oui. Le nègre.

— Ça me plaît pas.

— T'aimes pas le pain de seigle, ça veut pas dire que c'est pas bon. Ce type et moi, ça fait quarante ans qu'on boit à la même bouteille. Tu peux en dire autant de quelqu'un, toi ?

Joe Brusher ne répondit pas, et le vieil homme changea de ton.

— Allons, détends-toi, Joe. Tu as fait ton boulot, le jour de la paye approche. À cette heure-ci mardi prochain, on sera de l'autre côté.

Pendant que Giovanni parlait, Joe sortit de sa poche un petit flacon en plastique, l'ouvrit, le secoua pour faire glisser une pilule qu'il mit dans sa bouche, avant de ranger le flacon dans sa poche. Il se rendit ensuite dans la cuisine, se servit un verre d'eau au robinet et avala.

— Tu ferais bien de laisser tomber cette drogue, dit le vieil homme d'un air sévère, par-dessus le bruit de l'eau qui coule.

— C'est pas une drogue, dit Joe Brusher. C'est un médicament. C'est le médecin qui me l'a donné.

— C'est quand même une drogue. Si tu manges bien, si tu bois un verre de vin de temps en temps, t'auras pas besoin de cette saloperie.

— Écoutez, dit Joe Brusher avec un sourire

d'exaspération, le médecin m'a dit de prendre ces saloperies, et j'ai aucune raison de pas lui obéir. J'ai pas du sang de chèvre *albanese* dans les veines comme vous, moi. Vous me dites de me détendre, eh bien, ça m'aide à me détendre ces machins.

Le vieil homme secoua la tête ; Joe Brusher renifla avec mépris.

— D'ailleurs, reprit ce dernier, j'aurais peut-être moins de mal à me détendre si vous m'expliquiez deux ou trois trucs. Comment, par exemple, on va faire pour franchir la frontière de je ne sais quel foutu pays avec deux millions en liquide.

— Deux millions deux cent cinquante mille dollars, rectifia Giovanni. Un million pour toi et...

— Oui, un million deux cent cinquante mille pour vous, soupira Joe Brusher.

— Tu aimes la cuisine italienne, hein ?

— Ah, je m'en doutais, l'Italie. Et la douane, alors ?

— Écoute, Joe. À l'aéroport Malpensa de Milan, ils fouillent uniquement les bagages des voyageurs qui ont un passeport italien. C'est leur façon de faire, Joe, tout simplement.

Joe Brusher haussa les épaules, avec un petit geste de la main. En se rasseyant, Giovanni l'observa du coin de l'œil, conscient de tout ce qu'était censé cacher ce bavardage.

— Comme je le disais, tout est prêt. Lundi matin à six heures et demie, j'appelle mon type pour lui filer le numéro. Douze heures plus tard, à six heures et demie lundi soir, il me rappelle pour me fixer rendez-vous. À ce moment-là, je t'appelle. On y va ensemble toi et moi. On récupère notre fric, et on fout le camp d'ici. L'avion décolle à neuf heures et quart. Les billets sont réservés, on les prendra à l'aéroport.

— Vous avez déjà pris l'avion ?

— Non, répondit le vieil homme. Et toi ?

— Oui, souvent.

— Il paraît que c'est moins dangereux que la voiture.

— Ouais. C'est ce qu'ils disent.

Le vieil homme prit une profonde inspiration. Ces derniers temps, respirer lui demandait de plus en plus d'efforts. Il secoua la tête avec une sorte de tristesse résignée face à cette évidence.

— Si on trinquait pour nous porter chance ? dit-il. Va chercher la bouteille et les verres. Ils sont dans le placard au-dessus de l'évier.

Le vieil homme remplit les verres avec prudence, en plissant les yeux, et en soutenant avec sa main gauche le poignet qui soutenait le poids de la bouteille. Puis les deux hommes levèrent leur verre pour trinquer.

— *Alla fortuna*, dit Giovanni.

L'un et l'autre vidèrent leur verre d'un trait.

27

Louie et Donna Lou passèrent le week-end ensemble, et à l'exception d'une sortie pour acheter des côtes de porc et des steaks, de la salade et du vin, ils le passèrent à moitié nus.

Louie lui exposa ses plans, pour la première fois. Il lui montra la liste qu'il avait dressée des dix plus grosses usines à fric du monde.

— Elles sont toutes japonaises, commenta-t-elle.

— T'as tout pigé. Il y a dix ou douze ans, le plus gros tiroir-caisse sur terre, c'était la « Bank of America », suivie de près par la « Citibank ».

Il cracha sa fumée de cigarette en direction de la feuille.

— Notre pays est foutu, reprit-il. Deux cents ans d'existence seulement, deux tours de piste et hop, à la poubelle. C'est ce qu'on appelle se faire baiser vite fait bien fait. On est passé du pays le plus riche du monde au pays le plus endetté, en deux temps trois mouvements. Aucun usurier sain d'esprit n'oserait prêter à ce pays de quoi se payer un café le jour de Noël.

Donna Lou riait discrètement.

— Je suis sérieux, dit Louie, et dans une certaine mesure, il l'était. Dans quelques années, pour le cinquantième anniversaire de Pearl Harbor, les Japonais auront des raisons de faire la fête. D'ici là ils nous auront remboursé nos deux bombes atomiques, avec les intérêts. Nous, on continuera à scruter le ciel, obsédés par cette putain de guerre des étoiles, pendant que la Federal Reserve Bank sera obligée de fermer boutique et de réclamer une licence de vente de boissons alcoolisées pour se transformer en sushi-bar.

— Au moins, Louie, personne ne peut t'accuser de suivre ce que mon prof de fac, celui qui louchait, appelait le courant porteur de la pensée économique keynésienne.

— Keynes, Adam Smith, Milton Friedman, ce sont tous des rigolos. Le seul qui disait des choses sensées, c'était Fields.

— Fields ?

— Le proprio d'Abbot et Costello à la télé.

— J'ai toujours cru que tu aimais cette émission à cause de Hillary Brooke.

— Là, tu parles de jambes, pas de théorie monétaire.

— Et Mike the Cop, tu en pensais quoi ?

— Pour moi, c'était juste un avertissement pour les gosses, pour leur montrer ce qui pouvait arriver s'ils bouffaient trop de patates à l'eau et récitaient trop de « Je vous salue Marie ».

Elle le bouscula.

— Revenons-en à ces banques, dit-elle. C'est quoi ces chiffres-là, à côté des noms ?

— Ça, c'est le taux de rapport, expliqua-t-il. Si tu

préfères, c'est le prix d'une action divisé par les bénéfices par action au cours des douze derniers mois. La plupart des gens s'imaginent que si une action possède un taux de rapport élevé, c'est une excellente affaire qui peut uniquement continuer à grimper. Mais comme toujours, les gens se trompent. Acheter une action avec un fort taux de rapport, c'est comme parier sur un cheval qui a terminé gagnant ou placé ses trois dernières courses. Tôt ou tard, tôt plus vraisemblablement, les gains vont chuter. Plus un cheval est joué, plus une action est recherchée, moins ils rapportent au bout d'un moment. L'astuce c'est de dénicher un bon cheval, ou une action solide, dont la cote n'est pas dévaluée par les petits parieurs.

... Regarde cette banque, par exemple : Nomura. C'est la deuxième sur la liste, la deuxième plus grosse institution financière du monde. Pourtant, son taux de rapport est seulement de 54,7, le moins bon de toute la liste. Toutes ces banques sont de très bons investissements, mais c'est Nomura qu'il faut acheter. C'est ça la grosse affaire !

Donna Lou le regardait avec un sourire étonné, en secouant la tête.

— Excuse cette question, dit-elle, mais si tu savais déjà tout ça, pourquoi tu as attendu aussi longtemps avant de t'en servir ? Pourquoi tu perdais ton temps à jouer les usuriers ?

— À vrai dire, tout ça c'est plus ou moins la même chose d'une certaine façon. La seule grosse différence, sans parler d'une question de légalité, c'est qu'avec ce machin tu as plus de chances de toucher le fric qui te revient. Disons qu'il m'a fallu du temps pour comprendre ça.

— En tout cas, je suis ravie que tu l'aies enfin compris. J'aime mieux t'entendre parler de ces choses que de t'écouter pester contre les postes parce que les pauvres types qui te doivent de l'argent ne reçoivent pas à temps leur pension d'invalidité.

— Enfin bref, dit-il avec un soupir. D'après les règlements de Tokyo, il faut acheter un lot minimum de dix mille actions. À 5 000 yens l'action environ, ça nous donne quelque chose comme 30 000 dollars, plus la commission. J'ai pas les moyens, évidemment, mais je peux également souscrire des fonds communs de placement pour un montant de 10 000 dollars.

... Et c'est ce que je vais faire, conclut-il.

Il repoussa lentement la feuille de papier du bout des doigts. Puis il glissa sa main sous l'élastique de la culotte de Donna Lou.

— Mais avant tout, dit-il, je vais te lécher du nombril à la bouche, avec un arrêt à mi-chemin dans la vallée des ombres de tes nichons.

— Hé, Louie, s'exclama-t-elle joyeusement, en se laissant attirer sur la moquette. Je pense que cela pourrait constituer des préliminaires outranciers, passibles de la peine de mort, d'après quelque obscure lex non scripta albanaise.

— Ne t'inquiète pas, dit-il. Ce que le grand Zog ignore ne peut causer de tort à personne.

— Dans ce cas, dit-elle en glissant prestement sa main dans son caleçon, laisse-moi prendre les choses en main.

Le week-end s'écoula comme dans un rêve.

Jamais ils n'avaient connu une telle tranquillité, semblable à un lac caché dont la surface était uniquement troublée par des brises de rires légers ou la chaleur du désir complice. Louie se nourrit du bonheur de Donna, et elle, en le voyant se délecter de cette douce liqueur, rayonnait davantage à son tour. Cela ne figurait pas dans sa Bible, mais elle savait — bien qu'elle ne l'eût jamais avoué — qu'une âme remplie d'amour, un ventre rempli de semence et un estomac rempli de côtes de porc étaient les seules choses qu'elle attendait du paradis.

Le lundi matin, Louie donna son coup de téléphone. À l'ouverture, le platine cotait 22 dollars de plus que lors de la fermeture vendredi. Déduction faite de la commission, le capital de Louie avait déjà augmenté de 3 % pendant qu'il réfléchissait à la manière de l'employer. Il demanda à son intermédiaire de transférer 10 000 dollars — ses bénéfices plus une partie de la provision — sur Nomura Securities dans Maiden Lane. Une femme nommé Ellie Dorata les attendait. Il passerait à leur cabinet plus tard pour récupérer le reste de l'argent.

— Vous vous êtes bien débrouillé ces dernières semaines, on dirait, remarqua le courtier. Si vous pensez renouveler vos investissements, j'espère que vous garderez votre compte chez nous. Nulle part ailleurs vous ne trouverez une exécution aussi rapide, comme vous l'avez sans doute constaté. En vérité, grâce à...

— On en reparlera plus tard.

En regagnant le centre, Louie s'arrêta dans la Rue du Silence pour boire un café. Il trouva Giacomo assis seul au bout du bar, l'air absent, dans son cocon vaporeux de fumée bleuâtre.

— Viens jusqu'à moi, Lazare, gloussa le vieil homme à travers le brouillard.

Il fut pris alors d'une quinte de toux, et il lui fallut un moment pour retrouver une respiration normale après une longue suffocation.

Louie but son café en fumant et en regardant à travers la vitre. Les ultimes vagues du soleil d'été étaient toujours les plus lumineuses, les plus rayonnantes ; elles déferlaient puis disparaissaient, déferlaient puis disparaissaient de nouveau dans une somptueuse marée d'or, au milieu des nuages sombres des premiers vents de l'automne. C'étaient les plus beaux jours, songea Louie, les jours où arrive l'automne, quand l'air est parfumé de mélancolie, quand le ciel devient une valse tourbillonnante d'ombres poussées par le vent et de resplendissantes explosions de lumière déclinante. Louie avait toujours éprouvé ces choses à l'arrivée de l'automne, et il les éprouvait aujourd'hui encore, en entrapercevant le jeu des rayons du soleil, du vent et des nuages invisibles qui passent. Puis, dans le silence, la respiration du vieil homme sembla résonner avec la violence d'un coup de tonnerre dans ses oreilles.

— Il se prépare quelque chose, déclara enfin le vieil homme avec une étrange certitude dans la voix.

— Qu'est-ce que tu veux dire ? demanda Louie en se tournant pour observer le profil de cette effigie de sarcophage qui semblait avoir subi un siècle d'érosion climatique en l'espace d'une seule saison.

— Je ne sais pas de quoi il s'agit. Mais il se passe des choses.

Le vieil homme tourna la tête et fit un geste en direction de l'endroit aux rideaux noirs.

— Il sourit, Louie. Je l'ai jamais vu sourire comme ça.

— J'ai du mal à y croire, répondit Louie. J'arrive pas à l'imaginer en train de sourire.

Soudain, les couleurs du tableau accroché au pied de l'escalier du domicile de son oncle submergèrent les couleurs de la lumière dansante ; et Louie songea à son oncle.

— Crois-moi, Louie, dit Giacomo, vaut mieux pas l'imaginer. Sincèrement.

28

Joe Brusher était levé depuis l'aube. Il s'était douché, rasé et habillé. Au moment où il s'apprêtait à prendre la boîte de corn-flakes sur le réfrigérateur, il s'était arrêté brusquement, en poussant un grognement de dégoût. Il avait avalé une pilule, pris ses clés, son portefeuille et la monnaie dans le cygne en céramique sur la table près de la porte, et il était sorti de chez lui. il était allé chez *Al*, où il avait mangé des œufs brouillés, des saucisses, avec des pommes de terre sautées et des toasts beurrés. Après quoi, pour tuer le temps, il avait laissé sa voiture sur le parking de la cafétéria et traversé l'avenue jusqu'à Lincoln Park.

D'un pas tranquille il se dirigea vers les bancs près de l'étang où, il y a très longtemps, quand il faisait l'école buissonnière, il venait s'asseoir pour cracher dans l'eau et se battre avec les autres gosses. Le parc était un endroit agréable en ce temps-là. Mais ensuite, ils avaient construit les résidences, et raconté ces conneries d'histoires d'égalité entre les races, et peu à peu, le parc avait été envahi par les nègres et les métèques. Comme tout Hudson

County, et de l'autre côté du fleuve également, ce coin n'était plus ce qu'il était. Tout changeait. Pourtant, songeait Joe Brusher, c'était peut-être la dernière fois, avant longtemps du moins, qu'il revoyait cet endroit, et il voulait le conserver dans sa mémoire.

En approchant de l'étang, il aperçut un groupe de quatre jeunes Noirs rassemblés au bord de l'étang où les misérables canards pataugeaient tristement dans l'eau sale au milieu des débris qui entouraient leur abri en bois.

Des couacs pitoyables retentirent soudain. Les gosses s'amusaient à frapper sauvagement les canards avec des branches et un manche à balai, et les canards affolés se percutaient dans leur fuite. Les couacs de désespoir et les rires perçants des gamins s'élevaient et retombaient à l'unisson, en se mêlant dans l'air.

Joe Brusher s'arrêta pour regarder. Puis il se baissa et ramassa quelques pierres. Une par une, il les lança sur les gamins. La première pierre, lancée trop loin, atterrit dans l'eau, et nul n'y prêta attention. La seconde, trop courte, retomba sur les pavés au milieu des gamins surpris. Au moment où ils se retournaient, la troisième pierre atteignit l'un d'eux en pleine poitrine. Le gamin recula en titubant et en poussant un cri ; son camarade muni du manche à balai bondit en avant comme s'il voulait mener l'opération de représailles. Joe lança alors la dernière pierre, qui atteignit au front le gamin au balai. Ce dernier chancela et tomba sur un genou, comme pour une génuflexion, avant de chavirer sur le côté. Joe Brusher ramassa d'autres pierres pour les lancer sur les gamins qui commençaient à décamper, abandonnant leur camarade à terre. Il manqua sa cible. Le gamin couché par terre se releva, essuya le sang sur sa figure, et regarda sa main d'un air hébété. Au loin, les autres observaient la scène sans trop savoir que faire. D'un pas décidé, Joe Brusher s'approcha du blessé qui tentait de s'échapper en titubant. Mais Joe accéléra et le rattrapa. Saisissant le garçon par sa chemise, il le jeta à terre et lui flanqua un coup de pied dans les côtes. Le gamin hurla et tenta de se relever. Joe Brusher récupéra le manche à balai délaissé et frappa en le tenant à deux mains. Le manche à balai se brisa avec un craquement sec sur le crâne du gamin.

Celui-ci resta allongé face contre terre, à gémir et à se tordre de douleur. Joe Brusher le retourna sur le dos en le poussant deux fois du pied. Effrayé, le gamin se protégea le visage avec ses bras frêles, en émettant un râle de supplication. Joe Brusher vit que le sang coulait toujours de la plaie rose et mauve sur le front, à l'endroit où avait frappé la pierre. Il regarda l'enfant dans les yeux. Puis il pivota sur ses talons et s'éloigna. Rien ne valait la peine qu'on s'en souvienne, surtout pas cet endroit.

En rentrant chez lui, il éprouvait des remords, et il se détestait. Une fois de plus, il avait eu tort de manger cette saucisse. Pourtant, il aurait dû le savoir, se disait-il. Aujourd'hui moins que n'importe quel jour il ne pouvait se permettre d'avoir des problèmes d'estomac. En se maudissant, il avala une rasade de Maalox.

Il parcourut lentement l'appartement, passant en revue tout ce qu'il avait décidé d'abandonner, marchant à pas feutrés comme s'il suivait la trace de son ombre disparue. En réalité, il ne possédait rien, hormis quelques vêtements, des bijoux, quelques ustensiles de cuisine, et la Buick. Les bijoux et les vêtements qu'il avait décidé de conserver étaient déjà rangés dans le coffre de la Buick, prêts à effectuer le long trajet jusqu'à Tampa en Floride cette nuit. De là, après avoir mis son trésor à l'abri, il continuerait vers le sud, jusqu'à Miami, et de là, il prendrait l'avion pour se rendre dans l'endroit décrit dans la brochure. Là-bas, il n'aurait pas besoin d'ustensiles de cuisine, ni de manteau en poil de chameau.

Il Capraio appela à dix-sept heures précises, comme le lui avait demandé Joe Brusher. Ce dernier attendait près du téléphone, et il décrocha après la première sonnerie. Au même instant, ses yeux se posèrent sur la boîte de corn-flakes sur le dessus du réfrigérateur, où figurait, dans le coin inférieur gauche, la mention : NET WT. 10.5 OZ. (298 GRAMS), en blanc sur le nichon d'une gymnaste.

— Alors, c'est quoi ? demanda Il Capraio.

— 2-9-8, répondit Joe Brusher.

Ensuite, Joe Brusher avala une pilule, s'assit et attendit. Quand arriva dix-huit heures trente sans que le téléphone sonne, il se leva, en inspirant par les narines. Il alla pisser, mais c'était uniquement nerveux, rien ne vint. Il se brossa les cheveux, se brossa les dents, se lava les mains, et fit les cent pas. Il se rassit, se releva, recommença à faire les cent pas. Vers sept heures moins le quart, le téléphone sonna.

— Viens me chercher, dit Giovanni. Notre numéro est sorti. Notre fric est emballé, il nous attend. On le récupère à Spring Lake.

Joe Brusher se dirigea vers la petite table près de la porte. Il contempla pendant un instant le cygne en céramique d'un regard vide, les éclats de peinture bleue seuls vestiges des yeux. Puis il ouvrit le tiroir, vide maintenant à l'exception d'un pistolet automatique et d'un silencieux. Il les accoupla, vérifia le cran de sûreté, et glissa l'arme dans sa poche de veste.

— J'arrive, mon vieux, murmura-t-il. J'arrive.

Les clés à la main, il ouvrit la porte. Venue de la cage d'escalier sur sa droite, une énorme explosion de lumière étourdissante l'aveugla ; et en même temps, elle lui arracha une partie du visage, projetant des éclats de mâchoire en fusion dans son cerveau et faisant gicler sa vie par le côté de son crâne sous forme de fumée et de sang.

Le vieux Giacomo était assis sur une chaise de jardin devant son établissement, regardant les couleurs du crépuscule naissant ramper vers les deux grandes tours jumelles au loin.

Un coursier de la loterie, le petit homme qui buvait du Cutty Sark et du café, franchit la porte de l'endroit aux rideaux noirs et lui adressa un signe accablé de la main.

Giacomo lui répondit par un hochement de tête plus accablé encore.

— Alors, qu'est-ce que ça dit ? demanda le vieil homme quand l'autre fut près de lui.

— 1-1-4, Brooklyn. 9-12, New York.

— Ah, encore des numéros réduits, grommela le

vieil homme, avant de détourner le regard pour retrouver les couleurs du crépuscule.

Il Capraio vivait au milieu de l'héritage maternel et des marchandises volées. Le lit en érable dans lequel il dormait était celui-là même qui avait vibré au moment de sa conception. Le coffre-fort « Moseler » de deux cents kilos posé à côté, qui lui servait à la fois de table de chevet et de banque, avait été déménagé d'un entrepôt de Grand Street et livré jusqu'ici par des hommes qui n'avaient pas eu de chance avec les chevaux. Une vieille Bible italienne, renfermant encore la fleur séchée de la première communion de sa mère, était rangée dans un tiroir avec un paquet d'images pieuses et un lot de montres Cartier en plaqué or. À vrai dire, où que se pose son regard dans cet appartement, tout lui rappelait sa mère ou bien les bénéfices d'un vol, ou encore les deux, comme lorsqu'il regardait la grosse télé « Zenith », « tombée » d'un camion, et qui reposait sur la commode basse dans laquelle sa mère rangeait autrefois ses aiguilles, ses fils et ses bouts de tissu.

Mais ce soir, un peu avant vingt heures, au moment où il allumait la télé sur la chaîne WPIX, sa mère était bien loin de ses pensées. Il s'assit et attendit. Elle apparut enfin.

« ... *dix boules numérotées de 0 à 9. Les numéros seront choisis automatiquement, de gauche à droite, dans l'ordre qui figure sur votre billet. Ce soir, pour participer à notre tirage nous accueillons Karen Green. Le tirage est placé sous la surveillance de la*

Loterie de l'État de New York, sous le contrôle d'un vérificateur du cabinet Deloitte Haskins & Sells.

— Allez, accouche, connasse.

« Et voici les numéros gagnants de ce soir... »

Une des boules blanches jaillit dans le tube en plastique de la machine.

« Première boule ! »

Il Capraio se pencha en avant, plissant les yeux pour voir la boule que la fille faisait tourner entre ses doigts.

« C'est le 2 ! »

Son cœur s'emballa.

« Numéro suivant... »

Le sang battait à ses tempes, dans sa nuque et ses poignets.

« C'est le 6. Le dernier numéro. maintenant... le 3 ! Ce qui nous donne pour aujourd'hui : 2-6-3... »

Il resta collé sur son siège un instant. Puis il se leva et se dirigea vers le téléphone. Il commença à composer l'indicatif 201, puis se ravisa et composa à la place un numéro local.

— Amène-toi, dit-il au petit homme à la tête de diable qui décrocha. Amène-toi immédiatement. J'ai besoin de toi.

Le petit homme diabolique arriva dans Fairmont Avenue, à Jersey City, juste à temps pour voir le cadavre de Joe Brusher qu'on descendait dans l'escalier, au milieu d'une foule de flics et de curieux.

— Je préparais le repas quand j'ai entendu le bruit, racontait une grosse femme à une autre, en arrangeant sa coiffure de la main droite, tandis que la gauche s'agitait nerveusement dans la poche de sa blouse. J'ai cru que la chaudière avait explosé, j'ai failli mourir de peur.

L'autre femme secoua la tête d'un air navré, en faisant claquer bruyamment sa langue contre son palais en signe de commisération.

— C'était un homme très renfermé, commenta quelqu'un.

— Il faut se méfier de l'eau qui dort, répliqua la femme en blouse. (Elle se tourna vers le petit homme diabolique.) Bon, c'est pas tout, soupira-t-elle, j'ai ma vaisselle qui m'attend.

Le petit homme diabolique remonta en voiture et prit la direction de Newark, comme on le lui avait demandé.

29

Louie et Donna étaient encore au lit. Dérivant entre les profondeurs du sommeil et le courant du réveil matinal, ils profitaient de la chaleur du corps de l'autre, conscients de la douce lumière pastel du jour qui filtrait par la fenêtre, et de rien d'autre sur terre.

Le téléphone sonna cinq fois avant de parvenir à leur faire ouvrir l'œil. Ils crurent qu'il s'agissait du réveil, et Donna se leva en grognant pour l'éteindre. Mais la sonnerie s'interrompit au même moment. Elle regarda l'heure.

— Qui peut bien appeler si tôt ? demanda-t-elle, légèrement agacée, mais également soulagée de constater qu'elle pouvait encore somnoler une demi-heure.

— Personne, répondit Louie. Je ne donne pas ce numéro aux poivrots.

Elle gloussa. C'était un petit gloussement discret, embrumé.

— Qu'est-ce qu'il y a de drôle ?

— Rien. Tu ne donnes pas ce numéro aux poivrots. (Elle gloussa de nouveau.) C'est comme si le Pape interdisait l'entrée de Saint-Pierre aux fidèles.

— L'alcool et le téléphone ne font pas bon ménage. J'appelle jamais personne quand je bois.

— Tu n'envoies même pas une carte postale, Louie.

Elle se glissa contre lui pour le caresser du bout des doigts. C'est alors que le téléphone sonna à nouveau.

— Va répondre. J'ai une érection, dit-il en repoussant la main agile de Donna.

— Malheur à ceux, psalmodia-t-elle avec une dernière caresse malicieuse, qui se lèvent de bon matin pour suivre l'appel de l'alcool !

Elle sauta du lit, enfila la robe de chambre de Louie et alla décrocher.

Quand elle revint dans la chambre après un instant, elle avait perdu son sourire.

— Ça a l'air grave, Louie, dit-elle simplement.

Il la regarda, enfila son caleçon, se rendit dans la pièce voisine et prit le téléphone.

Une voix qu'il ne connaissait pas lui demanda de se rendre immédiatement à Newark afin d'identifier le corps de son oncle. Il acquiesça d'un air fataliste, puis raccrocha. Il revint s'asseoir sur le lit à côté de Donna Lou allongée, et lui raconta ce qu'elle savait déjà. Elle le serra dans ses bras et appuya sa bouche contre son dos musclé.

Louie s'apprêtait à prendre un taxi pour se rendre à Newark, mais sa folie aveugle lui fit secouer la tête avec sévérité. Cinq minutes de plus ou de moins, pour un cadavre, ça changeait quoi ? Non, il prendrait le train, et en resquillant par-dessus le marché. Son oncle aurait apprécié.

Il descendit l'escalier de la station de Christopher

Street et décrocha le téléphone de service près du tourniquet. Se faisant passer pour un employé de la compagnie, il demanda qu'on lui ouvre le passage. Le vigile sur le quai l'observa en fronçant les sourcils.

Louie franchit le tourniquet d'un pas nonchalant, juste au moment où le train entrait en gare.

À la morgue, on le pria de s'asseoir. Louie promena son regard autour de lui, en repensant à ce que son oncle lui racontait sur cet endroit : autrefois, le dimanche matin, des types venaient faire leurs emplettes dans la ruelle de derrière, en fouillant dans les boîtes de chaussures et de lunettes récupérées sur les cadavres sans famille. Pendant que Louie attendait, il vit passer, à quelques minutes d'intervalle, deux corps sur des chariots.

— Dis, t'as vu comment Gooden a manié la batte hier soir, demanda un des deux Noirs qui poussaient les chariots à son collègue.

— Ils auraient dû le renvoyer aux vestiaires dans la quatrième manche, répondit le collègue, en tournant la tête pour mater les jambes d'une femme qui pleurait dans son mouchoir.

— Putain, mec, tu vas pas me dire que cet enfoiré de sa mère a pas recommencé à se doper. Il avait l'air plus raide que la moitié de ces connards que je trimbale ici.`

— Ouais, et eux ils sont morts, ricana son collègue.

Au moment où le chariot tournait vers l'ascenseur, une main bleue et livide glissa de sous le drap.

— Merde, Claude, regarde ! T'as ligoté le maccab

comme un sagouin ! On se croirait dans un putain de film de zombies !

— T'occupe, on le fout dans l'ascenseur.

Un Noir en blouse blanche, à peine plus âgé que Louie, sortit de l'ascenseur et se dirigea vers la réception. Il vint ensuite vers Louie, se présenta comme l'adjoint du médecin légiste, et s'assit à ses côtés.

— Votre oncle a été tué par une décharge de fusil de chasse tirée à bout portant, expliqua le légiste adjoint. Le coup a été tiré dans la bouche ; on a retrouvé l'arme sur le corps. Soit il s'est suicidé, soit on a voulu faire croire à un suicide. En tout cas, on n'a relevé aucune trace de lutte. Quand le voisin a découvert son corps, la mort datait de vingt-quatre à trente-six heures. Il était déjà raide, mais le processus de décomposition n'avait pas encore commencé.

Louie sentit son estomac se soulever. Non pas à cause des paroles de cet homme, mais à cause de l'odeur de cet endroit.

— Quand on tire avec un fusil de cette façon, le projectile au lieu de se disperser entre sous forme compacte, avec la bourre, par un unique trou énorme. Les gaz et les flammes du canon provoquent une défiguration importante. Mieux vaut que vous le sachiez avant que l'on descende.

Ils descendirent au sous-sol où il faisait plus frais, mais où l'odeur était encore plus âcre. On apporta le corps sur le chariot, sous un drap blanc qu'on souleva lentement.

Louie regarda l'unique œil fermé et gonflé, la chair déchiquetée et les tissus à vif. Il hocha la tête, puis signa les papiers qu'on lui présenta. Aux inspecteurs présents il déclara qu'en effet son oncle était un vieil homme malade qui semblait parfois envisager la mort.

Il ressortit dans le soleil de septembre, avec un grand sourire idiot.

30

À la grande déception de l'entrepreneur des pompes funèbres, qui allégua en vain que tous les frais seraient couverts par l'assurance-décès de Giovanni, la veillée mortuaire à cercueil fermé, selon les vœux de Louie, ne dura qu'une seule journée. Des fleurs furent envoyées par Ernie et aussi, Louie en fut à la fois surpris et ravi, par Giacomo, et quelques autres personnes qu'il connaissait à peine ou même pas du tout. Il Capraio, qui était allé chez le même fleuriste que Louie et Giacomo, fit envoyer ce qu'il y avait de moins cher au catalogue, la Couronne de condoléances économique, référence D1, accompagnée d'une image pieuse puisée dans son tiroir.

Au cimetière de North Arlington, en ce premier jour d'automne, Louie et Donna, Ernie et son épouse, et quelques hommes que Louie ne connaissait pas regardèrent le cercueil en bronze descendre en terre, pendant qu'un grand prêtre au teint blême évoquait machinalement, d'un air morne, la résurrection et la lumière. Chacun jeta sa rose dans la tombe, avant de s'éloigner. L'épouse d'Ernie, en pleurs, s'attarda un moment pour prier.

— Hé, où as-tu déniché ce prêtre ? demanda Ernie à voix basse tandis qu'ils regagnaient la limousine conduite par le fils de l'entrepreneur de pompes funèbres, un type d'un certain âge avec une tête de rat. On aurait dit qu'il arrivait pas à se décider entre recevoir une queue dans le cul ou un pieu dans le cœur.

— J'ai pris ce que je trouvais, répondit Louie. On peut pas dire qu'ils se bousculaient à la porte de l'église pour venir ici quand j'ai prononcé son nom.

— Enfin, c'est une affaire réglée maintenant. Si tu veux mon avis, ce vieux salopard dans son trou s'est bien démerdé : une caisse à deux mille dollars dans une résidence pour vers de terre huppée. C'est autre chose que le cimetière des pauvres.

Ils se retournèrent vers la tombe. L'épouse d'Ernie et Donna Lou avançaient vers eux. La première, toujours en larmes, se tenait au bras de Donna.

— Ouais, sans doute, dit Louie.

En parcourant lentement les allées sinueuses du cimetière à bord de la limousine, ils croisèrent un autre enterrement. Parmi les arrangements floraux impressionnants amoncelés au bord de la tombe, écrasée par le reste, Louie remarqua une autre Guirlande de condoléances économique, déjà fanée, sinistre dans le soleil matinal.

La voiture prit la Route 17. Bientôt apparut la ligne des gratte-ciel de Manhattan, dominée par ces deux immenses et lugubres tours grises comme du carton, masquée ensuite par le centre de Newark. D'une voix faible, l'épouse d'Ernie brisa le silence qui les accompagnait depuis le cimetière.

— Des choses comme ça, ça vous fait réfléchir, dit-elle.

Louie acquiesça d'un air absent, et regarda le soleil en fermant les yeux.

Le lendemain matin, alors que Louie allait prendre son café et remercier Giacomo pour les fleurs, il aperçut Il Capraio dans l'ombre de la porte de son établissement aux rideaux noirs, et Il Capraio le vit lui aussi.

Leurs regards se croisèrent un instant, un court instant, moins de temps qu'il n'en faut pour respirer, ou pour mourir. Mais aucun des deux ne dit un mot, ne fit un geste.

Il Capraio regarda Louie s'éloigner, et ses yeux n'étaient plus que deux fentes. Finalement, il secoua la tête et détourna son regard.

— Non, murmura-t-il. Impossible.

Louie se rendit directement en taxi de l'aéroport de Fiumicino à la gare centrale de Rome, et de là, en train, à Foggia. Ce fut un long trajet fait de détours qui débuta en plein jour pour s'achever dans l'obscurité étoilée. Il prit une chambre dans l'hôtel le plus proche de la gare, le *Cicolella*, dans la Viale XXIV Maggio. Après un repas léger, composé de saucisses et de haricots, il alla se promener et consulter les horaires des cars affichés en face de la gare. Il existait un seul car qui empruntait l'unique route en lacet reliant entre eux les villages situés dans les collines au-dessus de Foggia. Il partait à dix heures du matin et revenait à huit heures du soir. Louie poursuivit sa promenade, s'arrêta pour boire un café et fumer une cigarette, avant de regagner son hôtel. Il dormit jusqu'à l'aube, quand il fut réveillé par des croassements et les sonneries des cloches.

Le ciel, aperçu à son réveil à travers les rideaux de voile blancs gonflés par le vent, était une merveille d'ondulations roses, grises et violettes. Dans la brume humide de rosée, on voyait les collines émergeant au milieu des nuages qui portaient encore les couleurs de la nuit. Louie se leva et regarda le soleil orange transformer tout cela en jour.

Au début, le vieux car avança paisiblement, mais plus la route grimpait, plus il grinçait, tremblait, craquait et pétaradait. Chaque petit village, plus haut perché que le précédent, semblait encore plus vieux, plus oublié par le temps, que celui qu'ils venaient de traverser. Arrivé dans un tournant en épingle à cheveux, le car dut s'arrêter et reculer centimètre par centimètre jusqu'à ce que l'arrière du véhicule s'avance dans le vide au-dessus de la falaise abrupte, tout au bord de la route étroite, avant de s'arracher vers l'avant pour négocier le virage. La poignée de passagers présents dans le car applaudit discrètement. Apparemment, c'était un épisode habituel de leur trajet. Du village de Castelnuovo, Louie n'apercevait que les ruines d'une forteresse médiévale taillée dans la paroi rocheuse. Castelnuovo signifiait « Château neuf ». Louie se demanda à quoi ressemblerait Casalvecchio, le Vieux château. Finalement, au milieu des nuages, elle apparut enfin, la ligne des gratte-ciel de Casalvecchio : un crucifix en pierre au sommet d'une église.

Le car le déposa sur une route pavée poussiéreuse à l'ombre de cette croix, qui constituait le centre du village. Louie marcha jusqu'au bout de la route. Là se dressait un vieux monument, un mémorial dédié aux morts du village. CASALVECCHIO AI SUOI CADUTI, était-il inscrit. *À ses morts*. Au-delà, une falaise surplombait une mer houleuse de terres cultivées et de bois. Louie pivota sur ses talons et repartit dans l'autre sens.

Arrivé devant un petit café, il jeta un coup d'œil à l'intérieur. Il vit un *questurino* avec une chemise bleue et un type obèse avec des dents en or, assis à la même table devant des cafés et une bouteille d'*amaro*. Ils parlaient à voix haute du prochain tirage du Giuocco del Lotto.

— *Un miliardo lire.* Un milliard de lires, s'exclama l'homme en bleu.

— *Un miliardo quattrocento milioni cinquecento mila duecento venti*, corrigea avec gravité le gros bonhomme.

Louie reprit son chemin, au milieu des poules et des vieilles femmes en noir. C'était la première fois qu'il voyait des affiches pour annoncer les enterrements. Les murs de ce village, brûlés par le soleil, en étaient couverts. Soudain, parmi les poules, les femmes en noir voûtées, les affiches d'enterrements, et la poussière, il entendit un son magique : le claquement de hauts talons sur un rythme ensorceleur et désœuvré. Il tourna la tête dans la direction du bruit et découvrit alors la plus belle femme qu'il ait jamais vue. Mais au même moment, une des vieilles femmes voûtées, ayant remarqué le mouvement de son regard, grogna littéralement contre Louie, un grognement méchant, à la manière d'une lionne qui défend sa progéniture. Louie poursuivit son chemin.

Au-delà de l'ombre de la croix se dressaient des arbres, au milieu desquels se trouvait un adorable petit jardin, et dans ce jardin, dans la lumière tachetée du soleil qui filtrait à travers de la voûte feuillue, il y avait des vieux bancs en pierre. Sur un de ces bancs, son oncle était assis, les yeux fermés, le visage serein. Louie s'approcha et vint s'asseoir à ses côtés.

— Alors, dit-il, quelle est ton équipe favorite pour les phases finales ?

Le vieil homme sursauta, en gardant les yeux fermés. Un grand sourire fendit son visage, un sourire béat.

— Ah, mon garçon, dit-il en ouvrant les yeux. Je savais que tu finirais par venir. Je l'ai toujours su.

Louie posa la main sur l'épaule du vieil homme et le secoua doucement, en souriant lui aussi.

— Je le savais, je le savais.

Sans se départir de son sourire, Louie acquiesça.

— Raconte-moi mon enterrement.

Louie lui parla de la Couronne de condoléances économique, et un rire sec, muet, paisible, agita le ventre et les épaules du vieil homme.

— Tu en as parlé à ta nana ? Tu lui as dit que c'était pas moi dans la caisse ?

— Non, répondit Louie, et il se tut un instant, avant d'ajouter : Ne le prends pas mal, mais il vaut mieux qu'elle te croie mort.

— Tu as raison, déclara le vieil oncle. Un homme et une femme qui font leur vie ensemble n'ont pas besoin de parents près d'eux. Dans ces cas-là, la famille c'est comme des grains de sable dans une capote, tu peux me croire.

Un homme un peu plus âgé que Giovanni passa d'un pas nonchalant, une canne dans une main et une poire jaune dans l'autre. Il leva la poire et salua Giovanni par son nom.

— *Buon giorno, cavaliere*, répondit Giovanni.

Il se tourna vers son neveu.

— Ce type est né dans la maison voisine de celle où je suis né. Il y vit encore. « Où t'étais passé pendant toutes ces années ? » il m'a demandé. « *L'America* », je lui ai répondu. « Alors, raconte », il m'a dit. « Il n'y a rien à raconter », je lui ai dit. « *Niente*. Tu n'as rien perdu. »

Un merle fendit la voûte des arbres au-dessus de leurs têtes, à la poursuite d'un autre oiseau chanteur qui tourbillonnait dans les airs.

— Je suppose qu'Ernie t'a tout expliqué, dit le vieil homme.

— Plus ou moins. Mais il ne m'a pas expliqué pourquoi. Peut-être que tu peux me le dire.

— Je n'avais pas le choix.

Louie l'observa du coin de l'œil ; il secoua la tête et éclata de rire.

— Je voulais régler mes comptes, Lou. Voilà la vérité. Je voulais obliger cet enfoiré à faire confiance à quelqu'un une fois dans sa vie, et qu'il en crève. J'aurais pu lui piquer son fric et sa vie. Mais si j'avais fait ça, ils s'en seraient pris à toi. D'ailleurs, c'est mieux comme ça. Je préfère avoir son fric que sa vie. Son fric a plus de valeur. Il s'attribuera le mérite de ma mort et de celle de Joe Brusher. C'est sa manière de faire. Mais jusqu'à la fin de sa vie, il aura mal au cul de s'être fait enculer de cette façon. Et le jour de sa mort, si Dieu le veut, je serai encore de ce monde pour piocher dans les intérêts de son fric pour lui envoyer une... comment ça s'appelle ? Une couronne de condoléances économique. Sinon, tu le feras à ma place. Mets quelques dollars de côté sur le fric de l'assurance. Ernie et toi vous êtes mes

302

bénéficiaires. Vous le méritez, et ça vous aidera à la boucler.

— Comment as-tu fait pour berner ce Brusher ?

— Je lui ai simplement dit que j'avais une idée, c'est tout. Je lui ai raconté la combine des trois zéros, et ce qui m'était arrivé après. Je lui ai confié la leçon que j'en avais tirée, à savoir que les gens croient plus facilement un mensonge, un rêve, que la réalité. Et je lui ai menti. Je lui ai dit que j'avais eu une autre idée. Je lui ai raconté mon idée et il y a cru. Il a oublié la leçon et cru au mensonge. Il était comme ça. Peut-être qu'on est tous comme ça.

... En tout cas, ça n'a fait de tort à personne, à part lui. Et supprimer un type comme lui, c'est sauver dix autres vies. Le macchabée qu'ils ont piqué à la morgue n'a rien senti, c'est certain. Et là où il allait, il n'avait plus besoin de son visage.

... Voilà. Je voulais régler les comptes et je l'ai fait. Je voulais dormir en paix. Maintenant je le peux. Chaque homme a sa berceuse. C'était la mienne.

... Et ici, c'est un bon endroit pour dormir, Lou. C'est un bon endroit pour manger, boire, se promener, s'asseoir et dormir. Il y a quelque chose d'agréable dans le fait de finir ta vie à l'endroit même où tu as respiré pour la première fois, c'est un truc dans l'air.

Ils continuèrent à bavarder, mais les silences se firent de plus en plus longs. Ni l'un ni l'autre ne voulaient que cette journée se termine, mais ils savaient que, comme tout le reste, elle prendrait fin ; aussi décidèrent-ils de la conclure dans le rire et de voler au crépuscule son étole de mélancolie.

Ils restèrent assis côte à côte, seuls dans ce jardin, une dernière heure encore, sachant l'un et l'autre qu'ils ne se reverraient plus jamais, savourant la brise, tous les deux, chacun à sa manière.

DU MÊME AUTEUR

Aux Éditions Gallimard

Dans la collection Série Noire
LA RELIGION DES RATÉS, *n° 2437.*

Dans la collection La Noire
TRINITÉS, 1996.

Cet ouvrage a été imprimé par la
SOCIÉTÉ NOUVELLE FIRMIN-DIDOT
Mesnil-sur-l'Estrée
pour le compte de France Loisirs
en mai 2000

Composition : P.F.C. Dole

Cet ouvrage est imprimé
sur du papier sans bois et sans acide.

Imprimé en France
Dépôt légal : mai 2000
N° d'édition : 33501 - N° d'impression : 51219